白銀の女戦士

天空の女王蜂《ホーネット》Ⅲ

夏見正隆
Natsumi Masataka

文芸社文庫

目次

■登場人物

【西日本帝国】

愛月《まなづき》有理砂《ありさ》（27）　帝国海軍空母〈赤城〉所属・F／A18Jホーネットのパイロット。のちに〈究極戦機〉UFC1001メインパイロット

望月《もちづき》ひとみ（25）　帝国空軍救難航空隊・UH53J大型ヘリコプターの機長

森高《もりたか》美月《みづき》（23）　帝国海軍戦艦〈大和〉・着弾観測機シーハリアーFRSのパイロット

葉狩真一（29）　分子生物工学者。十年に一度の俊才。〈究極戦機〉設計者

魚住渚佐（29）　核融合の専門家。〈究極戦機〉動力ユニット担当。けだるい性格

立花五月（21）　西日本に亡命したもと東日本議事堂警護隊エリート。〈白銀の殺人天使〉

峰剛之介（48）　西日本帝国・陸海空三軍の統合幕僚議長。海軍中将

木谷信一郎（47）　西日本帝国の内閣総理大臣。史上例を見ない過激な正義漢の政治家

波頭少佐（34）　国家安全保障局の軍事アナリスト

羽生恵（30代半ば）　国防総省勤務の情報士官。もと峰の愛人。UFCチーム指揮官

矢永瀬《やながせ》慎二《しんじ》（31）　帝国海軍イージス巡洋艦〈新緑〉艦長。東大卒

小月《おづき》恵美（24）　イージス艦〈新緑〉要撃管制オペレーター

森大佐（45）　帝国海軍戦艦〈大和〉艦長

川村万梨子（29）　帝国海軍戦艦〈大和〉主任迎撃管制士官

【東日本共和国／ネオ・ソビエト】

山多田《やまただ》大三《だいぞう》（?）　東日本平等党委員長。独裁者。自称『世界で一番偉い人間』

加藤田《かとうだ》要《かなめ》（42）　平等党第一書記。大三の片腕

陸軍大臣（?）　軍刀を振り回す危険な男

水無月《みなづき》是清《これきよ》（26）　大三に反旗を翻した水無月現一郎の息子。陸軍大尉。母はロシア人

水無月西夜《さや》（17）　是清の妹。海軍研修生。巡洋艦〈明るい農村〉ただ一人の生存者

川西《かわにし》正俊《まさとし》（22）　軍令部の作戦将校。是清の後輩。不自由な生活を嫌がっている

イワン・ラフマニノフ（18）　弱冠十八歳でネオ・ソビエト永代書記長家を継いだ新総帥。スホーイ27を駆る戦闘機パイロットでもある

ピョートル・ラフマニノフ（26）　イワンの腹違いの兄

エカテリーナ・ラフマニノフ一世（?）　ネオ・ソビエトの前総帥。〈女帝〉と呼ばれた

芳月公香（17）　イワンのもとに身を寄せるもと議事堂警護隊員

カモフ博士（48）　ネオ・ソビエト科学アカデミー主任研究員

前巻までのあらすじ

「太平洋一年戦争」のミッドウェー海戦で、大勝利をおさめた日本は、連合国側と対等な講和を結んだ。戦後の大不況で東北地方を中心にソ連の支援を受けた革命勢力は、東京の東半分と茨城県、埼玉県から北に東日本共和国を建国し、西日本帝国と対峙した。

久しぶりの休暇を楽しんでいた西日本帝国海軍中尉・愛月有理砂（27）は非常呼集で、F18ホーネットを駆って、出撃した。

「きゃあっ、何よこれ!?」

行方不明になったVIPヘリを捜索して父島近海へ出動した西日本帝国空軍の救難ヘリ機長望月ひとみ（25）は、日の沈みかけた海面を無灯火で漂流する東日本共和国の巡洋艦を発見、調査のために着艦した。しかし巡洋艦に乗組員の姿はなく、真っ暗《まくら》闇《やみ》の艦内でひとみたちを襲って来たのはトドのように巨大な赤黒いナメクジ芋虫の群れだった。ピルピルと鳴く化け物に追い回され、ひとりひとり食われていくヘリの乗員たち――この海域で何が起きているんだ？

「星間文明の黒い球体が父島海域に落下？　それは危険なものなのですか？」

六本木国防総省から緊急指令を受けて、父島海域へ急行する森艦長の戦艦〈大和〉。「東日本共和国が〈ネオ・ソビエト〉の支援を受け、静止軌道外を通りかかった星間文明の恒星間飛翔体《ひしょうたい》を核攻撃し、捕獲しようとしたのです」国家安全保障局の波頭少佐は分析する。しかし太平洋に落下したのは星間飛翔体の本体ではなく、飛翔体が曳航《えいこう》していた『何か非常に危険なもの』を厳重に密封した巨大な黒い球体だったのだ。だが星間文明のオーバーテクノロジーを手に入れたと信じる独裁者・山多田大三は、西日本への侵攻準備を命じるのだった。「世界を解放する戦いが始まる！　手始めは西日本だ！」

東西日本は、激突するのだろうか？　そして、望月ひとみの運命は？

東日本共和国のバジャー編隊は、西日本帝国の監視態勢の隙をつきMD11旅客機を人質に捕り、戦艦〈大和〉に対艦ミサイルの攻撃を仕掛けた。それを阻止したのは、着弾観測機シーハリアーのパイロット・森高美月（23）だった。

東日本共和国の暫定首都新潟では議事堂警護隊指揮官の立花五月（21）が危機に陥ろうとしていた。そして阿武隈山地に上陸した怪物は、東日本の機甲部隊を全滅させた。巨大な怪物は、帝都西東京に向かって侵攻する。帝都は大丈夫なのか⁉

1. 有理砂《ありさ》ふたたび

＊東北地方に上陸した巨大な怪物によって、東日本の侵攻作戦が頓挫《とんざ》してから三日が過ぎた。大戦争は回避されたものの、日本列島はそれ以上の〈脅威〉にさらされていた。そして休暇中を非常呼集された愛月《まなづき》有理砂《ありさ》は、〈敵〉の正体も知らされないまま、阿武隈《あぶくま》山地の峡谷へ突入して行く。

有理砂　銚子沖
十二月一日　〇時四十九分

いきなり呼び出され、空母〈赤城〉を発艦して十分。

編隊は銚子《ちょうし》TACAN（戦術用航法援助施設）から方位090度、15マイルの洋上で楕円《だえん》状待機パターンを描いて旋回していた。高度は500フィート。

（空軍機――？）

夜の黒に紛れ塗りつぶされそうなダークグレーのF15Eが一機、わたしたちの編隊に混じって旋回中だった。複座。攻撃機タイプの、世界一高価といわれるストライク・イーグルだ。

『垢抜《あかぬ》けないのが一羽混ざってるわ』

「しっ。無駄口はおよし」

わたしは左手の親指でスロットルの横についたUHF無線の送話スイッチを押す。

「クイン・ビー5、6、待機パターンに入りました」

『了解。クイン・ビー・リーダーより各機へ。侵攻フォーメーションはF。二機ずつの密集編隊で待機パターンを離脱、一列縦隊で続け』

わたしは膝《ひざ》のニーボードにメモ用紙をセットする。T4中等練習機で対地攻撃訓練に出る時にはここに地図をセットしたものだがF18では必要ない。フライトマネジメント・コンピュータが現在位置を中心にした地形図をディスプレーしてくれるからだ。

留美《るみ》の機がついて来ているのをちらりと見て確認し、二番目のペアに続いてわたしは待機旋回から離脱する。前の機が高度を下げたのに続いてわたしも下げる。200フィートまで降下した。高度計のアラームを200にセットし直す。前のペアに近づき過ぎ、ジェット後流でガクガク揺れ出し、すこし冷やっとした。これ以上は下げたくないな、と思う。250ノットで海面に接触したら粉微塵《こなみじん》だ。怖くはないけれど、海面が見えないのが嫌なのだ。

『200フィートまで降りたが、これ以上は下げるな。今夜鹿島《かしま》港に入港する船がいる』

編隊長から有り難いご注意。頼まれてもわたしはこれ以上下げたくない。わたしは超低空飛行が好きだが、夜は別だ。水平線が分からない。手で海面に触れるくらい降りているのに何も見えやしない。もし着陸灯を点《つ》ければ、黒と白の波がわたしの脚の下を猛烈な速度で後ろへ流れていくのが見えるだろうけど。

『先導は空軍機が取る。海上を50マイル北上してからレフトターンして内陸へ入る予定だ。キャニオン・アタックの準備をせよ。〈目標〉は谷にいる。洋上での編隊高度は200。内陸に入ると同時に一瞬1000フィートまで上昇して〈目標〉をレーザーでエイミングし、投弾パターンに入る。投弾は二度実施する。一回目はAGM、二回目でレーザー誘導爆弾だ』

　わたしは片手でF18を水平に飛ばしながら指示を書き取る。

『投弾前の最低安全高度は450、引き起こし高度800。離脱高度1500だ。攻撃ではぐれた場合の集結ポイントと時間は――』

　ニーボードのメモに、450、800、1500と攻撃諸元の数値を大きく書きなぐる。まったく、飛び上がってからこんなこと言われるなんて初めてだわ。本当なら母艦のブリーフィング・ルームで十分説明されなきゃいけないのよ。何やってるのかしら。

『進入速度は全機一律300ノット。目標付近の気流の状態、風向風速は味方の地上部隊が付近にいないため不明だ。同様に発煙弾、照明弾の支援も本日は無い。民家の情報も無い。周囲は無人だと思ってよいだろう。攻撃指示は以上だ。ただ今より投弾終了までEMCON（交信管制）に入る』

　隊長機の通信が切れた。わたしは左後ろを振り向き、操縦桿《かん》をほんのわずか左右にじわっと倒して翼を振った。ついてきている僚機の本多《ほんだ》留美に『まったくどうなってんのかしら、やんなっちゃうわ』と言ったのである。左後方5メートルにつけた留美のF18が『そうですよね、お姉さま』と翼端灯を消した翼を振り返した。

わたしはマスクの中でため息をつき、仕事の準備にかかることにした。兵装のチェック。

左側CRTのメニューボタンを押して〈兵装マネジメント表示〉にし、バルカン砲の残弾数578を確認しアーム（準作動）状態に。主翼の内側ハードポイントにはMK83レーザー誘導爆弾、外側ハードポイントにMK62ウォールアイ空対地ミサイル。火器管制システムのコントロールパネルでAGM（空対地ミサイル）を選択する。操縦桿を握る右手の人差し指でバルカン砲、親指でミサイルだ。最終セーフティ・ロックはまだ外さない。投弾パターンに進入してから外すのである。自慢ではないがT4での爆撃訓練の時にこれを外し忘れて爆弾が出ないと泣いて帰ってきたのはこのわたしだ。気をつけなくては。

今日は対地攻撃ミッションだから、胴体下面にレーザースポット照準装置を取りつけている。レーザーを一瞬だけ発振させてみて機能をチェックする。これらのチェック作業を密集編隊を組みながら、高度を5フィートと狂わさずに行う。同期の飛行幹部候補生で戦闘機コースへ進めたのは七十名中六名だけだった。女性はわたし一人。

後ろを飛んでいる留美は一期後輩に当たる。同期の残り六十四名のうち三十名が輸送機と対潜哨戒機《しょうかいき》とヘリコプターへ回され、残りは戦術航空士になった。海軍は空軍にくらべて機種が多様で、入っても必ずしもファイター・パイロットになれないので本当に戦闘機に乗りたい人はみんな空軍を受けるという。わたしがそんな事情を知ったのは入隊した後で、大学で同じゼミだった女の子が『明日おもしろい試験があるから受けに行こう』と誘ってくれるまで、わたしの意識には海軍のカの字も無かったし戦闘機の実物を見たことすら無かったのだ。試験会場で適性検査の試験官が突然『君は前に受けたことあるだろう』と言い出し、へ？　とあっけにとられるわたしに『初めてでこんなに良くできるわけがない、どこで試験の内容を教わってきた？』と半ば冗談半ば本気で問い詰めた時にわたしの将来が決まってしまったのだった。

　ストライク・イーグルはいいなあ、こんなしちめんどくさいチェック作業はみんな後席のレーダー要撃士官《RIO》がやってくれるんだろうなあとぶつくさ言いながら火器管制システムのセットを済ます。でも、わたしはやっぱり一人で飛ぶ方がいいな。性格的に、いつも他人と一緒というのは向かない気がする。空軍の宇宙飛行士と超遠距離恋愛をやっているのも、そのくらいの距離感がわたしにちょうどいいからかも知れない。いつもべたべたしていたら飽きてしまう。う～ん、でも、回数はもうちょっと多いほうがいいかな。

『エスコート・リーダーより各機へ』

交信管制を破って、先頭を飛んでいる空軍のストライク・イーグルが呼んできた。

『〈目標〉は大量の熱を出している。谷に入ればすぐに分かる。投弾パターンに進入したら、LANTIRN（赤外線低空飛行ガイダンスシステム）のゲインを最小にせよ。目標がこちらをレーダーでロックすることは無い。これまでの攻撃はいきなり来た。攻撃はミサイルでも対空砲でもないが非常に強力だった。こちらを攻撃しようとする直前に〈目標〉の排熱量は飛躍的に増大する。熱量の急激な増大を検知したら、全機ただちに投弾を中止してプルアップし、やり直す。これが空軍で立てられた安全策だ』

？マークの洪水だった。手を上げて空軍機に質問したいことが一杯あった。〈目標〉って何なんだ？〈目標〉からの攻撃って？　一体何のために〈東〉へ行くんだ？分からないことだらけだった。

『それから、クイン・ビー5と6』

「何でしょうか？」

最小限の言葉しか発信できないのがまだるっこしかった。分かったようなことを言う空軍機。あんた一体誰なのよ？

『君ら二人は母艦へ帰れ』

何ですって！

「こちらクイン・ビー5。正式な隊長命令ではない。編隊にとどまる」

『クイン・ビー6、編隊にとどまる』

誰がこの編隊を指揮しているのか分からなくなってしまった。

『エスコート・リーダー、こちらクイン・ビー・リーダーだ。愛月と本多は適正な技量を保持している。心配は無い』

『女まで死なせることはないよ、神崎少佐』

確かに、わたしと本多留美は〈赤城〉乗り組みの女性ファイター・パイロットとして女の子二人でペアを組まされ、主には艦隊防空よりも西日本帝国海軍のリクルート活動に駆り出されて使われている。わたしたち二人は二機のF18で編隊を組み、地方の空港にさっそうと降り立っては自治体の集めた女子高校生数百人を相手にいかに海軍が女性の活躍の場として魅力的であるかを講演したり、質問に答えたり記念撮影してやったり、そのあとかの地の有力者のおっさんたちが開く宴会に出てやったりして暮らしている。それはもうわたしが地方へ行くと下へも置かないもてなしぶりで、『中尉《たい》さん中尉さん』と市長町長自らが汗を拭《ふ》き拭き案内してくれるわ宴会ともなれば鯛やヒラメが舞い踊っておいしいものただで食い放題、こないだの山陰でなんか獲れたての松葉がにを死ぬほど食べさせてもらった上にお土産までどっさりもらい、酔っ払って真っ赤な顔で『山を一つ差し上げますからどうか一晩おつき合いを』とにじり寄る大地主の町長や『ああ中尉さんあたしゃあんたに縛られたい』とほざいてひれ伏す警察署長を蹴散《けち》らし踏みにじり（警察署長はひんひん喜んでいたが）、宿舎のホテルに帰って起床時間など気にせず死ぬほど眠って日頃《ひごろ》の疲れがすっかり取れたりしたものだ。

ただ、そういう〈地方巡業〉がリクルート・シーズンになるとどっと増えるためにわたしと留美だけ〈赤城〉の着艦回数が他のパイロット達よりずっと少なくて半分ほどしかない。だからといって技量が落ちていると思わない。自分でちゃんと空母に飛んで帰って来られるということ自体が、空軍の戦闘機乗りの連中の上位ランクに比肩する腕前を持っていることを示している。技量が落ちていれば〈赤城〉の甲板に降りられず海へ落ちる。空母のパイロットの技量はごまかしようも隠しようも無いのだ。

『女まで死なせることはない』

ストライク・イーグルのパイロットはくりかえし言った。

『原田大尉。俺《おれ》はあの二人を区別していない。連れていく』

『そうですか』

編隊長が言うと、ストライク・イーグルは黙った。

空軍の対地攻撃飛行隊は大半が消耗した、という母艦の航空団司令の言葉が頭をよぎった。空軍にも女のファイター・パイロットは十何人かいるはずだ。
編隊は〈東日本共和国〉の領空に侵入した。

有理砂
東日本共和国　阿武隈山地上空

──『姉さん、宇宙で変なものを見たんだ』
『変な？』
『東日本の宇宙空母が領空侵犯して、スクランブルをかけた。その時に軌道上で……空軍の機密で詳しくは言えない』

星山俊之はわたしの恋人だ。歳は三つ下。空軍の衛星高度戦隊にいる。一年前に横田の基地祭に海空交流で招待され、その時に基地の将校クラブにいたのを見つけ、可愛いのでわたしから誘ってその日のうちに押し倒してしまった。以来月に一度の逢瀬《おうせ》を楽しんでいる。三日前の衛星軌道上の領空侵犯事件。休暇中の急な呼び出し。わたしのこれから行く東日本領内への爆撃行に、何か関係があるのだろうか？

(空軍の攻撃飛行隊が全滅している――? わたしの知らないうちに――?)

いったい今夜の〈攻撃目標〉って何なのだ。

考えているとヘッドアップ・ディスプレーの電波高度計の表示が不規則に上下し出した。編隊が海岸線をクロスしたのだ。


――『緊急事態なのだ、愛月中尉。〈東〉で何かが起きている』

「LANTIRNシステム、オン」

わたしは左手をスロットルから離して赤外線低空飛行ガイダンスシステムのスイッチを入れる。胴体の下に抱えたポッドの中で前方監視赤外線カメラが作動して、目の前のヘッドアップ・ディスプレーに前方の地形を赤色のイメージピクチャーで投影する。わあ、山だ山だ。

(最近やってないのよー、地形追随飛行)

わたしは心の中で舌打ちする。空母〈赤城〉の艦載機は艦隊防空が主任務だから、こういう敵地への低空侵攻ははっきり言ってあんまり訓練していない。まあだからわたしたちが一番最後に呼ばれたのだろうけど。

ズゴォオオッ、と音を立てて顔の横を山腹の木々が流れていく。編隊は海に注ぐ小さな川の上空の空間をつかって阿武隈山地の中央の谷間に侵入していく。月が無いから空も山も真っ黒で何も見えない。地面が波打ってるから電波高度計も役に立たない。前を行く四番機のノズルの火だけが水平飛行の目標だ、と思っているとふいに先行機のテイルノズルが泳ぐように揺れた。

ガクガクッ

ガクッ

乱気流だ。山間の気流はどこでどう乱れているか分からない。今回、前後にずらした編隊で侵入したのは気流にあおられて仲間同士で衝突しないためだ。

（ああやだやだ。若いみそらでタヌキの餌《えさ》は嫌よ）

編隊は谷に沿って旋回し、山と山の間を抜けていく。下の渓流にキャンプ場でもあったら、ジェット排気でテントが吹っ飛ぶだろう。もっとも東日本共和国じゃ遊びでキャンプをする人などいないだろうけど。

（しかし〈攻撃目標〉はどこにあるんだ？）

出撃前に目標の位置を教えてもらう普通のミッションならば、航法用に〈マップ表示〉にしてある真ん中のＣＲＴに目標が光る点となって表示され、投弾ポイントもすべてフライトマネジメントコンピュータが計算して表示してくれる。しかし〈赤城〉の航空団司令・郷《ごう》大佐は『目標は行けば分かる』と言う。行けば分かるような攻撃目標が敵なら、なんで空軍の連中は全滅したのよ。いくら腕が悪いからといって——

『全機上昇。〈目標〉をエイミングせよ』

編隊長のコールがヘルメットのスピーカーに入った。わたしは先行の四番機に続いて操縦桿を引き上昇する。顔の横にあった黒い山がさっと沈んで消える。高度表示は、あっと言う間に１０００フィートを突き抜けようとする。

（目標が見えてくるのか——？）

ヘッドアップ・ディスプレーを対地攻撃モードにする。

対空砲火は？　ちらと頭をかすめる。東日本のＳＡＭは撃ってこないとか言ってたけど本当なのか？

（だいたいわたしは休暇中だったのに何の因果でこんな仕事を）

そんなことを考えながらＦ18を上昇させた時、前方の山の向こうに見えてきたものは——

ぎんっ

突然、ＬＡＮＴＩＲＮのイメージピクチャーが太陽を見たように真っ赤に輝き焼き切れた。

「なっ」

わたしは機首を下げながら息を呑《の》んだ。

「何あれぇっ？」
小高い山の向こうに白い水蒸気がもうもうと上がり、その下に半球形のドーム状のものが、一瞬ちらりと見えた。
ピカッ
巨大なドーム状物体が光った。蒼白《あおじろ》い閃光《せんこう》だ。
『全機高度下げろっ！』
ストライク・イーグルが怒鳴った。
『山の陰に入れ！　ぐずぐずするな死ぬぞっ！』
次の瞬間、
ヴォンッ！
まるで大気を押し分けるようにして小型の流星のようなものが山の向こうからやってきて、
バシャッ
編隊の隊長機、二番機、三番機までを一瞬で粉砕した。真昼のような閃光はまるで核兵器だ。
ギィイイインッ
地面に突っ込むように操縦桿を押したわたしは、ホーネットを渓谷の川すれすれまで急降下させ、胴体下のフィンが川面を叩《たた》く寸前で引き起こした。

「うわっ、前が！」

前が山だ。渓谷が左へターンしている。操縦桿を左へ。間に合わない、ラダーも左。ええい滑ってもかまうもんか曲がれっ！

キュイイインッ
谷に沿って旋回する。白い霧がたちこめてくる。やばい、さっきのドーム状の〈攻撃目標〉のすぐふところへ近づいている。

「留美っ」

わたしはマイクに怒鳴った。

「留美っ、生きてるっ？」

『はいお姉さま！』

後ろを見る暇は無い。額の上のバックミラーにふらつきながら峡谷を飛ぶF18が一機だけちらりと映る。

「赤外線照準システムが焼き切れたわ。投弾できない。プルアップしていったん逃げるわよっ！」

『はいっ』

霧に突っ込んだ。何も見えない。だが妙に蒼白く明るい。

ピピピピ！

地表衝突ウォーニングが鳴った。

瞬間、霧が切れた。

（な――）

わたしは一瞬だけ見た。山のような半球の巨体、無数の小穴がブツブツ開いた嫌らしいピンク色の表皮、そしててっぺんに載っている不似合いなほど小さな――

（――顔？　何だこいつは！）

ピピピッ！

ヘッドアップ・ディスプレーで『４Ｇ以上で急上昇せよ』という意味のプルアップ・キューが点滅した。

「ええいっ」

右手で操縦桿を引き、左手でスロットルをカチンと最前方まで思いきり叩き込む。

ドンッ
双発のＦ４０４ターボジェットエンジンがアフターバーナーを点火し、わたしのホーネットはほとんど垂直上昇する。Ｇメーターは５・５Ｇ。胃が下がる。ぐえっ
「ただでさえ胃下垂なのにっ」

同時に激しい乱気流に突っ込んだ。ずしん、どんっ、まるで積乱雲の内部だ。いっ

たい下の光る海坊主みたいなやつは何なのだ！

ビュッ

白い雲の中を何か巨大な鞭《むち》のようなものが飛んできて、わたしの機体の尾翼をかすめた。

ガスンッ

「きゃっ！」

『きゃーっ！』

わたしは操縦桿を保持し続ける。上へ昇れ。とにかく上だ。高度表示2000、3000、5000、10000フィート。

密雲の上に出た。黒い静かな空だ。わたしはそのまま亜音速で渓谷地帯を離脱し、阿武隈山地の外れまで逃げた。

「留美。ついて来てる？」

振り向いて叫ぶ。

「留美！」

無線に返事は無い。

「こちらクイン・ビー5、クイン・ビー6応答せよ」

ザー

「クイン・ビー編隊。生存機応答せよ。誰でもいいわ！」

ザー
『無駄だよお嬢さん』

どこにいたのかダークグレーのストライク・イーグルが上昇してきて、わたしの右側にぴたりと並んだ。

『あんた以外は、みんなやられたよ』

「あなた、誰ですか」

『俺は原田。原田次郎だ。後席のＲＩＯはいない。戦死した』

「いったいあれは何なの？」

わたしは下を指さして怒鳴った。

『わからん。三日前の深夜に上陸して、東日本の半分を壊滅させて、今朝からはずっとあそこに居座ってる。海の底から来たのか、宇宙から太平洋へ落ちて来たのか、何もたしかなことは知らされていない。ただコードネームだけはつけられてる。〈レヴァイアサン〉』

「〈レヴァイアサン〉？」

わたしは蒼白く発光する山の谷間を振り返った。

一瞬だけ考えて、わたしはストライク・イーグルに言った。

「もう一度投弾するわ。エスコートして」

『また突っ込むって言うのか?』

ストライク・イーグルは驚いたようだった。

『もういいだろう。帰ろうぜ』

「そうはいかないわ!」

わたしは兵装コントロールパネルのキーをこぶしでバン! と叩いてAGM62ウォールアイを両翼の外側パイロンからはたき落とした。

「ミサイルはおしゃかだけど、レーザー誘導爆弾はまだ使える。もう一度行く」

『やめておけ』

わけしりに空軍機はほざいた。

『お嬢さんがMk83を二発ばっか投下したところで、やつは全然参らないよ』

「そんなことどうでもいい。案内して」

『お嬢さん』

疲れた声で、男は
『これだから海軍の素人《しろうと》を連れてくるのは嫌だって――』

「うるさいわねっ」

　わたしは窮屈な借り物のヘルメットの頭を回して、右側を飛んでいるF15Eの複座コクピットをにらみつけた。

「案内してくれるの、どうなのっ」

『なあ、あんた——愛月中尉といったっけか、どうしてあんな化け物へ死ぬとわかってて突っ込んでいくんだ。同僚がやられたからか？　それとも任務だからか？　国のためか？　そんなのはくだらないぜ』

　ああこれだから男っていうのは！

『なあ愛月中尉、あんた二十何年かせっかく生きてきて、そこまできれいに育ったんだろう？　つまらん義務感で命を無駄に——』

「うるさいわねっ！」

　わたしは酸素マスクに怒鳴りつけた。

「あたしが突入するのは頭に来たからよっ！　エスコートするのかどうなのかっ？　しないんならあたしは一人で行く！　お前はさっさと帰れっ」

　あ、まずい。こいつ大尉って言ってたかな。

『わ、わかったよ愛月中尉。そのかわり俺が「逃げろ」と言ったら、素直にプルアップするんだぜ』

キィイイインッ

わたしたち二機は、グレーのF15Eを先頭に再び峡谷へ急降下した。

それから、どこをどう飛んだのかよく覚えていない。わたしは白い霧が滝のように前方から押し寄せてくる峡谷を飛び、高熱を発する巨大な化け物の上部にレーザースポット照準装置をロックオンし、ストライク・イーグルが狂ったように叫ぶのに合わせてプルアップしながら操縦桿のボタンを親指で押していた。

カチッ

二発の500ポンド爆弾は、斜め上方へ放り上げられるようにリリースされ、わたしのF18の腹部のレーザー誘導ポッドが目標へ照射し続ける赤いルビー色のレーザー拡散光をたどって尾部のフィンを調節しながら突っ込んでいったはずだ。

「ざまあみろっ」

だがわたしは命中を確認できなかった。怪物の触手が何本も何本も波打って襲いかかり、目の前がまるで林か森のように見えたかと思ったら、屋久《やく》島の杉よりも太い触手の一本がわたしのホーネットを真っ二つに断ち割ってしまったのだ。

ズバッ！

それからのことは、よく覚えていない。

有理砂
阿武隈山中
十二月一日　午前六時

「うう——」

わたしは目を開けた。

——ズバッ！

〈レヴァイアサン〉の触手が襲いかかって目の前いっぱいになった時、射出レバーを引いていたのは本能だと思う。わたしは腕に命じる暇も無かった。考えてみるといい、400ノットで突進する戦闘機がいきなり出現した立ち木にぶつかるようなものだ。人間の反射神経では、おそらく対処できない攻撃だっただろう。

飛行幹部候補生の採用試験を受けた時、海軍の適性検査の試験官は、特Aの飛行適性——それも〈戦闘機適性〉がわたしには備わっていると断言した。君はOLになったらコピーマシンを蹴飛ばしてこわすだろう。パイロットになれ。雌狼《めすおおかみ》は檻《おり》に入ってはいけない、そう試験官は言った。一瞬の間にひとりでに手が射出座席を作動させてしまうところが〈特Ａ戦闘機適性〉なのだろうか。それがないパイロットたちは、みんなやられてしまったのだろうか。

ふん、戦闘機適性か。

たしかにＴ３でもＴ４でも、わたしは訓練を辛いとは思っても人に負けると感じたことは無かった。戦闘機操縦課程に入ると目が据わってきて、海軍士官候補生の制服を着ないで浜松の街を歩いていると、どこかの組の姐御《あねご》と間違われ屈強な若い衆が道ですれ違うと脇《わき》にどいて挨拶《あいさつ》をしたものだ。はじめはびっくりしたが、気分が良いのでそのままにさせていた。

わたしは自分のことを、普通の女の子だと思っていた。高校生の頃も、髪が長くて背だけは高いが無口であまり笑い声も立てず本ばかり読んでいるおとなしい娘だった。でもあらためて考えて見ると不良少女たちがなぜかわたしをよけて通ったし、教師が真っ赤になって怒っても顔色ひとつ変えないところがあった。眠っている〈素質〉があったのだと思う。それが六本木では女王様と間違われるんだから、ったくいったいあの街はどうなっているんだか——

——ばさばさっ

夜の空中でパラシュートが開く音を、聞いたように思う。それからは意識を無くした。何も覚えていない。

気がつくとわたしは、山腹の斜面の大木の梢《こずえ》にパラシュートごと引っかかっていた。射出座席は空中で自動的に切り離され、どこかへ飛んでいったらしかった。まずいな、サバイバル・キットは救命ボートと一緒に座席のほうに仕込まれているのに。

（でも、海の中じゃなくてよかったわ——）

わたしは、目をこすりながら太い木の梢の上で身をよじってみた。少しずつ。どこかに痛みが走らないか——？　骨が折れていたら、救援のヘリが来るまでこの場所を動けないかも知れない。いや、あのストライク・イーグルが無事でなければ、救難へリがわたしの脱出した場所をつきとめられずに帰ってしまう可能性が高い。原田大尉は、無事に離脱したのだろうか？　あのとてつもなく巨大な〈レヴァイアサン〉のふところから……

腰が少し痛いだけで、骨に異常はないようだ。わたしは梢から転げ落ちないように上半身を起こす。周囲はもやで視界がきかず、まるで雲の中にいるようだが、明るい。そこで気づいて左手のロレックスを見ると、午前六時を指している。朝になっていたのだ。

カチャッ
パラシュートのストラップを外した。とにかく、ここがどこなのか確かめなくてはいけない。阿武隈山地のどこかだろうが、あの怪物の通り道などに降下していたとしたら、早く移動しないと命がない。
「ここはどこだ……?」

ざざざっ
ざざざざっ、と雑木林の下生えを大勢で踏み分ける響きが近づいてくる。

(東日本兵か……!)

わたしは反射的に梢の上で動きを止めた。〈赤城〉の郷大佐は東日本と交戦はしていないと言ったが、連中が敵であることに変わりはない。梢に這《は》って、身を隠した。

「止まれ」

霧の中から二列縦隊になった陸軍の歩兵たちが姿を現わす。疲れ切った様子。どの顔も泥で汚れている。あの〈レヴァイアサン〉と戦うために山に入ってきた東日本陸軍の歩兵部隊だろうか。いったいどんな武器であの化け物に対したのだろう。

「よいか。わが師団はついにこの百余名を残すのみとなってしまった。かくなるうえは——」

先頭で将校らしい男が軍刀を持って怒鳴る。ああやだ、アナクロ。
「――敵怪獣に対し、我々はこれより全員でバンザイ突撃を敢行する！　平等の理想のために死ぬのが正しい東日本国民である！　全員、新潟の方向を向いて山多田《やまただ》先生に敬礼せよ」
なんだって――？
「ようし、みんなで声を合わせろ。ああ、バンザイ突撃できて幸せだなぁっ。さん、はい」
しいん
「こらっ、バンザイ突撃を幸せだと感じない者は不適国民だからこの場で即刻銃殺だぞっ！　声を合わせろっ。ああ幸せだなぁっ」
あきれて見ていると、かわいそうな兵隊たちは西の方角を向いて深々とお辞儀し、手に手に銃剣のついたＡＫ47ライフルを握りなおすと、いっせいに山の奥のほうへ駆け出した。わたしの目の下を兵士の列が走り抜けて行く。
かちゃかちゃかちゃかちゃ
かちゃかちゃ
ざざざざざっ
バンザーイッ！

山多田先生、バンザーイッ！

うぉおおお！

（いったいどこへ走って行くんだ――？）

わたしは突っ走る兵隊を目で追った。霧に覆われた深い雑木林に兵隊たちは消えて行く。

ピルピルピル

ピルピルピルピル

「何だ、この音は――」

突然、雑木林の下生えの中からピンク色の巨大なナメクジのような化け物が現われると、ナマコのような口を広げて銃剣で突撃する兵士たちをファグッ、ファグッと呑み込み始めた。

「なっ――」

わたしは声も出なかった。

うわあああぁぁぁ――！

ナメクジの化け物は無数にいた。雑木林の下生えのなかにひそんでいたのだ。

危なかった。木の梢に引っかからなかったら、わたしも気を失ったまま食われていただろう。

ピルピルピルピル
まるでわき出るように巨大ナメクジの大群は雑木林を埋めつくし、生えている木のほかは地面がピンクの波のように見えた。
ヌチャヌチャヌチャッ
クチュルッ
ジュルッ
百名余りの兵士達は、あっと言う間に姿が見えなくなった。
（く、食われちゃった……）
あっけにとられて見ていたのがいけなかった。その時わたしの頭上にも、木の幹に毛虫のようにしがみついた巨大なナメクジの一匹がいて、でかい円形の口を広げて襲いかかってきたのだ。
ずざざざっ
「きゃ、きゃあっ！」
突然のことに、声を上げるのがやっとだった。何だ、一体ここはどうなっているんだっ！
腰のブローニング・ハイパワーを抜いて頭上へ向ける動作の間に、ピンクの軟体動物はわたしの肩まですっぽり呑み込むような大口を開いてかぶさってきた。無数のヒゲのような舌。こいつ拳銃《けんじゅう》効くのか？
　ずざざざっ
「くっ！」
　セーフティを親指で押し上げ、連続して引き金を絞る。
　ドンッ
　ドンッ
　ドンッ
（だめだ呑み込まれる！）
　わたしは身をひねって木の梢から転がりおちた。ベチョッと音を立ててナメクジの化け物が梢をくわえこんだ。運よくもう一段下の梢に落下してしがみつく。地上まではまだ五メートルくらいある。
　ピルピルピル
　化け物はあんこうのちょうちんみたいな一つ目でわたしを見つけると、また幹を伝って下りてくる。器用なやつだ。無数の偽足が腹についている。
「うー、嫌よ気持ち悪い！」
　愛月有理砂はこんなところでナメクジの化け物に食われて死ぬというのだろうか？そんなことがあってよいのか？　ばかげているわ！

ズバッ！

ふいに何かを切り裂く音がした。

ピーッ！

化け物が悲鳴を上げてのけぞり、無数の偽足で空を掻《か》きながら地面へ転がりおちていった。

どささっ
「――？」

わたしは顔を上げた。

「――大丈夫か……」

長いサーベルを持った女が、梢の上に立っていた。プラチナで装飾された高そうなサーベルの切っ先から、山吹色の粘液が滴っている。

「はぁ、はぁ」

女は肩で息をした。両肩に黒い男物のコートをはおっている。コートの下は、まるで儀典に出る女性将校のような白銀のミニのコスチュームにブーツ。この山奥でなんて格好してるんだこいつ？　助けてくれたのは嬉《うれ》しいけど。

「〈捕食体〉は銃ではなかなか死なない。背中を切り裂くのがいちばんいい。内臓をはみ出させてむけてしまう。――西日本のパイロットか？」

女は可愛いのだが、しゃべり方がまるで男だった。

わたしはため息をついて、白銀のコスチュームを着た女の子を見上げた。そう、わたしから見ればずっと年下だ。顔を見ればわかる。

「とりあえず、ありがと」

「質問している。貴官は西日本のパイロットか?」

「そうよ」

わたしはうなずいた。

「そうだけど、とりあえずさ、そのサーベル引っ込めてくれない? ものすごく臭うわ」

彼女の白銀のサーベルは、まるでカツオの塩辛にまみれているようだった。

「すまぬ」

意外と素直に、彼女はサーベルの切っ先を引っ込めた。鞘《さや》に収めるわけにいかず、眉《まゆ》をしかめた。

「ひどい臭いだ。どこかで洗いたい」

2. ネオ・ソビエトの貴公子

＊宇宙空母〈平等の星〉からシャトルが帰還して来る。そのシャトルには東日本の運命を左右する一人の少年が乗っていた。そして、事態を静観していたネオ・ソビエトはいよいよ動き始める。怪獣に揺れ動く東西日本にまた新たな紛争の兆候が——

北津軽
ネオ・ソビエト　スペースポート
同日　午前八時

シャトルが到着した。機体冷却用ドライアイスが噴霧され、濃い霧につつまれたフィールドに金髪の少年が姿を現わす。イワン・ラフマニノフ少尉。十八歳になったばかりだが、宇宙服の胸には戦闘機パイロットであることを示す赤い鷲《わし》のウイングマークがつけられている。

「イワン」

宇宙用ヘルメットを肩に引っかけた少年に、長身の黒い髪の男が声をかけた。

「イワン。俺《おれ》だ」

少年は立ち止まる。

「兄さん」

男は、流れるドライアイスの霧の外側に立っていた。少年よりもかなり年かさで、異母兄なのは髪の色や体格を見ればすぐにわかった。細身の少年よりも長身で肩幅があり、アメリカに生まれていればプロフットボールに進んだかも知れない体軀《たいく》の持ち主だ。

「ピョートル兄さん、来てくれてたんですか」

ピョートルと呼ばれた男は、腹違いの弟の腕をがしっとつかんだ。

「三か月の軌道暮らしで筋肉がおちないのはさすがだな。宇宙はどうだった?」

イワン・ラフマニノフはブルーの瞳《ひとみ》で三か月ぶりの兄の顔を見あげた。ピョートルは黒い髪を肩まで伸ばし、スキーの競技に使うような幅広のミラーサングラスで顔を覆っている。

「〈平等の星〉はもう駄目です。黒い球体の捕獲ミッションで限度を超すGをかけ、推進剤も使い果たしました」

「地上もちょっと大変なことになっている。とりあえず、〈女帝〉が呼んでいるぞ」

「〈女帝〉が?」

ラフマニノフ少尉は金髪の下のブルーの目をうざったそうにした。

「イワン、そういう顔をするな」

宇宙港の滑走路の脇に、ピョートルは複座のスホーイ27を駐機させていた。二枚の垂直尾翼にはネオ・ソビエト永代書記長家の紋章が描かれている。

「イワン、お前が操縦しろ。新潟へ飛ぶんだ」

ピョートルはイワンを前席へ押し込んだ。

「兄さん、大気圏内用の航空機は三か月ぶりです」

「だからこそ、早くカンを取り戻すんだ」

後席でピョートルはGスーツを座席に固定する。

「これから忙しくなるからな」

「疲れてるのに」

イワンはヘルメットをかぶりなおし、左の指先で機のAPUをスタートさせた。

奥羽山脈上空

複座のスホーイ27は雪をかぶった山地を見下ろしながら飛んだ。高度は1万フィート。

「イワン。〈女帝〉に会うのは嫌か」

「気が乗らない」

「そう言うな」

後席でピョートルは「ははは」と笑った。

「イワン。お前はネオ・ソビエトの次期総帥だ。あれはお前の叔母さんだぞ。〈女帝〉

とは仲良くしておけ」

「ピョートル兄さん。どうして兄さんじゃなくて、僕なんです」

「お前には華がある。いわゆるアイドルになれるんだよ。総帥になるには大事な要件だ」

「くそ食らえ」

イワンは操縦桿《かん》を握りながら悪態をついた。

「わざと汚い言葉を吐くのはやめろ、イワン。そんなことをしてイメージを崩そうとしても無駄だ」

たしかに、少年はプラチナブロンドにブルーの瞳、少女と見まごうようなほっそりしたシルエットを与えられている。自分と目を合わせると女の子たちはきまってハッとしてうつむく。そんなことに気づき始めたのは十歳にならない頃《ころ》だ。イワン・ラフマニノフは自分のそういう美少年イメージを嫌って、ときどきわざと粗野にふるまって見せるのだが、年上の女の子たちからかえって「可愛い」と言われるのが関の山であった。

「まったく人を小さい時から、人形みたいにあつかいやがって」

イワンは十八年前、モスクワの郊外に生まれた。父は旧ソビエト連邦の国防大臣を二期務めたアレクサンダー・ラフマニノフ。ラフマニノフ家は七十年に渡るソビエト共産党の歴史を陰で支配してきた〈中枢新貴族〉の家系の一つだ。そう、いつからか革命家が秘かに自分たちを〈貴族〉と呼び始めたのだ。

「兄さん。だいたいソビエト共産党っていうのは、もともとは労働者のための組織だったんだろう？」

「そんなのは遠い昔の話だ」

ソ連が崩壊した時、イワンはまだ物心ついたばかりだった。子馬に乗ったり、庭に置いた父のヘリコプターをいじくり回したりして遊んでいた。空軍のエリートでみずからも宇宙飛行士だったアレクサンダーの血を受け継ぎ、イワンもまた生まれながらのパイロットだった。彼の飛行経歴は、広大な自宅の敷地でミル17ヘリを飛ばすことから始まる。初単独飛行は十歳の時だ。ソ連空軍航空士官学校は、十六歳になれば特待生の入学を受け入れる。戦闘機パイロットになって、宇宙飛行士に進むのが少年の夢だった。イワンは十六の誕生日が来るのを心待ちにしていた。しかし彼が十一歳の時にソ連は崩壊し、ソビエト共産党を数十年間陰から支配してきた〈中枢新貴族〉たちは東日本共和国へ逃れ、ネオ・ソビエト一派を結成することになった。今から七年前のことだ。彼もシベリア横断鉄道に乗せられて極東の島国へ落ち延びた。

「貴族も革命家も、言ってみればインテリだ」

後席でピョートルは下界を見下ろしながら言った。

「金持ちに生まれたインテリは資本家になるし、貧乏に生まれたインテリは革命家になる。どっちももとは同じロシア人だ。権力と富を手に入れればおち行く先は一緒。最後はみんな同じになっちまう。ロシア貴族と共産党幹部は何が違う？　何も変わらん。いや、少なくともかつての貴族には品というものがあったな。共産党幹部は貧乏な家の出だから品も誇りも無くて、政敵を血で粛正してしまうんだ。ちょうど今の山多田大三のようにな。だからお前は期待されているんだよ。俺は親父がアフガニスタン駐留中に現地でこしらえた子供だが、お前には遠いロシア貴族の血が流れている。お前なら品格と誇りの備わった帝国を、もう一度築けるだろうってな」

「ふん。勝手な期待をしないでくれ」

「イワン。お前は昔から飛行機さえいじっていれば幸せで、女の子なんか見向きもしないで、スホーイ27がガールフレンドみたいにして育ってきたが、これからはそうも行かない」

「兄さん。僕は飛行機乗りだ。政治家にはならないよ」

「いいや。お前はラフマニノフ家の正当な跡取りに生まれてしまったんだ。そういう宿命だ。あきらめろ」

「くそ食らえ」

尾翼に紋章をつけたスホーイ27は飛び続けた。

「イワン。新潟へ向かう前に寄り道して行こう。真南に機首を向けろ」

「どこに寄るんです？」

「ちょっとすごいものを見せる」

スホーイの巡航速度では、津軽半島から福島県まで二十分かからなかった。急に下界の雪が消えたので、前席でイワンが首をかしげる。

「雪がない」

「ものすごい熱源が通ったんだよ」

「どういうことです？」

「もっと高度を下げよう」

壊滅した郡山市の廃墟《はいきょ》の上空を、スホーイは通り抜けた。

「何が起きたんです。焼け野原じゃないですか」

「住民もいないよ。被害は東日本国民だけで三十万人を越すそうだ」

「焼け死んだのですか」

「食われたんだよ」

「え？」

「もっと南へ」

キィイイイン

背をライトブルーに塗ったフランカーは、白河市、那須野《なすの》市、そして宇都宮軍需工業地帯だった廃墟の上空を通過する。

「いったい何が起きたのです」

「東日本共和国に〈怪獣〉が上陸した。三日前にな」

「怪獣？」

「正体不明の巨大な生き物だ。東日本の南半分は壊滅している。西日本の空軍に応援を頼んでいるくらいだ」

「そんなことが――」

「もう下の廃墟には誰も住めないよ。残留放射能がひどくてな」

イワンは思わず後席を振り向いた。

「放射能――？」

新潟
　ネオ・ソビエト執政部
　正午

　山多田大三の支配する平等党中央委員会大議事堂――ヴェルサイユ宮殿とクレムリンと天安門を足して三で割ったような大要塞《だいようさい》のもっとも奥まった一角に、ネオ・ソビエトの執政部がある。警護隊によって厳重に警備された中庭の門をくぐって進んでいくと、回廊の天井の高さと室内装飾は、平等党中央委員会大会議室よりもさらに数段豪華になっていく。いまどき映画のセットでもお目にかかれない壮大な建築物だ。

「なんでいちいちこんなのに着替えるんだ」

　謁見者控え室でネオ・ソビエトの〈女帝〉すなわち永代書記長エカテリーナ一世の前に出るための第一種礼装に着替えながらイワンは悪態をつく。

「手続きというものだ。文句を言うな」

　イワンを先に立てて、二人の若者はマントをひるがえし〈女帝〉の謁見の間へ進む。胸に航空十字章と宇宙航行功労勲章をつけたイワンが進んで行くと、回廊を警備する議事堂警護隊の女性将校がサーベルを上げて敬礼した。山多田大三が配属してよこした警護隊の女の子たちはマインドコントロールされているはずなのに、イワンが前を通るとハッと目を伏せて頰《ほお》を赤くした。

イワンは無視して通って行く。ピョートルが二歩後から「よう寒いな」と笑いかけて行く。

ギギギギギ

高さ5メートルもある黒い木の扉が開くと〈女帝〉の謁見の間だ。一世紀以上も昔、かつてのロシア帝国を支配した女帝とたまたま同じ名前に生まれついたために〈女帝〉と呼び習わされるようになったネオ・ソビエト永代書記長エカテリーナ・ラフマニノフは大理石の階段の上に玉座をしつらえ、薄桃色のドレスの裾《すそ》をまるでカーテンみたいに床に広げていた。

「書記長閣下にはご機嫌も麗しく」

イワンの後ろで先にピョートルが床にひざをつき、深く礼をする。イワンもしぶしぶそれに倣い、ひざをついて右手を胸に当てる。

「ごぶさたしています、叔母様」

イワンの頭の上で、きぬずれの音がする。付き人の少女が煙草《たばこ》のキセルを〈女帝〉から受けとって小さな座布団のようなものに載せ、脇《わき》に下がる。

〈女帝〉はそらしたあごはそのままに、視線を下げて少年の金髪を見下ろした。

「イワン」

ハリウッドの女優が外見から歳がわからないのと同じように、この金髪の〈女帝〉もいくつなのか、イワンにも正確なところはわからない。女の歳に関心も無い。

「イワン。軌道上の勤務、大儀であった」

「痛みいります」

少年は頭を下げた。

「今朝ほどシャトルにて帰還いたしました」

「〈平等の星〉はどうか」

「あの宇宙空母はもう使い物になりません。スクラップ寸前です」

「ふむ――あいかわらず正直だ」

〈女帝〉は笑った。

「為政者には事実を事実としてありのままに認めることが必要だ。旧ソビエト連邦は末期には中央委員会で誰も本当のことを言えなくなっていた。身体が腐り始めているのにそんなことはありえぬあってはならぬと放置してついには病に倒れた巨象のようなものであった。そうではないか？」

「僕が物心つく前のことです」

「イワン。我々ネオ・ソビエトは、かつて支配した衛星諸国から『旧ソ連時代の植民地並みの圧政と支配に対して謝罪をせよ』と言われている。そなたがネオ・ソビエト総帥ならば、どう答える？」

「僕は知らない。ソビエト連邦六十九年の歴史など僕には関係ない。生まれる前の先祖のなした行為に対して責任を取る義務など僕には無い。『そんな昔のことで言いがかりをつけるな』と言ってやります」

「お前は歴史を引き継いでいるのだ、責任を逃れることは出来ないと言われたら？」

「そんなクレームは墓に入っているじじいどもに言ってくれ、です」

〈女帝〉はうなずいた。

「ピョートル」

「は。書記長閣下」

〈女帝〉はイワンの後ろに控える兄に訊《き》いた。

「イワンは一人前の航空士官となったか？」

「お尋ねになるまでもないこと。わが弟はフランカーをあたかも軍馬のごとく操ります。空戦で右に出る者もそうはおりませぬ」

「よい」

〈女帝〉はイワンを見下ろした。

「イワン・ラフマニノフ。ネオ・ソビエトは過去を断ち切った新しい存在となりたい。人間がみんな平等だとか、そんな無理も言わず、ただふさわしい新しいリーダーのもとにそれぞれの国民が自分の役割を果たせる秩序ある新帝国を築きたい。階級もあろう。しかしそれが人間の自然な姿だと我々は学んだ。ソビエト共産党はみんなを平等にするために発足し、数十年を経ずして結局貴族社会になってしまった。つまりこれが、あるがままなのだ」

「僕もそう思います、叔母さん」

「人間は、学ぶ。苦しい学習をした我々は、今度は人間本来の姿に近い社会を築いて、自然体で二十一世紀を生きてゆこう。そのためには過去を断ち切れる新しいリーダーが必要となるのだ」

イワンは顔を上げた。

「ずいぶんさばけましたね、叔母さん。書記長というのはもっと怖いものではないのですか」

「だから」

〈女帝〉は肩をすくめた。

「そういうイメージと違う人物が欲しいのだよ。これからの書記長は、怖がられない。憧《あこが》れられる書記長となるべきだ。わたしには夫も子もない。〈中枢新貴族〉をモスクワから脱出させ、この地に第二の故郷を作る仕事に忙殺された。そろそろ引退をしたい」

「しかし僕のような飛行機乗りは、政治家には向きませんよ」

「優秀なブレーンをたくさんそばに置ければ、そなたが思うほど難しくはない」

「気が乗りません」

「時代はそなたを必要としている。事態は急激に進んでいるのだ。ここへ来る途中に焼け野原を見たであろう?」

「はい」

「黒い球体に封じこめられて宇宙空間から落下した〈怪獣〉の仕業だ」

「僕の捕獲した球体に怪獣が――?」

「そうだ。宇宙科学アカデミーはかなりの確度で分析を済ませている。木星の衛星エウロパで未知の地球外星間文明が環境改造事業を行っている。彼らが着手してすでに一世紀を数える。あの怪獣は体内に核融合炉を持つ人工の生体環境改造マシンだ。おそらく狂って凶暴化した個体を、星間文明の宇宙艇が定期的にピックアップして太陽に投棄しているのだろう。曳航《えいこう》されていくカプセルを、我々は撃ち落としてしまったのだよ」

「僕は、余計なことをしたのですか?」

「いいや」

〈女帝〉は頭を振った。

「アメリカの木星探査も進んでいる。いずれはどこかの国が星間文明の存在に気づく。わたしがもっとも危惧《きぐ》するのは星間文明の宇宙艇からもたらされる超テクノロジーが、民主主義者たちの手に渡ってしまうことだ」

「民主主義者たちの手に渡るのが、なぜ悪いのです」

「民主主義は何でも多数決で決める。だから大勢の人間が望む贅沢《ぜいたく》や楽をする方向へ向かって突っ走っていく。民主主義の選挙で選ばれた為政者は、国民に対して『贅沢を我慢しろ』とは決して言えない。そんなことを言ったらたちまち落選する。『贅沢の出来る、もっと楽な社会にします』と言い続けなければならない。そしてこの地球の資源を加速度的に食いつぶしていくのだ。そんな連中に星間文明のテクノロジーを渡したら、何をするかわからない。人々に対して『贅沢を我慢し、末永く質素に暮らそう』と言えるのは、人々に崇拝される貴族の指導者だけだ。これからは我々貴族が人類を導き、来世紀を地球と共存してゆかねばならない。そのためにも星間文明の宇宙艇は我々で確保しなくてはいけないのだよ」

「叔母さん」

イワンは〈女帝〉を見上げた。

「星間文明の宇宙艇が、地球へ来ているのですか？」

「ときどき、偵察衛星に探知される。黒い球体を曳航していた銀色の針のような物体だ」

〈女帝〉はイワンのブルーの瞳を見た。

「イワン・ラフマニノフ。そなたに命ずる。総帥を引き受けるか決心するのは、勉強してからでよい。いまは星間文明の宇宙艇を西側に先んじて手に入れよ。必要な部下はつける」

「は、はい」

「そなたの位をただいまより少将に引き上げよう。ピョートルがそなたをよく助けるだろう。ネオ・ソビエト全軍、および科学アカデミーを率いてみよ」

「僕に将軍になれと――？」

「そなたの亡き父も将軍であった。跡を継いでよい歳だ」

〈女帝〉は身を乗り出し、声を小さくした。

「よいか。山多田大三に気取られぬよう動け。山多田にテクノロジーを渡すのは、民主主義の連中の手に渡すよりもはるかに危険だ。やつは世界征服しか考えておらぬ」

「受けるか？　総帥の話」

謁見が済んで議事堂に隣接した中庭に出ると、兄弟は枯れた桜の庭園を歩いた。

「僕は政治家なんて嫌だ。兄さんがなってくれ」

「俺はそんな器じゃない。第一アフガニスタンの山村の娘が産んだ子を、国民の誰が崇拝するものか――いや、自分を卑下して言ってるんじゃないぜ。客観的な話をしているんだ。それに俺は先頭に立って歩くのは苦手だ。後ろのほうで女の子を口説いていたほうがいい」

「とりあえず、偵察に出るよ」

イワンはきびすを返した。

「星間文明の宇宙艇探しは、引き受けるのか？」

「〈女帝〉じきじきの依頼だから断れないよ。それに黒い球体を宇宙からたたき落としたのは僕だ。そのことには責任もある」

「そうか」

ピョートルは弟の後に続く。体格のよい兄が後ろからついて行くと、イワンは屈強の戦士をボディーガードにつけた貴公子に見えた。

「状況偵察のために、側近の飛行隊を編成したいんだ。手伝ってくれるかな」

「お安い御用だ、将軍」

「将軍はやめてくれ兄さん。少将に就任する気はない。指揮権限だけあればいいん

た。

しかし中庭を出ようとしたとき、背後に起きたざわめきにイワンはふと足を止めた。

（――？）

ピョートルも歩を止め、振り向いて見る。

桜の幹が立ち並ぶ広大な中庭の一方から、東日本の憲兵隊にひったてられてワインレッドのコスチュームが転がるように歩かされてくる。長い黒髪の少女だ。歳はイワンとそう変わらないだろう。後ろ手にロープをかけられ、上半身を拘束されて連れられてくるのだ。

「あれは――？」

「銃殺だろう、イワン」

兄がつぶやくように言った。

「銃殺？」

「おそらくあの女の子が、山多田大三の気に入らないことでもしたんだろう。この議事堂裏の中庭は、しょっちゅうそれに使われるんだ」

「東日本共和国は、いまだに銃殺なんかするのか」

「お前は世間を知らなさ過ぎるよ。スホーイのマニュアルのほかに少しは雑誌も読め」

イワンは息を呑《の》んだ。

（昔の共産党みたいなことを——ソビエト共産党が恐怖政治をしなければ、僕はずっとモスクワにいられたんだ……）

黒い髪の少女の背を、憲兵の長靴が後ろから蹴飛《けと》ばした。あうっ！　と声を上げて少女は転ぶ。前かがみに地面に倒れて、蹴った憲兵をものすごい目でにらみ返した。

（——気丈な娘だ。もうすぐ銃殺されるというのに、あの目はどうだ）

少女は髪の毛をつかまれ、立ち上がらされる。白い顔が見えた。小さな唇をキュッと結んでいた。

「おいイワン、どこへ行くんだ」

マントをひるがえして戻り始めた弟を、ピョートルが呼んだ。イワンは振り返らなかった。

イワンは、少女を桜の幹にしばりつけている憲兵隊の数メートル手前で、ブーツを鳴らして立ち止まった。

ザッ
「待て」

ふいのロシア語に、数人の東日本憲兵は振り向いた。その向こうで少女は桜の幹にウエストをしばりつけられていた。ワインレッドのミニスカートから伸びた脚のひざこぞうに、土がこびりついている。

「何の用だ。我々は忙しい」

憲兵の隊長は言った。

「その子を、どうするのだ」

「反逆罪でこれから銃殺するのだ」

「反逆罪とは大げさだな。見れば議事堂警護隊の隊員じゃないか」

「ネオ・ソビエトの方に口を出される筋合いはない。さっき軍事法廷が銃殺を決めたばかりだ。下がっていていただこう」

「さあ、じゃまだじゃまだ」

憲兵は、イワンを若造と決めつけて、ぞんざいな口をきいた。

「待て」

イワンは引き下がらなかった。

「その子は、国家に反逆するような人間には見えない。そのような目をしていない。いったい何があったのだ」

「そちらには関係の無いことだ。あっちへ行ってくれ」

「だめだ。その子が銃殺されるわけを聞かせろ」

「ネオ・ソビエトだからって下手に出れば大きな口を。俺たちがおとなしくしているうちに、あっちへ行くんだ！」

憲兵隊長が手袋をはめた手で、イワンの胸を押そうとした。だがイワンはフライバイワイヤが反応するような素早さでその手首をつかみ返し、

「無礼者」

一挙動で背中へ投げ飛ばした。

「うわあっ」

ずざざざっ、と土ぼこりを上げて憲兵隊長は転がった。

「なっ」

「何をする」

東日本人の憲兵たちは、一斉に腰のピストルに手を伸ばし、イワンとその背後に立つ大男をにらみつけた。

「この野郎、間借りしているくせに大きな顔をしやがって！」

転がされた憲兵隊長が腰から警棒を抜き、背後からイワンに襲いかかろうとするが、背中に目があるようなピョートルが左腕を一振りしてはじき飛ばしてしまう。

「ぐわっ」

顔色の悪い憲兵たちは、いたぶっていたワインレッドの少女を背にして、落ち着き

のない目で突然闖入《ちんにゅう》してきた美貌《びぼう》のロシア少年を見上げた。

「う」

「くそぉ」

弱い犬が、とてもかなわない相手と出会ってどうしてよいかわからなくなっているときの目だった。

隊長を投げ飛ばしても呼吸ひとつ乱さないイワンが、口を開いた。

「さあ。理由を教えてくれ」

「こ、この娘はだな、西日本のスパイが新潟から逃走するのを助けたのだ。山多田先生に対する、重大な裏切り行為だ！」

「スパイを逃走させた――？」

「この娘の上官に当たる警護隊将校が、恥知らずにもスパイ行為を働いていた。この娘は、そのスパイが逃走するのを助けたのだ」

その時、しばりつけられていた少女が身じろぎした。銃殺に備えてさるぐつわをされていた顔を、必死に振った。

イワンはうなずいて、憲兵が「あ、おい」と止めるのも気にせず、少女に歩み寄るとさるぐつわを外してしまう。

「わたしは、逃走を助けてなどいない！　立花五月を待ち伏せて倒そうとしたのだ」

少女は怒鳴った。

「ではなぜ後を追わなかった！　応援を呼ばなかったのだ！」

憲兵が怒鳴り返す。

「そ、それは……」

少女は赤くなってうつむいた。

それは怒りの混じった、屈辱の表情だった。イワンはそれまで、悩みといえばウエストサイズのことぐらいしかない〈中枢新貴族〉のお姫様ばかりの中で育った。こんなに激しく感情をあらわにする少女を初めて見た。

「君、名前は」

イワンが尋ねると、少女は唇をかみしめたまま答えた。

「芳月公香」

「君がスパイを逃がしたというのは、本当なのか」

「わたしは、戦おうとした。しかし――」

少女は言葉を切り、肩で息をした。

「悔しいのか？　芳月公香」

「悔しい」

「逃げた上官に、復讐《ふくしゅう》がしたいか」

公香は、顔を上げた。

「したい！　できるならこの手で引き裂いてやりたい。わたしを、このわたしをあんな――」

口ごもって、唇を嚙《か》んだ。

イワンはピョートルを振り向いた。大男の兄は、幅広のサングラスの下で口の端をきゅっとゆがめて、『好きにしろよ』と言っていた。イワンはブルーの瞳で『面白がるなよ兄さん』と言い返した。

「芳月公香」

「は、はい」

「私はイワン・ラフマニノフ。もし君が望むなら、そのスパイを討つ協力をしてやってもよい」

「――？」

公香は眉《まゆ》をひそめた。

「私の、側近になれ。いずれ西日本の軍隊とも相まみえることになろう。君のその怒りが、私を助ける力ともなろう」

「え……」

急に助かることになりそうなのが、信じられない表情だった。

「どうだ」

イワンは少女の顔にかがみこんで、黒い瞳を見つめた。

「ちょ、ちょっとそれは困る！　いったいあんたがたは何様の――」

憲兵たちがあわてる。

「さがれ、犬ども」

イワンは一喝した。

「これが見えないのか」

そのとき初めて憲兵たちは、イワンの礼服の胸に輝く授与されたばかりの階級章に気づいた。

「う――ネ、ネオ・ソビエト空軍少将――？」

「この方を誰と心得るかっ。次期ネオ・ソビエト総帥、イワン・ラフマニノフ閣下であらせられるぞ！　ええい頭が高いっ」

イワンの後ろでピョートルが怒鳴った。でかい声の威圧感は格別であった。

「は、はは」

「ははーっ」

「知らなかったこととは言え、とんだご無礼を！」

東日本人の憲兵たちは、地面に頭をこすりつけた。

「憲兵隊長」

ピョートルは間髪を容れず怒鳴りつける。

「ラフマニノフ閣下に手をかけようとは、無礼千万。この場で手打ちにしてもよいのだが」

「はは、はーっ」

「閣下は無礼くらいで人の命を絶とうなどとはお考えにならぬ。品格が違うのだ。今回は、特別に許す」

「ははーっ」

「そちらの芳月公香は、たったいま閣下より側近を命じられた。今日からは栄誉あるネオ・ソビエト特務将校である。階級はお前たちよりずっと上だ。ただちに縄を解き、土ぼこりを払ってさしあげろ」


公香を連れ、謁見者控え室に戻るとイワンは被服係にネオ・ソビエト上級女性将校用の制服一式を用意させた。

「シャワーを浴びて、これに着替えなさい。僕たちは外で待っている」

驚いている公香に制服を渡すと、イワンは兄と連れ立って回廊へ出た。

「兄さん。権力芝居の茶番はこれっきりだ。もう二度とやらないよ」

「そんなこと言ってお前、結構さまになっていたぞ」

「身分を振りかざして人をひれ伏させるなんて、僕のやることじゃない」

「でも結局、お前は〈女帝〉から任命された将軍職を受けてしまった。自分から少将と名乗ったんだからな」

「ああ嫌だ」

「おい、イワン」

　ピョートルは笑って弟の肩をつついた。

「一目惚《ひとめぼ》れか？」

「よしてくれ」

「そうだよな。あの警護隊の子、フランカーよりよほどチャーミングだ。連れていくのか」

「とりあえず——僕の秘書にでもするよ。マインドコントロールは解いてやれるかな」

「うむ。着替えたら科学アカデミーへ連れていこう」

有理砂
阿武隈山中
同時刻

「それで」

ようやく見つけた渓流に下りて、わたしはたらふく水を飲んだ。それでも油断は出来なかった。あの気色悪いナメクジ芋虫みたいなやつが、いつ茂みの中から襲ってくるかわからなかった。

「それで、マインドコントロールのかかっていないことがばれたあなたは、新潟から脱出して来たというわけ?」

「そうだ」

白銀のコスチュームを着た女の子——立花五月と名乗った——は岩に腰掛けて川のせせらぎでサーベルを洗いながらうなずいた。

「そろそろ信用してくれるか」

「え」

「初対面で、これだけ正直に話した。わたしの亡命を手助けして欲しい」

「それはまぁ、助けてやりたいけどさ」

わたしは川に石を投げこんだ。

「サバイバル・キットがどこへいったのかわからないのよ。射出座席と一緒に飛んでいっちゃったんだと思うんだけど――」

Ｆ18の射出座席に装備されていたサバイバル・キットには救難用無線機が入っている。本当は救命ボートとサバイバル・キットはパイロットのＧスーツの腰に繫《つな》がれて、一緒に降下するようにできている。しかし昨夜のあの状況だ。空中に放り出される過程でワイヤーがちぎれてしまったに違いない。

(どうしよう――こんな森の中に降りたのでは、こちらから位置を通報しない限り救難ヘリに見つけてもらえないわ)

おまけに東日本領内ときている。西日本空軍の救難ヘリコプターがちゃんと来てくれるのかどうかも疑わしい。

「あなた、昨夜あたしがパラシュート降下するのを見ていて、助けに来てくれたんでしょう？　射出座席がどっちへ飛んでいったか、見ていなかった？」

わたしを助けてくれた立花五月という東日本議事堂警護隊将校は、新潟を脱出して利根川《とねがわ》国境を目指す途中で、深夜わたしが〈レヴァイアサン〉に撃墜されるところを目撃したのだという。パラシュート降下した戦闘機パイロットは味方のヘリコプターで救助されるから、わたしについていれば西日本へ行けると思って一晩中森の中を捜していたらしい。おかげでナメクジ芋虫には食われずにすんだけれど。

「森の中だと思う」

五月は、背後の山を振り返った。

「貴官の戦闘機はあの怪物の触手で真っ二つになった。射出座席はちぎれて、貴官と反対方向へ飛んだのだろう」

「ふう」

わたしは、霧に覆われた鬱蒼《うっそう》とした森を見上げた。

「またあの中へ戻るの――？」

一休みして、わたしたちは森の中へ戻った。鬱蒼とした大木のてっぺんを見上げながら山の斜面を上った。射出座席は、木の上のほうに引っかかっているに違いなかった。

「ちょ、ちょっと待って」

五月という子は敏捷《びんしょう》で、黒いコートにミニスカートで岩場もひょいひょいと登っていく。

「待って。あなたのスピードついて行けないわ」

わたしは「はあ、はあ」と息をつく。

（いけないいなー、帰ったらお酒ひかえて身体《からだ》鍛えよう）

だが
「しっ」

五月は唇に指を当てる。

ピルピルピル――

ぞっとするような鳴き声が、右手の森の中から近づいてくる。

ピルピルピルピル
「げっ――」

「声を立てるな。伏せろ」

岩場の向こうを、ぬめぬめと気色悪いピンクの皮膚に覆われた軟体動物が五匹、粘液をてかてか光らせながら渡っていく。

「こちらは風下だ」

岩陰に伏せたまま、五月が小さな声で言う。

「身を隠していれば、大丈夫だ」

「あなた――あれと何度も闘ったの？」

「三日間で五匹倒した。今朝のを入れて」

「あれは何なの」

「〈レヴァイアサン〉に餌《えさ》を運ぶ虫のようなものらしい。全滅した陸軍師団の指令車の中に、分析ファイルがあった」

「幼虫？」

「よくわかっていない」

ズズズズズ――

「この地鳴りは？」

わたしは周囲を見回す。

「〈レヴァイアサン〉の本体が移動する響きだ。遠い。山一つ向こうだから大丈夫だ」

「あなた三日もこの山の中にいたの？」

「そうだ」

「よく平気だったわね」

わたしは、岩陰に伏せながら立花五月の白い横顔をちらりと見た。睫毛《まつげ》の長い大きな目は、移動していくナメクジ芋虫の群れを油断なく追っている。歳は二十歳すぎだろうか。わたしとタメをはるような美貌と、あの身のこなし。西日本帝国に生まれていれば、アイドル、俳優、モデル、プロのアスリート、なんでも出来ただろう。

わたしはふと、不審に思った。

「ねえあなた——そんなに身のこなしがいいなら、どうして三日もこんな山の中にいたのよ？　あなたの脚ならさっさと危険地帯を抜けて利根川国境へ行けるはずじゃない」

「——」

五月は答えなかった。じっとナメクジ芋虫の行方を追っている。

〈何を考えてるんだろう、この子……〉

好きでこんな山の中を三日もうろつく人間はいない。

「行こう。〈捕食体〉は去った」

「あ、ちょっと」

五月は立ち上がると、さっさと斜面を歩き始めた。

「ねえ、立花五月さん」

「——」

答えずさっさと五月は行く。

わたしは急いで息を切らしながら追う。わたしだって体力は並みの人より上のつもりだが、山歩きでは五月にとてもかなわない。五月の体力と運動センスは、西日本なら新体操の全国大会レベルだろう。ほっそりしているが鍛え方は尋常でない。

「ねえ。あなたどうして逃げないでうろついていたのよ」

「わたしは追われている。山から出れば、人に見つかる」

「あなたなら夜の闇《やみ》にまぎれて国境へたどり着けるはずだわ」

「――――」

五月はまた黙ってしまった。

(変なやつ)

亡命したいというが、あんまり変なやつを連れて帰ると、わたしが海軍上層部のおっさんたちに怒られてしまう。

「ねぇちょっ――」

その時、五月が急に立ち止まった。わたしは背中にぶつかりそうになる。

「ちょっと!」

「――――」

立ち止まった五月は、黙って前方の木の上を指さす。

「何?」

うながされて目を上げていくと、絡まり合った巨木の幹の上に、枝のバスケットにのっかったような形でF18の機体が逆さまに停まっている。上空からおちてきて、木の枝の中に突っ込んだ形だ。

「ホーネット――！」

わたしは走って近寄った。わたしの機でないことは、すぐにわかった。機首に赤い女王蜂《ばち》のマークが描かれていなかったからだ。墜落したF18の機体には、ホワイトアスパラガスのような気味の悪い白色の大蛇のようなものが絡みついていた。

「何だこれ――」

「〈レヴァイアサン〉の触手だ」

五月が言った。

「この戦闘機は空中で絡みつかれ、そのまま触手をちぎりとってここへ突っ込んだのだろう」

大木のように太いぶよぶよのアスパラガスは、動かない。たしかに途中でちぎれていて、機体に絡みついた先端のほうには、人間の手にそっくりな、腕としか言いようのないものが数十本生えていて、三本指の鉤爪《かぎつめ》が空をつかんだ形で止まっている。

（う――）

わたしは鳥肌が立つ。

「愛月中尉」

五月が斜めに逆立ちした機体を見回しながら言った。

「これは貴官の僚機か？」

「——たぶん」

わたしはうなずく。これは空母機動部隊所属のF／A18Jだ。

「機体番号は……」

尾翼の番号を読んで、わたしはハッとする。

「——留美！」

わたしは思わず巨木の幹をよじ登った。空母〈赤城〉所属を示す機体の記号とナンバーは、わたしのウイングマンをつとめていた本多留美のものだった。

「留美っ——！」

だがコクピットのキャノピーは開いており、操縦席に本多留美の姿はなかった。代わりに、ぬめぬめする白濁した粘液のようなものがシートにべっとりついていた。

「不時着した時には、搭乗員は生きていたかも知れない」

わたしの背後に立って、五月は言った。

「気を失っているところを、〈捕食体〉に襲われたのだ」

わたしは主のいない操縦席を見回し、床に銀色のペンダントのようなものが落ちているのを見つけた。

（認識票……）

手でつまみ上げると、チャリッと音を立てた。

「――留美……」

留美のホーネットのバッテリーは生きていた。わたしはVHF無線機を救難信号モードにセットすると、座席の背を開けてサバイバル・キットと携帯無線機を取り出した。

ピピピピ
赤いランプを点滅させて、自動送信が始まった。

これで救援は来るだろう。

「下りましょう。救難ヘリには川原で拾ってもらうことになるわ」

五月をうながし、二人で大木の繁《しげ》る斜面を下りる。

ズズズズズ――

（〈レヴァイアサン〉……？）

立ち止まって見上げると、霧のかかる山の稜線《りょうせん》の向こうを、巨大な蒼白い球体が移動して行くのがちらりと見えた。

「――怪獣め！」

わたしは、この世のものとも思えない巨大な怪物の姿を目に焼きつけた。

「帰還したら、ありったけの爆弾を抱えて戻ってきてやる」

「無駄だと思う」

五月が口を開いた。

「そんなことない、必ずぶち殺してやるわ」

「通常の兵器では、あれは殺せない。わたしは三日間で、つぶされた戦車の残骸《ざんがい》を百両以上も調べた。常磐海岸にもこの阿武隈山中にも、戦車隊の生存者は一人も見なかった」

「水をさすようなこと言わないでよ」

「戦闘爆撃機も、ヘリコプターも、あれに向かって行ったものは残らず墜《お》とされた。わたしは見ていた。西日本の優秀な機体も、あれが吐く蒼白い閃光球には歯が立たない」

「戦場の跡をうろつくのが趣味なわけ？　あなた」

わたしは五月をにらみつけた。

「死体の山をうろつくのが趣味なわけ？　怪しいわよ」

「――――」

五月はまた黙ってしまった。

「あなた、何をしていたの？　命を助けてくれたのはありがたいと思うわ。でもあたしと亡命したいんでしょう？　あなたそんな格好で山をうろついてただでさえ怪しいけど、正体をはっきりさせてくれなきゃ、連れて行くわけにいかないわよ」

「――――」

「三日も怪獣の周りで、何をしていたのよ。言いなさいよ」

「言いたくない」

「言わなきゃ、ヘリに乗せてあげないわ。言いなさい。何をしていたの」

川原へ戻っても、五月は頑固に何も語ろうとしなかった。困るんだよなあ。乗せてやらないなんてかわいそうだけど、いちおう怪しいやつを連れて帰るわけにいかないしなぁ。

「他人に言いたくないことは、誰にでもあるだろう」

「そりゃそうだけどさ」

そんなこと言われれば、わたしにだって人に言いたくないことは山ほどある。こいつわたしに輪をかけて頑固だな。O型に違いない。

「五月。あなたに命を助けてもらって、半日一緒に山の中をさ迷ったわ。わたしたちは友達になれるかも知れない。でも本当のことを言ってくれなければ、西日本へ行ってもあなたを助けてあげられないわ」

わたしがそう言うと、O型でもさすがに悪いと思ったのか、少しうつむいて考えこんだ。

「――捜していた」

五月はぼそりと言った。

「え」

「人を、捜していた。でも見つからなかった。それだけだ――」

立花五月は寂しそうに下を向いた。

はーん。

わたしは直感した。

(何だ、その手のわけありか。早く言えばいいのに)

わたしは、うつむいた五月の肩に手をかけた。

「いいわ。じゃ、それ以上聞かない。西東京に着いて落ち着いたら、また話してちょうだい」

パリパリパリ――

救難信号が早速受信されたらしい。その時、山合いの渓谷にヘリコプターのローター音が響き始めた。

パリパリパリパリ

「ヘリが来たわ」

わたしの腰のベルトにさした携帯無線機に、ノイズが入った。

『ザー。西日本海軍のパイロットへ。こちらは救難ヘリ。機体から300メートル東の川原へ出てスモークを焚《た》け。川原で救出する』

「お役目ご苦労様。すでに川原へ出ている。スモークを焚くわ」

わたしは留美の機体から取り降ろしたサバイバル・キットを開け、発煙筒を取り出すとプラグを引っ張って点火した。

シューッ
オレンジ色のマーカー・スモークが勢いよく噴出して立ちのぼった。

『スモークを視認した。一分で行く』

パリパリパリパリ
カーブした渓谷の小高い尾根を越えて、ヘリコプターが姿を現わした。

（ああ、これで帰れる――）

ほっとしたのも束の間、わたしは尾根を越えてきたヘリの機体のシルエットを見て、愕然《がくぜん》としてしまった。

「え――ええっ？」

同時に立花五月がだだっと駆け出すと、森の外れの茂みに隠れてしまった。

パリパリパリ

現われたヘリコプターの昆虫のようなシルエットは、わたしが見慣れた西日本のUH60救難ヘリコプターではなかった。

「ミル17——?　東日本軍の機体なのっ?」

考えてみればありうることだった。ここは東日本領内で、わたしたちは東日本からの協力要請で出撃したのだ。助けに来るのが東日本機でも何の不思議も無い。単発のタービンエンジンを背中に載せたミル17は、機首を下げた姿勢で川原へ着陸態勢に入った。風圧で川原の小石が飛び散り始める。

「ちょっと、五月!」

わたしは急いで茂みに走った。

「来ないでくれ!　見つかったらわたしは殺される」

「そりゃ、そうだけど——ええい、」

わたしは一瞬で思いつき、決断した。かなりやばいことだがこの子をここへ残して行きたくない。どうも年下の可愛い子がいると面倒を見てしまう。だから〈両刀遣い〉なんてあらぬ噂《うわさ》を立てられるんだ、まったく。

「五月、ごめん!」

わたしは五月を地面に押し倒すと、両肩を押さえて彼女の白銀のコスチュームを引きちぎるように脱がせ始めた。

「なっ、何をする」

「おとなしくしなさい」

「わたしにそんな趣味は無いぞ」

「あたしだってそうよ！　いいから、西日本に亡命したくないのっ？」

　わたしは五月の上等のシルクで織られた白銀の上着とプリーツのミニスカートを、全部脱がしてしまう。

「何をする気だ！」

「言う通りにして」

　キュンキュンキュン
　ミル17は、川原の砂利の上に接地した。

「戦闘員は周囲を警戒！　救難員は応急手当の用意をしておけ」

　救難ヘリの機長が操縦席のドアを開け、大声で指示しながら川原に降りてきた。二人の戦闘員がＡＫ47ライフルを持って散り、周囲を見回して警戒した。ナメクジ芋虫は群れをなして襲ってくるから、やつらの姿が見えたらただちに離陸しなくてはならないのだろう。

「西日本のパイロットか？」

機長が川原に立っているわたしに近づく。

「西日本帝国海軍、愛月有理砂中尉です。救援に感謝します」

中年の機長にわたしは敬礼する。

「うむ、貴官は運がよい。我々東日本空軍の救難飛行隊も、あいつぐ消耗でまもなく全面撤退するところだ。そちらは——?」

機長はわたしの背に隠れるように立っている立花五月を見た。五月は白いブラとショーツだけで、コートを肩にかけて両腕で胸を隠すようにしている。

「わたしの僚機の本多少尉です。彼女の機体は脱出時に火災を起こし、飛行服が燃えてしまったのです」

「それはお気の毒だ。女性用の着替えは積んでいないから、しばらく我慢していただくが、よろしいか」

「かまいません」

「では貴官ら二名を、東東京へお連れする。四谷ゲートから西東京へ出ていただくことになるだろう」

「感謝します、機長」

わたしは敬礼した。五月は恥ずかしそうにうつむくふりをして、ヘリの乗員たちに顔が見えないようにしていた。

（やれやれ。これで助かったな）

だが世間は甘くなかった。わたしたちがミル17ヘリのキャビンのステップに足をかけた時、

「機長、待ってください！」

森の外れを警戒していた戦闘員が、走ってきた。

「あそこの茂みの中に、こんなものが――」

わたしは冷や汗が出た。

（しまった、もっとちゃんと隠しておくんだった！）

だがもう遅い。

「そのコスチュームは……」

機長は眉をひそめた。

「――まさか、議事堂警護隊？　おい、昨日配られた手配写真を――」

機長がそう言い終わらぬうちに、五月が音もなく反応した。

ビュッ
「あぐっ」

どうやって攻めたのかわからない早わざで、五月の肘《ひじ》が機長を悶絶《もんぜつ》させていた。

どさっ

（あーしまった、なんてことを）

ヘリの乗員に戦闘員が大声で怒鳴った。

「つかまえろ！　逃走中のスパイだぞっ」

ヒュッ
五月は一瞬、瞬間移動したかのように見えなくなり、わたしが気がつくと砂利の上で戦闘員がお腹を押さえて倒れ、下着姿の五月にＡＫ47は奪い取られていた。

ジャキン
「ちょ、ちょっと待ちなさい」

五月は無表情のまま、自動小銃のセーフティを流れるような動作で外した。五月を狙《ねら》おうとするもう一人の戦闘員へ銃口を向けた。

ダダダダダッ
ぐわあっ！　と悲鳴を上げて戦闘員が倒れた。ヘリの中から副操縦士と二名の救難員がピストルを構えて出てこようとするが、ダダッ、ダダッと恐ろしく正確な射撃で四人とも撃ち倒してしまう。パキンパキンと銃弾がミル17の機体に跳ね返る。おい、燃料タンクに当てるなよ、防弾なんかろくにしてない旧ソ連製の安物だぞ。

五月は最後に、地面に倒れているヘリの機長にジャキンと銃口を向けた。

「や、やめなさい」

わたしはハッとして、五月の腕に飛びつくとＡＫ47の銃身をねじ上げて空に向けさせた。

ダダダダッ
「やめなさい！　五月」

ダダダッ
「撃つのはやめなさい。殺すことないじゃないかっ！」

ダダッ
五月はようやく引き金を離し、はあはあと息をついた。

「はあっ、はあっ」

ヘリの機長が、わたしたちの足元で気を失ったまま倒れている。

「殺すことないじゃないか」

わたしは五月からＡＫ47を取りあげると、川原に捨てた。

「はあ、はあ」

「ばれたのなら、おどかして乗っ取れば良かったのよ。無駄な人殺しだわ」

「わたしは」

五月は肩で息をした。

「わたしは、こんなところで死ぬわけに行かないんだ。死ぬわけに行かないんだ！」

「何があったのか知らないけど、この人たちは一応、わたしたちを助けに来てくれたのよ。ひどい仕打ちだわ！　あなたひどいわ」

「わたしに手を出せば、こうなるんだ。こうなってしまうんだ。仕方がない」

五月は唇を噛んで、そう言い切った。

わたしはため息をついた。

「逃げましょう。とにかく」


ヘリの機長を倒れたまま川原に残し、わたしと五月は急いでミル17に乗り込んだ。

「わたしは操縦出来ないわ。あの機長に頼んで飛ばしてもらうしか――」

「操縦なら出来る」

五月はブラとショーツのままで左側の操縦席につく。オーバーヘッドパネルに手を伸ばしてパチパチとタービンエンジンのスタート手順を行う。

ヒュゥウウウン
ミル17はゆっくりとローターを回し始めた。

「警護隊って、ヘリまで教えるの」

「基本操作だけだが」

キィイイイイン

「急いで上がろう。谷にガスが出てきた」

「え」

五月の言う通り、いつの間にか狭い渓谷に薄黄色いもやが立ちこめ始めていた。

「有理砂。キャビンの外扉を閉めてくれ。警告灯が点いたままだ」

「いいわ」

わたしは立ち上がって、後部キャビンへ行く。開いていたスライディング・ドアを閉めようとするが、

「待て」

いつの間にか胴体の蔭《かげ》に隠れていた機長に、自動小銃を突きつけられてしまった。

「うっ」

「手を上げろ」

ヘリの機長は気絶しているものだと思って、油断していた。いつ息を吹き返したのだろう。

「そのまま動くな、女スパイめ」

ステップに足をかけ、乗り込んでくる。わたしはホールドアップするふりをして、合気道の技でヘリ機長を機外へ投げ飛ばした。

ぶんっ

「うわっ」

「急いでるの。ごめんね」

川原へ転がった機長が、ＡＫ47を撃ってくる。

ダダダダッ
「きゃっ」

キャビンに伏せたわたしの頭上で、カンカンカン！　と銃弾が跳ね返る。天井のエンジンを狙われたらことだ。脱出出来なくなる。

「女スパイめ、逃がすかっ」

「五月！　早く上がって！」

キィイイイインッ
ヘリが浮揚し始めた。低空を保ったまま、川の上を滑るように飛び始める。

ダダダダッ、ダダッ
機長が撃ちまくりながら追いかけてくる。銃の腕は素人《しろうと》だが、プロのパイロットだ。わたしを狙うのをやめて、ヘリの天井を撃ち始めた。

パスン、パスン
「五月、高度上げて！」

タービンエンジンのフードに、９ミリ弾が数発命中する。やばい、五月は何をやっているんだ。早く上昇しないと――

「上昇して！」

「上がり方忘れた」

ヘリは川原の上をフラフラと蛇行し始めた。

「あなた出来るって言ったじゃないの！」

「待ってくれ。いま思い出す」

これだから０型は！

パスンパスンッ
やばい、あと一連射ぶちこまれたらこのポンコツは墜落しかねない。

だがその時、ヘリを追って走っていた機長が、突然もんどりうって川原に転がった。

「うぐっ、ぐわあっ」

顔を真っ赤にして、苦しみ始めた。

「ど――どうしたんだ？」

暫定首都新潟
首都防衛航空基地

芳月公香を科学アカデミーの医学研究センターにあずけたイワンとピョートルは、スホーイの機体を置いてある首都防衛航空基地に戻った。

「どこから視察する？　イワン」

「そうだな、とりあえず〈怪獣〉との戦いの前線を――」

その時、イワンとピョートルの前を、蒼い顔をした若者の一団が列をなしてぞろぞろと通って行った。若者たちは、くたびれた飛行服を着て鉢巻きをしめていた。

ぞろぞろぞろ
「なんだ、あいつら」

「A5攻撃機の搭乗員だ」

「A5？」

イワンは飛行列線を見やった。広大な首都の空軍基地にはもうミグやスホーイなど旧ソ連製の作戦機は一機も見えなかった。ずんぐりした銀色の中国製〈強撃5〉攻撃機が十数機、翼を休めているだけだ。

「東日本の空軍で残っているのは、もう中国製のＡ５だけだと聞いている。性能は最低だが、数だけは多いからな」

単座のＡ５攻撃機に乗り込む搭乗員たちは、みんなうつむいて蒼い顔をしていた。

「あいつら体当たり攻撃に行かされるんだよ。イワン」

「体当たり？」

「Ａ５には昼間有視界攻撃能力しかない。これまで霧の中に隠れている〈レヴァイアサン〉を攻撃することが出来なかったんだ。照準出来ないし、速度が遅いからみんなやられてしまう。出撃するだけ無駄だったんだが、山多田大三が『それなら体当たりすればいい』と言ったんだそうだ」

「ひどいな。戦闘機パイロットに対する侮辱だ」

「山多田は、『国のために体当たりするのは当たり前である』と発言したそうだ。一度山多田からそういう発言が出てしまうと、体当たりを拒否したパイロットは〈不適国民〉にされてしまう。不適国民とは東日本共和国にふさわしくない〈生存不適格国民〉なので、ただちに銃殺されてしまう。あいつらは、行くしかないんだ」

Ａ５攻撃機への搭乗が済むと、隊長機のコクピットから編隊長らしい若者が立ち上がって、列線の正面に立っている司令官に敬礼した。

「愛国挺身《ていしん》攻撃隊、ただいまより敵怪獣に対し、特攻いたします！」

「うむ。山多田先生のために、立派に死んで来い」

それを見てイワンはうなった。

「ひどい」

だが二人の見ている前を、『平等』『山多田先生万歳』『七生報国』『人類皆兄弟』などと大書した横断幕を持った基地の隊員たちが走って行き、滑走路の脇でバンザイを始めた。

バンザーイ！

バンザーイ！

エンジンを始動したＡ５は、旗を振って見送る大勢の隊員たちの間を地上滑走して行く。

キィイイイイン
バンザーイ！

バンザーイ！

「ひどいな。あんなふうに万歳で見送られたら、情けなくてもう帰って来れないじゃないか」

「そのためにやっているんだよ。誇りを持った男なら、あんなふうに見送られたらもう帰って来られない。あのバンザイは、『途中でエンジンが不調になっても怖くてたまらなくなっても絶対に帰ってくるな』という意味なんだ」

「兄さん」

「ん」

「前線の視察は取り止めだ。その前に見ておきたいところがある」

統合軍令部

「山多田先生。現在の状況をご報告します」

イワンとピョートルが最高作戦会議室へ入って行くと、ちょうど軍令部の作戦士官が報告を始めるところだった。

「おお。おお。これはラフマニノフ閣下」

はげ頭をてかてか光らせた陸軍大臣が、もみ手をしてイワンを迎えた。

「最高作戦会議をオブザーブされたいとか。ようこそおいでくださいました」

閣僚の全員が立ち上がり、パチパチと拍手でイワンとピョートルを迎えた。

パチパチパチパチパチ
「いやぁ、次期総帥じきじきのご訪問とは」

「少将ご就任おめでとうございます」

「ははは。めでたいめでたい」

イワンは奥にふんぞり返る山多田大三に軽く一礼してから、壁際の席に着いた。それにしても国の半分が壊滅状態だというのに、この連中はなんて呑気《のんき》なんだろう。

「では報告を続けろ」

イワンとピョートルが着席すると、陸軍大臣がうながした。

若い作戦士官は一礼して、

「報告を続けます。偵察部隊によりますと、〈レヴァイアサン〉は先ほどまた移動を開始しました。時速20キロで阿武隈山地から中通り盆地へ出て来ます」

「うむ」

陸軍大臣がうなずいた。

「〈レヴァイアサン〉め。また腹をへらしたな。だが今こそチャンスだ」

陸軍大臣は奥の山多田大三に向き直り、最敬礼しながら
「山多田先生、今こそ、〈輝かしき人柱作戦〉を開始する時です」

大三がうざったそうに「うむ」とうなずいた。

イワンは眉をひそめた。

〈輝かしき人柱作戦〉——?　何のことだろう。

「作戦士官。進捗《しんちょく》状況はどうか」

「は」

作戦士官は、少し蒼い顔になって、報告書を読みあげた。

「すでに網走《あばしり》の収容所、および全国の各市町村からいらない国民を総勢百万人選出し、陸軍のトラックで平等東北国道へ輸送中であります」

イワンは手を挙げた。

「すまぬが、陸軍大臣。〈輝かしき人柱作戦〉というのは何なのか、教えてもらいたい」

「これはこれは。そうでしたな、宇宙から戻られたばかりでは、この画期的作戦についてご存じないのも無理はない」

陸軍大臣は得意になって説明し始めた。

「ラフマニノフ閣下。〈輝かしき人柱作戦〉とは、いらない国民を有効に活用して〈レヴァイアサン〉を誘導するエサに使い、あの大怪獣を西日本帝国へ追っ払ってしまうという、まさに輝かしき大作戦であります」

「いらない国民、というのは――？」

イワンは表情を平静に保ちながら聞いた。

「勤務態度の悪い国民、平等党への忠誠心の無い国民です。見てください。こいつらをこの図のように百人ずつ東北国道の電柱にロープで結わえつけ、エサにすることによって〈レヴァイアサン〉を誘導し、利根川国境まで連れて行きます。途中でやつが進路を変えそうになったら特攻機をばかすか突っ込ませて進路を修正します。あの大怪獣が西東京に襲いかかればしめたもの。あとはわが東日本軍の温存しておいた最精鋭部隊が西東京へ突入、西日本の国会議員を全員処刑した上で首都機能を制圧、一挙に西日本を〈解放〉いたします。いらない国民は処分できるし、あの怪獣が帝国主義者どもを成敗してくれる。一石二鳥の作戦ですな。ははははっ」

「精鋭部隊を、温存しているのか」

「さようです。東日本軍が壊滅状態などというのは真っ赤な嘘《うそ》。西日本に救援を求める振りをして木谷のアホをだまし、やつらの航空兵力を消耗させてやったのです。計略は大成功、現在西日本にF15Eは一機もありません」

「ううむ――」

イワンはうなった。

「そ、それは――素晴らしい作戦だ」

「ラフマニノフ閣下。西日本攻略の節には、ネオ・ソビエトにも軍勢を出していただきたい。頼りにしておりますぞ。はっはっはっ」

イワンは立ち上がった。

「まことに素晴らしき軍略、敬服いたしました。わたしは宇宙帰りで雑務がたまっているゆえ、これにて失礼する。御奮戦をお祈りする」

「はっ」

「はっ」

立ち上がる閣僚に礼を返して、イワンとピョートルは退席した。


「兄さん。あれはひどい」

軍令部前でネオ・ソビエト専用車に乗り込むなり、イワンが吐き捨てた。

「さっきの特攻にしろ人柱にしろ、為政者のやることじゃない！」

「山多田大三は、為政者じゃないよイワン」

ピョートルはサングラスの眼を軍令部のどす黒い建物に向けた。

「やつは、支配者だ。やつは国民に選ばれた元首ではない、国民を所有するオーナーなんだ。やつにとって国民は消耗品だ」

「兄さん。国民を消耗品あつかいするこんな国は、我々ネオ・ソビエトで占領して統治してしまおう。そのほうがいい。このままやらせておいたら日本人どもは何をするかわからないぞ。日本列島の中だけで身内で戦争しているならまだいい、しかしもし山多田の作戦が図に乗ってやつらが日本を統一したらどうなる？　今度は周辺諸国が侵略され、アジアの人々は〈いらない国民〉と同じようなあつかいを受けるぞ」

「イワン。そのことは俺も考えていた。お前がそう言ってくれて嬉《うれ》しいよ。しかしな、日本人はださい連中だが手ごわい。あなどれない連中なんだ。太平洋一年戦争ではアメリカを相手に互角に戦った。アジアの黄色人種が空母機動部隊を編成して、あの機械文明大国と対決し、ミッドウェーでは三隻の米空母に魚雷を四十八本ぶちこんで全部沈めてしまったんだ。グラマンF6Fは〈烈風〉という戦闘機に手も足も出なくてばたばた墜《お》とされた。アメリカがあわてて講話を申し入れなかったら、超重爆にアメリカ本土を爆撃されていただろう。もっと昔には、わがロシア帝国のバルチック艦隊も全滅させられている」

「あれはフェアじゃないよ。喜望峰回りでへとへとになってようやくたどり着いたところを、待ち伏せて袋だたきにしたんだ」

「だが、あの日本海大海戦の影響は凄《すさま》じかった。トルコはいつもいじめられていた隣国のロシアがこてんぱんにやられたので大喜びして百年たった今も親日政策、アフリカの諸国じゃ非白人の艦隊が史上初めて白人を倒したというのでこれまた大喜びして独立運動に拍車がかかり、各地にトーゴーの銅像が建つ始末だ。あの海戦を機に、白人の非白人支配の歴史は終わりを告げたんだ。それをやったのが日本人だ。日本人とはそういう連中だ。だからやつらを征服して統治するには、慎重な準備が必要なんだ」

「わかったよ兄さん」

イワンはうなずいた。

「僕はやる。いつか日本を征服したら、まず国民たちに『せかせかするのをやめて、のんびり暮らそう』と号令するつもりだ」

「そうだな。お前に統治されるのが、この国にとっていちばん幸せだろう」

「協力してくれ、兄さん」

イワンに真剣な眼でそういわれると、ピョートルは笑った。

「イワン、お前たった半日ですっかり総帥らしくなったじゃないか」

有理砂

鹿島灘上空

自動小銃で追って来たヘリの機長が倒れたのもつかの間、わたしにも猛烈な吐き気が襲ってきた。同時に手足がしびれ、目がちかちかしてきた。

「ううっ、うえっ」

どうしたんだ？　わたしは立ち上がってハンドルをつかみ、なんとかしてキャビンのスライディング・ドアを閉じる。

この手足のしびれは――

（――まさか。ハイパー・ベンチレーション？）

その時、急に天井のエンジンの出力が上がり、ミル17はがくんと高速エレベーターみたいに急上昇を始めた。

「こ、今度は戦闘機並みの上昇だわ！　いったいどうしたの」

物につかまりながらやっと操縦席に戻ると、立花五月がスティックを握りながら首をかしげていた。

「おかしい、エンジンの出力が急に限界まで上がった」

「え」

「わたしは、何も操作していない。排気温度計を見てくれ。スロットルを絞らなければタービンが溶けるところだった」

「撃たれたせいかしら」

「違うと思う。逆に出力が上がるなんて変だ。おかしい」

だが渓谷を脱出すると、エンジンの出力は元に戻った。

その時、わたしたちは知らなかったが、〈レヴァイアサン〉がついに狂ったプログラムにしたがって大気の改造を開始していたのだ。異常に増加した酸素を含むガスが、谷に流れこんできたのである。

追ってきたヘリの機長とわたしを襲ったのは、ハイパー・ベンチレーション、つまり呼吸をし過ぎる（酸素を取り過ぎる）ことによって手足がしびれて頭がのぼせる症状だった。わたしは訓練生の頃、航空医学実験隊で教わった。酸素マスクをつけ高空を飛ぶパイロットや深海のダイバーがパニックに陥ると、この症状を起こすことがあるそうだ。ヘリの出力が急激に上がったのも、異常に増加した酸素のせいだったのだ。後で知ったことだが〈レヴァイアサン〉の吐き出すガスには高濃度の酸素だけでなく猛毒の亜硫酸ガスも含まれており、ヘリが急上昇して離脱してくれなかったら、ハイパー・ベンチレーションだけでは済まなかったのである。

パリパリパリパリパリ

ミル17は、鹿島灘《かしまなだ》の海岸線に沿って南下した。利根川を越えるまで二十分というところだろう。

「有理砂」

左側の操縦席で下着のままスティックを握って、五月が言った。

「さっきは、すまなかった」

「え」

「わたしは――殺人機械だ。マインドコントロールこそ受けていないが、この身体は――」

五月は自分の胸を見下ろした。

「――この身体は危険を感じると、自然に反応してしまう。自分の意思ではどうしようもない。わたしは三年間の訓練で、そのような身体にされてしまった」

「五月――」

五月は、寂しそうな顔をした。そういえば、今朝この子に出会ってから、わたしはまだこの子の笑う顔を見たことがない。

わたしは、操縦桿を取った。水平飛行を維持するくらいならやれる。

「五月、服を着てきなよ。あなたのコスチューム、さっきキャビンに放りこんでおいたわ」

五月は、うなずいた。

「すまない」

パリパリパリ

下には鹿島灘の砂浜が、ずっと南まで続いていた。後部キャビンで元通りにコスチュームを身につけた五月が、戻って来て操縦を代わった。

「有理砂」

「なに」

「人を殺したことがある女には、もう幸せになる資格は無いのだろうか」

「え――？」

「そんな気がする。幸せをさがしても、無駄な気がする」

「どうして」

「三日間も捜しまわって、わたしはとうとう見つけることが出来なかった」

「見つかるまで、捜せばいいよ」

わたしは副操縦席の背もたれに両手を回し、伸びをした。

「何を捜してるのか、知らないけどさ」

ふいに、五月がヘリコプターをバンクさせた。斜めになったサイドウインドーいっぱいに、砂浜が見える。

「どうしたの？」

「戦車がいる」

見ると、一両のT80戦車がキャタピラの跡を残して砂浜の外れに擱座《かくざ》している。五月が旋回させると、砲塔のハッチが開いたままになっているのが見えた。乗り捨てられているのだ。

「こんなところに、一両だけで——？」

戦車が一両だけで行動することは、まずない。どうしたのだろう。

「降りる」

「え？」


五月はわたしが止める間もなく、ミル17を砂浜に着陸させてしまった。こんなところで道草を食っている暇はないのに。

「五月」

「ちょっと行って来る」

「ちょっとって」

シートベルトをカチャカチャッと外すと、立花五月はミニスカートをひるがえし、砂浜へ飛び降りてしまった。

「五月！」

白銀のコスチュームの後ろ姿は一直線に戦車へ駆け寄っていく。見つかったら殺されるとか言ってたばっかりじゃないか。何考えてるんだあいつは！

　わたしは副操縦席に座ったまま見ていた。五月は腰のサーベルを抜くと、旧ソ連製の戦車の車体に飛び乗った。開いたままの砲塔ハッチから内部をのぞき、浜に飛び降りると今度は戦車の周りをぐるぐると歩いた。しばらくすると、うなだれて帰ってきた。

「だめだ……」

「五月」

「……あれは、第一師団の戦車だ。でも、誰もいなかった。手がかりも無かった」

　五月はうつむいた。

「有理砂──」

　五月は操縦席のコンソールにつっ伏すようにして、両腕に顔を埋めた。

「──天がわたしに、罰を与えているのかも知れない。『殺人機械に恋をする資格など無い』と言っているのかも知れない」

「そんなことはないよ」

「もう、西日本へ逃げたのかも知れない……。国賊と決めつけられていたのだから、戦車隊が全滅すれば西日本へ逃げるはずだ……」

「あなたの──彼のこと？」

「恋人ではない。わたしは、まだ名前すらあの人には教えていない。わたしの名前すら――」

　ぐすっ、と五月は鼻を鳴らした。

「名前すら、教えていないんだ」

「五月――」

　五月はすすり上げた。

「わたしは、逢《あ》いたい……名前を教えたい」

　わたしたちの頭上でローターは回り続け、コクピットに影をおとした。

「五月。行こう、西日本へ。その人が亡命しているなら、向こうで逢えるかも知れないわ」

「――――」

　五月は黙ってうなずくと、ピッチレバーを握ってタービンエンジンの回転を上げた。

鹿島灘　防風林

「やはり砂の足跡を消しておいて正解だったぞ、二宮」

　東日本空軍のミル17ヘリがキィイイインというタービンエンジンの排気音を残して

飛び去ってしまうと、防風林の茂みの中に伏せて隠れていた竹井曹長が隣の二宮軍曹に言った。

「ああ。すまん」

二宮も双眼鏡を顔から外してため息をつく。

「あんな見晴らしのいいところでエンコするなんて、想像もしていなかったんだ」

「キャタピラのピンが折れたんだから、仕方がないよ」

その隣で寝転びながら、山上伍長《ごちょう》が言う。

「しかし不思議だな。救難飛行隊のヘリに、議事堂警護隊の女性将校が乗っているなんて」

キィイイイン――

さっきまで砂浜に降りていたヘリコプターは、南の空に完全に見えなくなった。

「今は見つからずに済んだが、空軍のヘリに戦車を見られた以上、ここに長居は出来ないぞ」

「そうだな。亡命するために全滅した戦車隊から逃げ出したことが、軍にばれている可能性もある」

「大尉どのの容態はどうだ？」

三人は、戦車から担架に載せて運んできた水無月是清《みなづきこれきよ》を振り返った。

「まだ寝ておられる」

「ナメクジ芋虫を主砲で吹っ飛ばした時、衝撃波を至近距離で浴びられたんだ。全身打撲程度で済んだのは奇跡的さ」

「大尉どのの意識が戻ったら、すぐに南へ移動しよう。歩けなかったら俺たちで担いで利根川を渡るんだ。俺たちが西日本へ亡命出来るのも、水無月大尉どののおかげなんだからな」

「おう」

「おう」

3. 選ばれた有理砂

＊大怪獣のテリトリーからからくも脱出した愛月有理砂は、立花五月を伴って厚木基地へと飛ぶ。

一方、西日本帝国では〈レヴァイアサン〉を倒す対策の研究が急がれていたが、国防総省はまだ東日本の陰謀には気づいていなかった。

帝都西東京・六本木
国防総省
同日　午後四時

「峰《みね》議長、〈レヴァイアサン〉が転進しました。進路、南。毎時20キロにて東西国境方面へ接近します」

衛星からの赤外線画像をモニターしているオペレーターが叫んだ。ロングヘアの彼女はもう三日自宅へ帰っていない。この地下要塞《ようさい》には女性士官が多いので、峰剛之介《ごうのすけ》は仕方なく国防総省の総務課に頼んで着替えや身の回りのものを買いにやらせている。払いは国防総省持ちだ。ストレスがたまるので喫煙も許可した。管制席でのおやつはなし崩しに許可になってしまった。それでもヒステリーを起こされるよりはいい。衛星の画像をモニターしている新人の女性オペレーターのコンソールにも、ふたを開けた〈コアラのマーチ〉の箱が積み上がっている。

「ひとつくれんか、日高少尉」

峰は最高司令官席から下りて、ずらりと並ぶ戦術管制卓のひとつに歩み寄った。

「あ、どうぞ」

「議長」

峰は、椅子《いす》を回して四十八歳の海軍中将を見上げた。

「これ、娘が好きでなぁ」

「お嬢さんがおられたんですか？」

入って日が浅い日高紀江《ひだかのりえ》少尉は、中将は独身だと聞かされていた。

「日高君はいくつだ」

「二十三です」

「娘と同い年だな。うちのは戦闘機に乗っとるよ。私のことを怒っていて、いまだに許してくれない」

日高紀江には、峰はひどく疲れているように見えた。無理もない。東日本との紛争が一段落したのもつかの間、今度はわけのわからない大怪獣が出現し、東日本の要請に応じて出動させた対地攻撃用の空軍兵力をほとんど食われてしまったのだ。

「お嬢さんは、無事ですか？」

「今のところは無事だが――」

ふう、と峰はため息をついた。

「〈レヴァイアサン〉の画像を見せてくれるか」

「これです」

ピッ

紀江が操作すると、ＣＲＴにリファインされた茨城県南部の地表赤外線画像が拡大された。

「この赤い点のような熱源が〈レヴァイアサン〉です。先ほどから南へ向きを変えました。これまでと違って迷走せず、まっすぐにこちらへ来ます」

峰は眉《まゆ》をしかめた。

「まずいな――」

「〈レヴァイアサン〉のテリトリー内は依然として低い分厚い雲に覆われ、可視光線で本体がじかに見えることは稀《まれ》です。夏場の富士山のようなものです、議長」

〈レヴァイアサン〉の前面の地上の様子は、ここではわからないのだった。

「ううむ――陸軍航空隊オペレーター」

峰は呼んだ。

「はい議長」

「攻撃ヘリコプター部隊を、国境線沿いに布陣させろ。西東京へ入れるわけにはいかん。戦車隊も全力出動だ」

「了解しました」

そこへ、優先度１の軍用秘密回線を通じて緊急連絡が入った。

「峰議長。仏舎利《ぶっしゃり》島からです」

「うむ」

赤い受話器を上げると、波頭《はとう》少佐の声が入った。

『み、峰議長』

「波頭。ご苦労だ。そちらの様子はどうだ」

『なんとか、順調です。みんな寝ていませんが』

波頭の声は、疲れ切っていた。

『議長、いいニュースがあります。葉狩《はがり》博士がついに例のイ、ン、タ、ー、フ、ェ、イ、ス、に成功しました。現在猛烈な速度でコミュニケーションが始まっています』

「――そうか……！」

峰の握りしめる受話器に、汗がにじんだ。

平等東北国道
埼玉県北部

大型軍用トラックの隊列が、土ぼこりを上げながら南へ南へと走って行く。

ブォオオオ

その荷台には、ぼろぼろの服を着た一般国民たちが一台に百人も詰めこまれ、うっそりと無表情な目で低くたれこめた雲を仰いでいた。東日本共和国の全国の村々から『こいつはいらない国民』と決めつけられ、駆り集められた人々であった。村の平等党役員に逆らったり、大議事堂の〈バンザイ国民〉に参加するのを拒否したりした反抗的な国民や、過労で倒れた病人や働けなくなった老人の姿も混じっていた。東日本共和国では、国民は党とその指導者に奉仕するために存在するのであり、山多田大三と平等党のために働かない、あるいは働けない国民はもういらないのであった。

キキキキキッ

トラックは次々に高速国道の脇《わき》の照明灯に停車すると、兵士が銃剣を突きつけ、荷台の国民たちを道路へ降ろした。国民たちは、すでに腕をしばられていた。

「降りろ！　降りろ！」

兵士はいらない国民たちを、まるで牛みたいに照明灯にロープでつなぎ止めた。

「みんな聞け」

軍曹が偉そうにしばられた国民たちの前に立った。

「お前たちが、ついに国家に奉仕できる時が来た。お前たちはこれから、怪獣を帝国主義者の悪魔の国へ追い出すための、誘導用のエサとなるのだ。山多田先生のために死ねるのだぞ！　喜べ」

国民たちは座りこんで、誰も軍曹のほうを見なかった。中には平等党がみんなを平等に幸せにしてくれると信じて、革命に参加した老人も混じっていた。だが平等党がやったのは、山多田大三に少しでも逆らう者の処刑と、働けなくなった者を怪獣のエサにすることだった。

「よし。みんなで声を合わせる。ああ幸せだなあ。さん、はい」

しーん
誰も軍曹を見なかった。

「ふん。さすがにいらない国民だけのことはあるわ」

「軍曹どの。〈レヴァイアサン〉が5キロ北まで接近しています」

運転士が、トランシーバーを耳に当てながら報告した。

「よしっ、撤収するぞ」

百人の国民を置き去りにしたまま、兵士たちはトラックの荷台に飛びこんで出発しようとした。しかし
ボンッ
突然トラックのエンジンフードが吹っ飛んで爆発した。

「なっ、何事だ」

「わかりません軍曹、エンジンをかけようとしたら爆発しました！」

「なんだと」

「ぐ、軍曹、何だか息苦しくありませんか——？」

「う——軍曹、自分もです！」

兵士たちは、のどを押さえて苦しみ始めた。

ズズズズズ——

「お、おいっ、誰かエンジンを修理しろ。怪獣が迫ってくるぞ」

そういう軍曹も、うぐぐっと胸をかきむしり始めた。高濃度の酸素と高濃度の亜硫酸ガス、窒素酸化物に猛毒の一酸化炭素などが、〈レヴァイアサン〉の周囲5キロの半球形の空間を満たして、広がっているのだった。

「う、うぐぐっ——」

もがき苦しみ、路上で動けなくなった兵隊や国民たちへ、道路の彼方《かなた》からピンク色の肉の波が押し寄せてくる。

ピルピルピルピル
〈輝かしき人柱作戦〉のために平等東北国道を南下した一万台近い軍用トラックは、大部分が〈レヴァイアサン〉の周囲の大気改造エリアに知らないうちに入りこみ、運転士が目茶苦茶に改造された空気を吸いこんで気を失い、次々と路上にひっくり返っていった。路面に放り出された兵士も国民も、逃げだす暇もなく倒れていった。

この〈レヴァイアサン〉を中心に広がる半球形の泡のような大気改造エリアは、加速度的に膨張しつつあった。

有理砂
房総半島上空

利根川国境を飛び越すなり、スクランブルを受けた。どこかにE3Jセントリーが滞空していて、わたしたちのヘリコプターはとっくに監視のもとにあったのだろう。
ドドドドドッ
二機のF15Jイーグルが、フラップをフルに降ろした姿勢で横に並ぼうとする。帝国空軍のマークが懐かしく、わたしは副操縦席のサイドウインドーを開いて手を振った。イーグルは速度が違いすぎてすぐ追い越していったが、敵でないことはわかってくれただろう。東日本空軍にこんなに愛想のいい美人の女性パイロットなんているわけないからだ。
『無許可で越境中の東日本機へ』

イーグルが呼んだのか、今度は陸軍のＡＨ64Ｊアパッチ攻撃ヘリが接近してきて、横に並んだ。

『東日本機、ここは西日本領空だ。ただちに引き返せ』

全天候攻撃用のミリ波レーダーを装備した最新鋭のロングボウ・アパッチだ。黒いアパッチの機首下面の30ミリ機関砲がこちらを向いている。操縦士と砲手の黒いヘルメットもこちらを見ている。

「まかせて」

わたしは五月にそのまま飛ぶように指示して、マイクを取った。

「陸軍さん、お出迎えご苦労様。このまま厚木までエスコートしてくださらないかしら」

『あんた、誰だ？』

「帝国海軍〈赤城〉所属、〈紅《くれない》の女王蜂《ばち》〉」

『え』

操縦士がバイザーを上げてこちらを見た。射撃管制カメラもこちらを向いた。わたしは窓を開けて顔を見せてやる。

「はぁい、こんにちは」

『――本当だ。国防総省のポスターに出ていた愛月中尉だ』

「ちょっとこれ、かっぱらって逃げてきたの。厚木まで連れてってくれないかしら、お忙しいところ悪いけど」

『わ、わかりました愛月中尉。自分がリードを取ります。続いてください』

アパッチは少し速度を上げて、わたしたちのミル17の前に出た。西へ旋回して、東京湾を渡るコースに乗る。

「顔を売っておくと、こういう時便利だわ」

わたしは窓を閉めた。

「有理砂――わたしは着いたら、どうなるのだ」

「うーん」

わたしは腕組みをした。

「まかせておいて。悪いようにはしない」

有理砂

神奈川県　厚木基地

夕陽《ゆうひ》の中を帝国海軍の厚木基地に着陸した。ミル17には燃料がほとんど残っていなかった。

ヒュウウウウン――

「ご苦労さん五月。自由の国だよ」

エンジンを切った五月は、左側操縦席でため息をついた。

「はぁ――」

柔らかい夕陽が、コクピットの風防を通して五月の顔をオレンジに染めた。夕暮れに向かう厚木のエアフィールドは、怪獣なんかどこにいるんだと思えるくらいのどかだ。

「早速だけど、服を脱ぎなさい」

わたしが言うと、五月は急に現実に引き戻されたように
「ま、また脱ぐのか？」

わたしはヘリ発着場に急行してくる基地のジープを横目で見ながら、

「基地の連中が来るわ。平等党の議事堂警護隊だってわかったら、事情聴取のために当分拘束されちゃうよ」

わたしは五月の目を見た。

「彼氏、捜したいんでしょ？」

こっくり

五月は不服そうだが、うなずいた。

「じゃ、脱いでこれをかけて」

わたしはポケットから、銀のチェーンを取り出した。


どうせ顔写真までチェックしやしない。本多留美の認識票を首にかけていれば、留美だと思ってくれるだろう。飛行服はまた焼けたと言えばいい。国家安全保障局へ引っ張って行かれたら、待遇は悪くしないだろうが数か月は情報提供のために拘束されてしまうだろう。その間は五月の片想いの相手を捜すことが出来ない。恋の大事さに比べれば、国家に情報などくれてやる必要はない。

「あたしの上司の郷大佐に話して、あとはなんとかしてあげるわ」

「す——すまない」

「いいよ。友達だからね」

ところが、小銃を手にした警備隊員の見守る中をヘリから降りると、厚木基地の情報将校がわたしをふんづかまえてこう言った。

「愛月中尉。良く帰ってきてくれた。すぐに父島へ行ってくれ」

「へ——?」

四発のプロペラを回したC130H輸送機が格納庫から地上滑走してきて、ヘリのすぐ横にキュキュッと停止した。

キィイイイイン
「すぐこれに乗れ」

「あ、あの――」

パラシュート降下で腰を痛めたとかうまく言って、当分休みをもらうつもりだったわたしは、ずんぐりした迷彩色の輸送機を見上げてあっけにとられた。

「あのう、どういうことですか」

「どういうことかは、行けばわかる」

「そんな」

「そっちの君は――？」

「わ。わたしは――」

口を開きそうになる五月を、わたしはあわててさえぎった。

「あ、この子は、わたしのウイングマンの本多少尉です。フライトスーツ焼けちゃいまして」

「そうか。一緒に行きたまえ。君たちの母艦〈赤城〉は父島海域に展開中だ」

キィイイイインッ

四発ターボプロップのハーキュリーズは、五分も経たないうちに厚木の滑走路を離陸した。

カーゴベイにはわたしと五月の二人きりで、ハンモックのような兵員輸送シートががらんとした中にずらりと並んでいる。窓は小さくて、暮れる夕陽もよく見えない。

「ごめんねぇ、五月」

わたしは、急あつらえのパイロットスーツをもらってカーゴベイのアルミ合金の床でひざを抱えている立花五月に声をかけた。

「あたし、休みもらってあんたの人捜しに協力するつもりだったのよ……」

こんなことになるとは、思ってもいなかった。

(いきなり南の島へ飛ばされるなんて——)

何がどうなっているのかさっぱりわからない。これでは五月を国家安全保障局へ渡したほうが、まだ良かった。

「有理砂——」

五月は、顔を上げた。

「あなたの好意は、わかっている。ありがとう」

五月は、その時初めて、微笑して見せた。

キィイイイン
Ｃ１３０は三浦半島を後にして、伊豆《いず》七島沿いに南下を始めた。まもなく夜になる。

「あ〜あ」

わたしはくたびれて、カーゴベイの床に座りこんだ。

「なんだかお腹すかない？」

厚木の情報将校が、夕食を積み込んでくれていた。わたしは操縦室のすぐ後ろにあるギャレーへ歩いて行き、基地の食堂が作ってくれたランチボックスを取り出した。

「ああ。コーヒーもある」

二人分のお弁当とコーヒーを抱えて戻ると、五月は床にぺたんと座って、新書サイズの本を広げていた。

「有理砂」

「ん」

「これを、見てくれないか」

わたしは五月の隣にあぐらをかいて、ランチボックスを開けながら広げたページを受け取った。

「なあにこれ——？　星占いの本じゃない」

「そのページを、見てくれ」

揺れる輸送機の貨物室の床で、わたしはぼろぼろになった星占いの本をのぞいた。その本は五月が三日間の放浪の間、ずっと肌身はなさず持っていたものらしい。

「ええと――双子座と、水瓶座……」

そのページだけ、広がるクセがついていた。

「……双子座と水瓶座は、生涯に一度の劇的な出逢《であ》いをすることがあります。障害は大きいですが、乗り越えられれば生涯の伴侶《はんりょ》となる可能性が大です……ただ、水瓶座の彼は性格的に浮気性なので、誕生日には手編みのセーターを贈るなどして、彼の心をしっかりとあなたに繋《つな》ぎとめましょう――ふうん。水瓶座なんだ、彼は」

「有理砂」

「うん」

「有理砂、わたしは殺人機械だ。人を殺すことができても、セーターを編むことはできない。どうしたらいいだろう」

「あたしが教えてあげるよ」

わたしは五月の肩をたたいた。

「本当か」

「あたしも――あんまり編んだことないけどさ」

五月は顔を上げた。

「できるだろうか、わたしにも」

「水瓶座なら二月でしょう？　誕生日。今から練習すれば間に合うよ。毛糸、どこかで手に入れてくるよ」

「ありがとう、有理砂」

「食べよう」

「うん」

Ｃ１３０は飛び続け、わたしと五月はお互いに寄りかかって眠ってしまった。二人とも相当に疲れていた。

ゴォオオオオ――

輸送機の降下する感覚で、目を覚ました。左腕のロレックスを見ると、もう四時間も飛んでいた。

五月は身体を丸めて、猫のように眠っていた。ひょっとしたら三日間、ほとんど寝ていないのかも知れなかった。わたしはそっと立ち上がると、身体を伸ばして小さな窓から下界を見た。

「航空母艦だ――」

見慣れた艦影が、偶然、目に飛びこんできた。ハーキュリーズは高度を下げていて、すでに3000フィートを切っている。目の下に最小限の灯火を点けた空母〈赤城〉が見える。C130は空母には降りられないから、当然ながら飛び越していく。目的地はもっと先にあるのだ。

キィイイイン

続いて、黒い切り立った城のような艦影が、海の闇《やみ》の中から姿を現わした。

「――〈大和〉？」

戦艦〈大和〉だ。

黒い超弩級《ちょうどきゅう》戦艦は、黒い海面の上に動かず浮いているように見えた。C130は〈大和〉も飛び越していく。さらにイージス巡洋艦の姿も見えた。それも二隻。

（防衛輪形陣の中に入っていくのか……？）

わたしには、艦隊が背後にある何かを厳重に護っているような気がした。のちにその予感は当たるのだが。

ヴォオオオオ

輸送機が旋回に入る。高度1500。着陸のためのトラフィック・パターンだ。

（どこへ降りるのだろう？）

父島の本島では、ないらしい。前方に浮かび上がってきたのは、もっと小さい、切り立った小島だ。輸送機はどんどん降下する。灯火の点いていない野戦用みたいな滑走路に、どすんっとタッチダウンした。操縦士が暗視装置を使ったのか、あるいはカテゴリーⅢの自動計器着陸施設が設置されているのだろう。しかし――

（――しかしここは、どこなんだ……？）

有理砂
父島群島　仏舎利島

ハーキュリーズが急ごしらえのエプロンに入ってエンジンを止めると、ステップ付きのドアが外から開けられて、あわただしく人が乗り込んできた。

「――郷大佐？」

その長身の銀髪の男は、空母〈赤城〉の航空団司令でわたしの直属上司の郷大佐だった。航空団司令が母艦を降りて、こんなところになぜいるのだろう。

「愛月」

少し疲れた顔のしぶい中年男は、胸にウイングマークのついた夏用の略式制服を着ていた。そうだ、ここはかなり低緯度なんだっけ。

「よく生還してくれた、愛月。お前を捜していたんだ」

「大佐」

わたしは立ち上がった。

「いったい、どういうことなんです」

「一緒に来てくれ。歩きながら話す」

「あのう」

わたしは、危険が迫ると目を覚ます猫のようにいつの間にか起き上がって、わたしの後ろに隠れている立花五月を指さした。

「それは誰だ?」

「ちょっと、わけありで、連れてきちゃったんです」

「どこの隊のパイロットだ? 見ない顔だが」

五月はわたしの肩に顔を半分隠した。

郷大佐は五月をしげしげと見て、一瞬任務は脇に置いといて『可愛いじゃないか』という顔をする。これだからなー。

「いえその、うちのパイロットじゃなくて……東日本の議事堂警護隊だったんです、この子。亡命希望者です」

「何だと」

結局、五月はわたしとは別に連れて行かれることになってしまった。

「なんとかしろって言われても——しばらく軟禁状態はやむを得ないぞ、愛月」

警備班の下士官に連れて行かれる五月を、わたしと郷大佐はハーキュリーズの機体の脇で見送った。

「しかたないでしょう。いつ東京へ戻れます？」

「お前が怪獣を倒したら、だ」

「わ、わたしが——？」

その時は、冗談だと思った。

「五月。なるべく早く迎えに行くわ」

わたしは手を振った。

「ったく、ここは秘密基地だぞ。よりによってこんなところへ連れて来おって」

郷大佐はわたしをうながして、飛行場から寺院のドームのような形をした岩山のほうへ向かう小道へ入って行く。すぐに上り坂になる。

ひゅううう
すぐに岩の道は吹きさらしになり、左側は崖《がけ》になって、はるか下に海が見えてくる。

ざぁあああ
ざざぁああああ
わたしのロングヘアを、潮風がなびかせる。ああそういえば、ずいぶんシャンプーをしていない。

「ここは、仏舎利島だ」

郷大佐が夜の島を見回しながら言った。

島に灯火はまったくなく、無人島に見えた。

「周囲は3キロ。島の中心の休火山が、寺院の仏舎利の形をしているのでそう呼ばれる。父島群島の一つで、半世紀前に太平洋の地図からは消されている」

「地図から消されて——?」

「旧帝国海軍の秘密基地だったのだ。日本が分裂するだいぶ前、太平洋一年戦争の頃《ころ》の施設が残っている」

岩山の小道を上っていくと、黒い水平線の上に何隻もの対潜フリゲート艦がゆっくりと動いているのが見えた。空母と戦艦とイージス艦、それに多数の対潜フリゲートで護っている島。水中にはたぶん潜水艦もいるだろう。許可を受けない艦艇や航空機が島に近づこうとしても、たちまち阻止され撃破されるに違いない。

「この基地は、二日前に急きょ開設された。艦隊が島を護っているのが見えただろう？　お前が撃墜された例のあの〈怪獣〉を倒すために、ある研究をしているのだ。国防機密だ」

「大佐。それならあの子は、怪獣の周りに三日もいたんです。きっと役に立ちますよ」

　大佐は立ち止まった。

「なぜそれを早く言わない」

　大佐は胸ポケットから小型トランシーバーを取り出すと、警備班を呼んだ。

「警備主任。立花五月を放射能洗浄室へ連れて行き、しっかり洗ってから波頭少佐のオフィスへ案内しろ。ああ、至急だ」

「放射能洗浄室？」

「愛月、お前も怪獣のそばにいたのか」

「一晩だけですが」

「念のため残留放射能を計測して、洗浄を受けたほうがいいな」

　え——？　わたしは鼻をつままれたようだった。

「放射能——？　あの怪獣、放射能を出すんですか？」

有理砂
仏舎利島　秘密基地

　F18を脱出してから、まる一日ぶりに浴びるシャワーが放射能洗浄室のシャワーだとさ。

（あー、ありがたくて涙が出るよ）

　わたしは潜水艦の浴室のような、気密型シャワー室で頭をごしごしこすった。基地の軍医が測定してくれたところによると、わたしの飛行服には放射能もれの原発で一週間くらい過ごしただけの放射能がついていて、命に別状は無いものの洗いおとさずに放っておいたら危険なのだという。

（五月は、大丈夫かなあ……あいつ三日も怪獣のそばにいたって言うしなあ）

　放射能洗浄用のボディーシャンプーはシャンプーというよりは洗剤で、わたしの髪の毛からキューティクルも何もかも、こそげとっていってしまった。

「あー、脱色しちゃってるー」

　これもあの怪獣のせいだ、とぷんぷんしながら放射能洗浄室を出て行くと、地下三階の通廊で金属製の壁にもたれて一人の女性士官がわたしを待っていた。

「愛月有理砂さんね」

「は、はい」

「羽生恵です」

「あ。どうも」

わたしは洗い髪を拭《ふ》きながら会釈する。

（はー、空軍の人だ。きれいだな。歳は食ってるけど――）

羽生恵と名のった彼女の階級章は中佐だった。すごい。出世頭。

「愛月中尉。数時間前から、私たちはあなたを捜していました。あなたが〈レヴァイアサン〉攻撃ミッションに出撃して行方不明と聞いて、みんな落胆していたところだったの。よく無事に帰ってきてくれました」

「あのう――どういうことなんですか？　わたし急に連れてこられて、わけがわからなくて」

歩きながら説明しましょう、と彼女はわたしをうながして歩き始めた。

島の内部は地下深く――おそらく海面よりも下まで掘り下げられ、羽生中佐についていくと明るく照明されたオフィスのような区画は終わって、掘削された岩盤が丸出しになった大洞窟《だいどうくつ》のような地下空間に出た。体育館を照らすような水銀灯が、はるか天井から光を送っている。

カン、カン
鉄階段を下りて行くと、次第に底のほうの様子が見えてくる。黒い光が波打っている。

「下は水面なのですか?」

「地下水路になっているの。外の海から軍艦が入れるようになっているわ。秘密の水門を通ってね」

羽生中佐は水路の続く奥を指さした。

「この先にドックがあるわ」

「ドック――」

「広いのよ。〈大和〉も入れるわ」

「こんなものが、昔からあったんですか?」

わたしたちは、広大な地下水路の水面から少し上の開放通路を進んで行った。

奥へ行くにつれ照明が明るくなり、地底の大洞窟にちょっとした軍港のような設備が造られているのが見えてきた。〈大和〉が二隻並んで入れるくらいの地底ドックだ。

「はー、広い……」

「太平洋一年戦争、というのがあったでしょう？　昔」

「はい」

「旧帝国海軍が、アメリカ本土に攻めて行くための超大型潜水母艦を、この島で建造していたらしいの。ほら」

　広大な地底軍港に入港している軍艦はいなかったが、一番左端の造船台の上に、潜水艦ともロケットともつかない形状の、黒光りする巨大な船体が斜めに係留されていて、今にも進水しそうだった。

「半世紀前に建造されて、進水直前に放棄された潜水母艦よ。大きいでしょう？」

「あれ、潜水艦なんですか？」

「超大型の潜水母艦。当時の軍部は〈水中軍艦〉と呼んでいたらしいわ。あれに零式戦闘機と〈流星〉艦上攻撃機を二十機ずつ積んで、アメリカ東海岸を襲撃する計画だったんですって。排水量４万トンで動力は水流ジェットと固体燃料ロケット、艦首に見える巨大回転ドリルは、パナマ運河の水門を突破するためのものなんですって」

「へぇ……」

　わたしは、あきれた。昔のおっさんたちは、パナマ運河をばかでかいドリルで突き破って攻めて行くつもりだったのか――！

「ミッドウェーでぼろ負けしたアメリカが講和を申しこんできたので、結局あの一号艦は進水せずに終わったのですって。それから半世紀以上も、この秘密基地は閉鎖されてきたの」

〈大和〉の三分の二はある黒い水中軍艦は、どういうコーティングを施してあるのか腐食した感じもなく、造船ドックの滑り台の上で艦首のドリルを水面に向けて静止し続けている。

「行きましょう」

地底造船所の建物には、いっぱいに灯火がついて施設がフル稼働しているのがわかった。

ＵＦＣ　ＯＰＥＲＡＴＩＯＮ　と新しいペンキで描かれたゲートをくぐる。隣接しているのはどうみても航空機用としか思えない大型の格納庫。二式大艇でも入れていたハンガーだろうか。そのシャッターにも〈ＵＦＣ　１００１〉と新しい白ペンキで描かれている。

（Ｕ、Ｆ、Ｃ……何の略だろう――？）

わたしは振り返りながら、羽生恵に続いて建物に入る。

「秘密基地へようこそ中尉。あなたを必要としている人のところへ案内するわ」

わたしたちはジャバラで閉める古いエレベーターに乗って、施設のさらに地下へと降りた。

「まだ降りるのですか」

「基地の中央大工場よ。核の直撃にも耐えられる」

30メートルも降りたろうか。エレベーターを出るといきなり管制室のような場所で、展望ガラスの向こうに地下工場らしい明るい空間が見下ろせる。

「葉狩博士」

羽生中佐は呼んだ。

床にコードがのたくっている。搬入されたばかりの真新しいコンピュータの管制卓に、ひょろりとした白衣の男が一人で座っていた。

「葉狩博士。喜んでください、〈最適任者〉が生還しました」

仏舎利島沖
戦艦〈大和〉

ヘリコプターで仏舎利島沖1キロの戦艦〈大和〉へ護送された立花五月は、ただちに艦内の医療施設で被爆放射線のチェックを受けると、愛月有理砂同様にさんざんシャワーを浴びさせられ、艦橋基部の波頭少佐のオフィスへ連れて行かれた。

「事情聴取は、後だ」

警備班の隊員に連れられた五月に、波頭はデスクから立ち上がって言った。

「くたびれてしゃべる気にならんだろう。君の官職姓名だけうかがおう」

五月は、公家《くげ》のような八の字髭《ひげ》をはやした三十代前半の波頭少佐を見て、平等党の政治将校たちよりよほど性格が明るそうなのでちょっとほっとした。

「――東日本共和国中央委員会所属議事堂警護隊、立花五月少尉」

議事堂警護隊は東日本陸軍にも所属していない、山多田大三の直属機関なのだった。それはこの波頭という男も知っているらしく、「何?」と不審な顔になった。

「議事堂警護隊――全員マインドコントロールをかけられて、山多田からは逃げられないはずだが――」

二重スパイだと思われるのが嫌だったので、五月はつけ加えた。

「わたしにはマインドコントロールはかけられていない。精神鑑定してくれてもよい」

「まあ、いいだろう。顔色を見れば精神統制を受けているかどうか見当はつく。山多田大三の虜になっている娘は、君のように嬉《うれ》しそうな表情はしないよ。信用しよう」

なに? と五月は顔を上げた。五月はいつもと同じポーカーフェイスのつもりだった。それが習慣にもなっている。

「気持ちは、顔に出るものだ。西日本に来て早速いいことがあったかね？　立花少尉」

「あ……いや」

五月は戸惑った。

「君を、我が軍も少尉として遇しよう。本当は亡命の功労に対して昇進をさせるのだが、私にはまだ権限が無いのでね」

波頭は艦内電話を取って、新しい制服と、五月が一人で使える個室の手配をした。

「当分部屋の外に見張りはつくが、手続きだ。勘弁してくれ」

「あ。いや、感謝する。波頭少佐」

五月は取調室が待っているものと覚悟していたので、ほっとして思わず気持ちを口に出してしまった。

「わたしは、嬉しい」

部屋で休んでかまわないが、その前にひとつだけ頼みたい、と波頭は言った。

「君は、山の中で怪獣の〈捕食体〉と闘ったそうだな」

「五匹倒した」

「一人でか？」

「〈捕食体〉に銃は効かない。兵士たちの銃剣は、長さが不十分だ。わたしはサーベルで倒した。理想的な武器は青竜刀か、日本刀だ」

「ふむ」

波頭はうなずいて、インターフォンで警備班を呼んだ。

「立花少尉を、あの二人に会わせたい。護送してくれ」

波頭は五月をうながすと、オフィスのドアを開けた。

「君に、会って欲しい人がいる。一緒に来てくれ」


戦艦〈大和〉艦内の通路を五分も歩いて、五月は後部兵員区画の一角にある療養センターへ連れていかれた。負傷者が内地の病院へ運ばれるまでの間、リハビリをしたりするための施設だ。五月はリハビリセンターまで備えている巨大な戦艦の艦内を、珍しそうに眺めた。

「あの二人はどうしている?」

波頭が受付で尋ねると、白衣を着た女性の軍医が出て来て、「どうぞ」とガラス張りの施設内へ案内してくれた。先に立って歩きながら軍医は言った。

「西夜《さや》のほうが、回復が早いのです」

「ほう」

「ひとみはまだ悪い夢を見るようです。夜中に叫びます」

カチャ
いちばん奥のガラスドアを開けると、ホテルのスイートのようなこぎれいな部屋に、ソファとベッドが並んでいる。高級将校用の療養室だった。一人掛けのソファで本を読んでいた少女が、波頭に気づくと立ち上がった。

「気分はどうだ、西夜」

西夜、と呼ばれた少女は金色がかった髪をして、目はブルーだった。しかし完全に白人の顔ではない。ハーフだろう。薄手のカーディガンをはおり、ゆったりした黒のロングスカートにスリッパを履いている。

「波頭少佐。今晩は」

しゃべり方が、少し舌ったらずで、おっとりしている。育ちが良いのだろう。

「わたしは、だいぶ良くなりました。この戦艦は、明るいから好きです」

五月は、ふと少女の面差しに懐かしいものを感じた。何だろう――？

「そうか。良かった。もう怖い夢は見ないか？」

「はい。わたしはいいのですが……お姉さんが」

「望月中尉はどこだ？」

「バスルームです。せまいところでドアを閉めていないと、落ち着かないって」

軍医がバスルームのドアを叩《たた》く。

「望月さん、望月さん。開けてください」

返事が無い。そのかわりに、何かうなり声のようなものが聞こえてくる。

「開けますよ」

軍医が合鍵《あいかぎ》でバスルームを開ける。蓋《ふた》を閉じたトイレの上に灰色のスウェットを着たポニーテイルの望月ひとみが座り、鞘《さや》に納めた日本刀を両手で握りしめてうなっていた。

「ううう っ、うーっ」

望月ひとみは目の前の宙をにらみ、肩で息をした。ひどい脂汗をかいている。

「ううっ、うっ」

「望月さん」

軍医が肩に触ろうとすると、ひとみはぴくっと反応してまるで狼《おおかみ》少女のようにうなって手に持った日本刀を振り回した。

「うーっ!」

ぶんっ
鞘がついたままだが、思いきり振り回して来た。

「危ない」

五月は一歩前に出ると、女性軍医を押しのけて振り回された刀の鞘を受け止めた。

ぱしっ
「おい、しっかりしろ」

五月はヒュッと目に見えない速さの手刀を望月ひとみの首に打ち込み、ショックを与えた。

「うぐっ」

「しまった、強すぎたか」

ポニーテイルのひとみは、目を丸くすると悶絶《もんぜつ》してしまった。


「あの刀を握りしめていないと、眠れないというのです」

気を失ったひとみをベッドに寝かせて、軍医が説明した。

「巡洋艦〈明るい農村〉のヘリコプター格納庫のトイレで発見された時、望月中尉は西夜をかばうように背中に隠して、あの日本刀をドアに向けて握りしめていたのです。かなりの時間、そうしていたみたいです。それまでどんな目に遭っていたのかは、今でもあまり話してくれません。恐怖がよみがえるのでしょう」

「あの刀は？」

波頭が聞く。

「彼女が〈明るい農村〉の艦長室へ迷いこんだ時に偶然見つけたもので、東日本の将校用の軍刀です。危ないのでずいぶん取りあげようとしたのですが――」

「取りあげることはない」

五月は言った。

「この刀に出会ったのは幸運だった。自動小銃なら今頃は食われている。これはこの女性士官の守り神だ。正気に戻るまで握らせておいたほうがよい」

錯乱したひとみは神経が張りつめていたのか、昏倒《こんとう》してからは起きる気配もなく眠りこけている。くーっ、くーっと深い寝息をつく。

「お姉さん、かわいそう。一晩中わたしを守ってくれたんです。怪物を、何匹も倒して」

「大丈夫だ」

五月は金髪の少女の顔を見て言った。

「人間はもともと殺生に向いている。彼女は慣れていなかっただけだ。じきに平衡を取り戻すだろう」

普段より饒舌《じょうぜつ》になっている自分に五月は気づいていた。

「立花少尉。望月中尉は正気を取り戻すと思うか?」

波頭が聞いた。

「一週間もあればいい。わたしも初めはそうだった」

「初めは——？」

「十四歳の時、北海道の山中で熊《くま》と闘わされた。わたしは勝てなかった。護衛の兵士が猟銃で殺してくれた。それから一週間あのようになって、マインドコントロールが効いていないのがばれそうになった」

「そうか——」

波頭に連れられて療養センターを出て、五月は士官居住区へ案内された。

「波頭少佐」

「うん」

「あの少女は——？」

「水無月《みなづき》西夜だ。東日本の高官の娘で、〈レヴァイアサン〉に襲われた巡洋艦に研修生として乗っていた。怪獣と遭遇した時は小型潜水艇の見学をしていて、〈捕食体〉に食われずに済んだということだ」

五月は思わず立ち止まった。通廊を振り返る。

（——水無月……？）

有理砂
仏舎利島　秘密基地

「ありがたい」

白衣を着たひょろりとした男が管制卓から立ち上がり、振り向いてわたしを見た。

「愛月中尉。生還を祝福します。人類を代表して」

あん？　何だって？

わたしはひょろりと背の高い白衣姿の男を、あっけにとられて見た。

ひょろりとした男は、白衣の胸に手を当ててわたしに会釈した。

「初めまして。僕は葉狩真一。国立海軍研究所の特務少尉です。髪の毛が白っぽいのは白髪ではありません。ちょっとヤクザにコンクリート詰めにされかかりまして」

「え」

「いやぁ、親切な陸軍のテロ組織の青年将校が、自動小銃でディスコのＶＩＰルームのドラム缶を撃ち倒してくれたのです。おかげで助かったんですが、彼ら、僕が海軍士官だって言っても信じてくれなくて――」

な——何を言ってるんだこいつ。わけがわからないぞ。

葉狩と名のった科学者は、面食らうわたしにかまわず、背中に手を組んで歩いて来た。

「それはさておき、僕はもう女子大生は二度と信用しません。いくら可愛くてもね」

「あ、あの。女子大生とＶＩＰルームとコンクリート詰めが、この大戦中の秘密基地とどう関係があるのですか？」

まだ内装も出来上がらない管制室の床に立ち、わたしはなるべく我慢して丁寧な口調で尋ねた。わけわからんことをぬかすんじゃねーこのやろう、と怒鳴ってやってもよかったが、一応この秘密基地の中心人物らしいから、ただの変なやつではないのだろう。

「ゆっくり順を追って説明します。わかりやすいようにね。いやぁしかし羽生中佐、助かりましたよ。〈適合攻撃性〉の持ち主三人のうち、一番まともなパイロットが獲得できた。これであの森高《もりたか》美月《みづき》をチーフパイロットにしないで済みます」

「美月がチーフでは、やはりいけませんか。博士？」

羽生恵が、腕組みをしたポーズのまま聞く。

「そうですねぇ——攻撃性は必須《ひっす》ですが、ムラッ気は無いに越したことはありません」

いったい、何の話をしているんだ？

わたしはいらいらしてきた。

「説明してくださいよ、早く」

「あっ、どうも」

博士は頭をかいた。

「それじゃ、一目でわかるものをお見せしましょう」

博士は展望ガラスに歩み寄っていき、わたしを手招きした。

「下をご覧ください、愛月中尉」

中央大工場の中に、何があるというのだろう。

わたしは窓際へ行くと、足の下を見た。

「――あれは？」


見下ろす地底工場の真ん中には、半世紀前の船台に載せられて、細長い銀色の針のような物体が鎮座していた。全長は30メートルくらいか。投光機が、コンサートのステージをライトアップするみたいに銀色の〈針〉を浮かび上がらせている。

（何だろう……？）

わたしは斜めになった窓ガラスに身を乗り出して、その物体をよく見ようとした。

〈針〉は全体が滑らかな銀色で、どこにも継ぎ目のようなものは見当たらなかった。

（妙な光り方だ――うっ）

わたしは一瞬軽い眩暈《めまい》を感じ、その銀色の長大な〈針〉に引きこまれるような気がした。

「星間飛翔体です、中尉」

葉狩が言った。

「星間――飛翔体……？」

「地球外星間文明の宇宙艇です、平たく言うとね。あれは地球の外から来たのです」

わたしは驚いた。

「そんなの、いつ？」

葉狩は白衣の背中に手を組んで、説明した。

「旅客機の定期便が洋上を飛ぶように、あれは何年かに一度、定期的に地球のそばを通過しています。航路があるのです。三日前の早朝、機能不良を起こした惑星改造マシンを黒い球体に封じこめて、太陽へ投棄すべく通りかかったあの飛翔体は、ネオ・ソビエトの核攻撃によって撃ちおとされてしまいました」

「核攻撃？」

『姉さん、宇宙で変なものを見たんだ』

——わたしはあらためて銀色の〈針〉を見た。滑らかなボディーにはどこにも損傷どころか、焦げ目さえ見当たらなかった。

（三日前の早朝——宇宙から……）

星山俊之の言っていた衛星軌道上の未確認物体だろうか。

「あの宇宙艇は、核攻撃を受けたというの？」

「ネオ・ソビエトの水爆を四発、至近距離で。衝撃で核融合炉の容器に髪の毛ほどの亀裂《きれつ》が入ったそうです」

「それだけ？」

「地球のものとは造りが違います」

わたしはため息をついた。

「三日前の深夜、あの飛翔体は戦艦〈大和〉の前に姿を現わし、その後一度消えてから、今度は翌朝、父島海域を警戒中のイージス艦〈群青〉の前に現われました。コミュニケーションを希望しているようなのでこの旧要塞《ようさい》跡に案内し、僕が言語インターフェイスを作成しました。あれに星間文明人は乗っていません。人工知性体——高度に発達した生体コンピュータが乗員の代わりです。話は通じるようになりましたよ。コンピュータの画面を通してですが」

　葉狩は説明を続けた。

「〈彼〉は怪獣〈レヴァイアサン〉に関する情報を、かなり詳しく伝えてくれました。あれが獣ではなく、生きた機械であることもね」

「生きた機械？　あの化け物が――？」

「〈レヴァイアサン〉は、惑星環境を改造するための、生体核融合ユニットなのだそうです。〈彼〉が曳航《えいこう》していた不良品です。そういった全情報が我々のＪＣＮ８０００スーパーコンピュータに移送されるのに一秒とかからなかった。〈彼〉は素晴らしい性能の人工知性体です」

「〈彼〉――？」

「それどころか、〈彼〉は情報提供にとどまらず大変に重要な申し出をしてくれたのです」

　葉狩は言葉を区切ると、額のメガネを押し上げて船台に載った〈針〉を見た。

「あれを有人用に改造します。これから」

「え」

　来てください、とわたしをうながすと、葉狩は急造りの管制卓へ戻って、キーボードを叩いた。

HELLO
すると緑色の画面が瞬き、CRTに渦巻く蒼白《あおじろ》いイメージのようなものが現われた。

眉をひそめるわたしに、葉狩は
「この画面とキーボードは、星間飛翔体とのインターフェイス・システムの対話用端末です。あの飛翔体の人工知性体が、返事をしてくれています」

「これが――?」

「〈彼〉自身が、自分の存在をイメージ画で具現化しようとしているのですよ。大変に利口であるばかりか、プライドの高い人工知能です」

「人工知能にプライド?」

「高度に発達したAIは、人間と見分けがつかなくなりますよ。高度な科学技術が魔法と見分けがつかないようにね」

わたしは、半世紀前には〈水中軍艦〉の建造工場管制室だったという殺風景なオフィスで、葉狩真一の操作する端末の画面を見ていた。でも、異星の宇宙艇もそれと話ができるのも凄《すご》いとは思うが、わたしをわざわざ輸送機でここへ連れて来た理由は何なのだろう?

葉狩は説明する。

「〈彼〉――人工知性体は、バイオチップ――それも相当に高度な生体チップを使った生体コンピュータなのです。その〈彼〉と我々の電子回路型の原始的なコンピュータの間で、会話や情報のやり取りが出来るようにするのは、容易なことではありませんでした。電子技術者では無理だったと思います。僕のような生物工学者、それも頭に天才がつくバイオテクノロジストでないとね」

自分で言うなよ、このやろう。

あきれて羽生中佐のほうを見ると、彼女はもうそんなことに慣れているのか、眉をひそめもしない。

ピピッ

CRTの蒼い渦巻きイメージは拡散して消え、替わりに画面上には文字のメッセージが現われて来た。日本語だ。

ワタシハ　チセイタイ5030741　キミハ　ダレダ

葉狩がカチャカチャッとキーボードを鳴らして答える。

ハカリシンイチ

続けて葉狩は打つ。

マナヅキアリサ　ガ　ココニイル

画面が一瞬、息をつき、答えた。

ワカッタ

日本語メッセージはそこまでで、画面はまた渦巻きイメージに戻った。

「何のこと?」

わたしが問うと、葉狩は椅子を回して

「愛月中尉。〈彼〉が戦うそうです。地球の兵器で〈レヴァイアサン〉をターミネイトさせる――つまり倒すことは、〈彼〉の分析ではほぼ不可能だそうです。あの星間飛翔体で〈レヴァイアサン〉の駆除に向かってくれるそうです」

「あの宇宙艇が、怪獣を始末するの?」

「さよう」

葉狩はうなずいた。

「しかし愛月中尉、〈彼〉一人ではだめなんです。あそこに見えている星間飛翔体ですが――これから有人飛行用のコクピットカプセルを開発して、組み入れる作業をします。あなたにもご協力をお願いしたい」

「あたしは駄目よ」

わたしは頭を振った。

「あたし飛ばすほうは得意だけど、開発とか研究には向いていないわ。文系だし、宇宙船工学なんてわからないし。微分方程式なんてもう十年くらい見ていないわ」

怪獣を曳航してきた異星の宇宙艇が、自分で始末をしてくれると言うなら話は簡単だ。さっさと休暇もらって東京へ帰って、五月の彼氏でも捜してやろう。

「あたしには無理よ。空軍の宇宙飛行士でも連れてくれれば？」

空軍の衛星高度戦隊には東工大や京大を出た宇宙パイロットがごろごろしている。それなのにミッション系お嬢様女子大英文科出身のわたしに、宇宙艇の改造計画に参加しろと言うのはばかげている。

「いいんですよ、パイロットとしてあなたの感覚で開発に参加していただければ。愛月中尉にはこの計画のためにこの島へ来ていただいたのです」

「ミスキャストだわ」

わたしは肩をすくめた。

「あたしの他にも優秀なパイロットはいるでしょう？」

「たしかに優秀なパイロットはたくさんいますが、我々はあなたに協力していただきたいのです」

しつこいやつだ。

わたしは頭を振る。

「気乗りしないわ」

こんな無人島の地底の秘密基地で、わけのわからない連中と仕事させられるのはごめんだ。東京に借りている部屋だってもう三か月くらい掃除していない。早く帰して欲しい。

「あたしは帰りたいわ。怪獣を攻撃に出て、敵地でパラシュート降下して帰還したのだから、少しぐらい休みをもらっても罰は当たらないわ。そうでしょう羽生中佐？」

するとと羽生恵は、腕組みをしたまま頭を振った。

「いいえ愛月さん。あなたには参加する必要があるのよ」

「どうしてですか？」

五月に編み物を教えてやらなきゃいけないし、買い物にも連れていかないと——あいつ洋服ぜんぜん持っていないんだから……

自由が丘のあの店がいいだろうな、請求書は国防総省持ちで——と考え始めたところに、葉狩真一がとんでもないことを言った。

「愛月中尉。あなたは帰れません。あの飛翔体に乗るパイロットは、あなたですから」

ええっ——？

わたしは耳を疑う。

「今——なんて言った？」

葉狩は地下工場のほうへ顎《あご》をしゃくって見せた。

「あれのパイロットはあなただと言ったのです」

「そんなこと聞いてないわ！」

「今お聞かせしました」

「どうしてあたしなのよ！」

冗談ではない。得体の知れない宇宙艇にわたしが乗り込んで怪獣と戦う？　そんなことは、帝国海軍からもらっている給料のうちには入ってないぞ。

「嫌よ。冗談じゃないわ」

わたしは中央大工場の銀色の〈針〉を指さした。

「あれが、自分で戦うって言ってるんでしょ？　どうしてあたしが乗らなきゃいけないの」

「さる事情で、あなたが乗らなくては戦えないのです」

「そんな」

「あなたは選ばれたのです、愛月中尉」

「勝手に選ばないでよ」

「ごめんなさいね愛月さん」

羽生中佐も言った。

「ある基準で、あなたが最適任と出たの。正確にはあと二人いるんだけど、あなたがいちばん頼りになりそうなの」

「えっ？」

「地球のために戦って欲しいわ。悪いけど」

「でも——」

わたしはわけがわからなかった。考えて見れば、昨夜六本木のホテルから無理やり呼びだされた時からずっとわけがわからない。わたしは運命に翻弄《ほんろう》される女なのか？でもどうせ翻弄されるなら次から次へと男にもてまくるとか、そういう運命のほうがいい。怪獣？　異星の宇宙艇？　もういいかげんにしてくれ。

だが羽生恵は、気の毒そうにわたしの顔を見て言った。

「ごめんなさいね愛月さん。もう決まっちゃってるの」

「で、でも——」

「その通りだ」

男の声に振り向くと、郷大佐が立っていた。

「郷大佐」

「愛月」

大佐はわたしの前に立つと、わたしの肩に手を置いた。

「愛月、お前は転任だ。〈赤城〉飛行隊からＵＦＣチームへ」

ＵＦＣチーム？

「郷大佐。ひどいですよ。人に断りもなしに」

「お前、帝国海軍士官だろう。命令に反抗することはできん」

「宇宙艇に乗って怪獣と戦うのは給料のうちに入っていないわ」

わたしは頭を振った。

「だいたい、どうして〈最適任者〉があたしなんですかっ？」

くたびれているのにとんでもないことを言われ、わたしは頭に来てしまった。

戦艦〈大和〉

「少尉」

コンコン、と士官室のドアを迎《むかえ》少尉がノックした。

「森高少尉、僕です」

森高美月は、バジャーを捨て身で迎撃した後、燃料切れで鹿児島沖の海に着水しかけたところを星間飛翔体に拾われ、母艦の〈大和〉へ連れてきてもらったのは良かったのだが、飛翔体があまりに高速を出したために摩擦熱でゆでダコ寸前になってしまった。

丸二日ふて寝して、ようやく体力が回復したところへ迎少尉が呼びに来た。

「うー、何の用?」

ついでにあと一週間くらいごろごろしたいなあと思っていたので、美月はわざとうざったそうな、「あたしは負傷者よ」と言わんばかりの声を出した。

「少尉、大丈夫ですか?」

部屋に入って来た迎は、心配そうに見下ろした。

「ああ……もう駄目かも知れないわ。ううっ」

「あの——ところで、艦長が呼んでいるんですけど」

「この可哀想なあたしに、何の用だというの?」

シーツにくるまって、美月はうめいた。

「うー、バジャーに蹴《け》りを入れた時の腰が——」

「なんでも、艦長から重要な辞令があるとかで——」

おぼれかけたキャビンアテンダントを救出した功績で昨日少尉に昇進した迎は、頭をかいた。

「重要な辞令——?」

美月はうなるのをやめて、ぱちっと目を開けた。

「重要な辞令――そうかっ」

美月はがばっと身を起こした。

「そうだわ。艦長はあたしの大活躍を認めて、中尉にしてついでに三号俸くらい上げてくれるに違いないわっ」

「そ、そうかなぁ」

たしかに美月の活躍でハイジャックされたMD11も〈大和〉も助かったのだが、かといって三十枚もたまっている美月の始末書を全部帳消しにしたうえで海軍が美月を中尉に昇進させるかというと、迎には無理じゃないかと思えるのだった。

だが美月は、「こうしちゃいられない」とベッドから起き出し飛行ブーツを履いた。

「腰、大丈夫なんですか？　少尉」

「もう平気。昇給昇給嬉しいなっ、るんるん」

美月は〈大和〉士官居住区の通廊を、スキップしながら走っていった。

六本木　国防総省

「峰議長。〈レヴァイアサン〉が停止しました」

オペレーターの声に、うつらうつらしていた峰は最高司令官席からハッと顔を上げた。

「何？」

「現在位置、埼玉県中央部。東日本の平等東北国道、岩槻《いわつき》北方5キロの地点です。〈レヴァイアサン〉は南下をやめました」

「ううむ――」

峰はうなって、戦術状況表示スクリーンをにらんだ。

大怪獣の位置を示す赤い点は、東北国道の上で移動をやめた。国境線の20キロ手前だ。

「――どうにか、帝都侵入は先送りになったか……」

峰はため息をついた。今日の夕方に怪獣の存在が世間に発表され、峰は夕食もろくに取れずマスコミへの対応に追われたのだ。

「帝都防衛攻撃ヘリ部隊、国境の内側で待機中です」

「現状を維持させろ」

隣の席で、吉沢少将が身を起こした。

「峰さん。ふいに止まったな」

「うむ。まっすぐ帝都侵入コースだったのだが――」

衛星からの画像をモニターしていた日高紀江が、管制卓で叫んだ。

「議長、停止した〈レヴァイアサン〉の上空の雲が切れます！　可視光線観測、可能。映像を出しますか？」

「うむ。出せ」

　前面スクリーンに、衛星からの超拡大映像が投影される。夜なのではっきりしないが、円い蒼白い発光物体が、真っ暗な北部関東平野にまるで鼓動しているかのように明滅する。

「――怪獣め……何をするつもりだ？」

4. レヴァイアサン襲来

＊東日本共和国をほぼ壊滅させ、西日本の支援空軍部隊も呑み込んでしまった巨大な生体環境改造マシン〈レヴァイアサン〉は、迷走の果てに東西日本国境付近に居座って動かなくなった。
　そして一か月後。ついに帝国陸軍による〈レヴァイアサン〉総攻撃が開始された。

利根川国境上空
帝国陸軍攻撃ヘリコプター部隊
一月二日午前五時

「攻撃開始！　全機発射せよ」
利根川上空に横一列に展開した四十六機のＡＨ64Ｊアパッチ攻撃ヘリコプターの両翼から、合計九十二発のＡＧＭ１１４ヘルファイアミサイルが６キロメートル先の〈レヴァイアサン〉めがけて一斉に発射された。
ズバッ
ズバーッ
レーザー誘導の対戦車ミサイルは、白い固体燃料の尾を滝のように引いて霞《かすみ》のかかった巨大な半球体へ吸い込まれていく。波長の短いミリ波射撃統制レーダーの画面の上で、音速のミサイルは目標へ到達し、着弾した。
「第二波撃て」
雷鳴のような命中音が返ってくる前に、灰白色の爆煙につつまれた目標に対し編隊長は第二波射撃を命じた。空中に浮揚したままのアパッチ各機は、前席の砲手の操作によってTADS目標捜索システムにうずくまったままの怪獣を照準する。カラー液晶ディスプレーにロックオンが表示され、タッチパネルで選択された二基のヘルファイアが発射ボタンに反応して飛び出していく。

ズシン、ズシン

「第三波撃て」

ズバーッ

「第四波撃て」

数週間前から西日本の国境に近い平等東北国道の上に鎮座したまま、〈レヴァイアサン〉は動こうとしなかった。しかしその大気改造エリアは徐々にふくれつつあり、怪獣の活動が依然活発であることを示していた。蒼白《あおじろ》い半球体の怪獣の周囲10キロ以内に地上軍は近づくことができなかった。

『編隊長』

戦果確認のため決死の覚悟で前方へ進出したOH6偵察ヘリから報告が入る。今や〈レヴァイアサン〉は、爆煙につつまれた小高い山だった。

『編隊長。中から何か出てきます』

「何だと」

編隊長は酸素マスクをしたまま、爆煙につつまれた〈レヴァイアサン〉に目を凝らした。

『ミサイルは全弾命中。しかし――半球の外殻が割れていきます。中から……これは何だ？　巨大な――うわっ！』

悲鳴を上げてＯＨ６は交信を絶った。

「おい、どうしたっ」

ズゴロゴロゴロ――

ミサイルの着弾音とは別の、雷鳴のような、地鳴りのような轟《とどろ》きが改造された大気を通して伝わってくる。

「何か来るぞ。何が来るかわかるか」

編隊長は操縦桿《かん》でアパッチを定位置に浮かべながら訊《き》くが、前席の砲手はヘルメットの頭を振る。

「良くわかりません。索敵レーダーの映像は――前後に長い丘のような物が移動してきます」

「何だと？」

「こちらへ来ます。これは――何だ？」

「何が来るんだ」

隊長機の風防を通して編隊長は前方を見ようとするが、総計三百六十八発の対戦車ミサイルが蹴《け》立てた爆煙は雲のように地表を覆っており、視界がきかなかった。

ズゴロゴロ――

ズズズズズ
「何か来るぞ……」

編隊長は、指示を出さなくてはならなかった。四十六機のロングボウ・アパッチは帝国陸軍の虎の子だ。その編隊を指揮する彼は対戦車戦闘ではベテラン中のベテランだった。しかし、巨大な怪獣を相手に戦うのは演習もふくめ、初めてであった。

「退こう。相手の戦力が分からん」

編隊長はヘルメットマイクに命じた。

「全機、後退せよ。岩槻前線基地まで後退」

しかし、半球形の殻を破って這《は》い出してきた前後に長い丘のような巨大物体は、すでに前方2キロまで迫っていた。

ピカッ
蒼白く帯電した、長大な角《つの》のような物を白い煙の中に見たのが最後だった。

バリバリバリッ

「うわぁーっ！」

最大級の積乱雲もしのぐ超巨大な放電現象で大気が一瞬真っ白に輝き、攻撃ヘリコプターの編隊は黒こげになって消滅した。

帝都西東京　北部地区

「怪獣が来るぞ。ついに動き出した！」

「変態して前より大きくなってるらしいぞ」

帝都西東京の北部地区の住民は、陸軍の総攻撃の失敗をいち早く知ると、住んでいた住居を捨ててついに一斉に避難を始めた。

「まずい」

だが、この怪獣襲来と住民避難パニックに一番早く呼応したのは警察でも消防でも軍隊でもなく、税務署であった。

帝都北部税務署の署長は、思わず立ち上がって叫んだ。

「住民どもが、税金も払わずに逃げてしまうぞ。住民の避難を阻止せよ」

北部税務署は、帝都北部地区の住民から確定申告を受けつけるべく、正月だというのに職員が総出で納税受けつけ準備に追われていた。早く確定申告を終わらせて税金を徴収しないと、担当の北部地区がいつ怪獣に全滅させられてしまうかわからない。そうなったらもう税金は取れないのだ。

「武装税務徴収隊、ただちに出動！　避難経路に当たるすべての道路を封鎖せよ」

税務署長の命令で、署員たちは地下の武器庫に走るとただちにプロテクターを装着し、陸軍制式銃と同型のM64小銃を手に手に、装甲税務徴収車に飛び乗って出動した。

ブォオオオッ

「出動だっ」

「出動だ」

武装税務徴収隊とは、広域暴力団や巨大宗教団体を強制的に査察して税金を徴収するために木谷首相が五年前に設立させた財務省の特別武装チームであった。だが木谷のこの政策は失敗だった。はじめは暴力団などを査察するだけの目的で武装を許可したのに、銃を持ったために自分たちは権力を得たと勘違いした国税庁は、どんどん武装化を進め、数年で小さな軍隊とも呼べるような火力を装備してしまったのだ。

「行けっ」

「行けっ」

ブォオオオッ
木谷はあわててやめさせようとしたが、相手は財務省である。予算はいくらでも自分たちの都合の良いようにできるため小銃や装甲車を毎年どんどん買い、警察や軍部が税務署の武装化に難色を示しても予算を握っているので文句が言えない。財務大臣がやめさせようとすると、官僚たちが逆に大臣の事務所や後援会に特別査察を行っておどすのであった。節税か脱税かの違いなんて査察官の判断によるものだから、事務所や後援会が脱税していると決めつけられるのは容易である。スキャンダルにされれば政治家は失脚してしまう。こうしてさすがの木谷も税務署の武装化に手出しをすることができなくなってしまった。現在では国内のすべての税務署が、このような武装税務徴収隊を持つにいたっている。

「幹線道路を封鎖しろ。住民を一人も逃がすな」

帝都の北部地区から都心方向へ逃げようとする住民はすべて、避難経路の道路や街路を銃を持った税務署の武装徴収官にふさがれ、一方向へ追い立てられて、目白通りに設けられた特別確定申告徴税所の仮設テント前に行列させられた。

「個人事業主はこっちへ並べ。サラリーマンはこっちだ」

M64小銃を肩から下げた武装徴収官が、まるで外国から来た難民でも整理するみたいに住民たちを分けて整列させていた。実際、税務署が武装するようになってからは、税務署員たちの態度はどんどんでかくなり、毎年春に確定申告をしに来た人々は「税金を納めさせていただきとうございます、ははー」とひれ伏して頼まないと相手にしてもらえなかった。そして、書類に少しでも不備があると、たちまちやりなおしを命じられて列の最後に並びなおさせられるのだった。

「怪獣が来てるんだぞ！　早く避難させてくれ」

「うるさいっ、お前ら住民は、怪獣が来たのをいいことに確定申告もしないで逃げるつもりだろう。そうはさせるか」

武装徴収官たちは、銃を突きつけて住民を一人ずつテントのテーブルに座らせ、確定申告をさせた。

「なにっ、ハンコがない？　家に帰って取って来い！」

「だめだだめだ、こんな領収書が経費として認められるか。もう一度書類を作りなおして列に並びなおせっ」

こうしている間にも、放射能をまき散らす大怪獣は利根川国境に迫っているはずだ。

住民たちは、焦っていた。

「お、お役人様、あとで税金は必ず払いますから、とりあえず避難させてください」

「だめだだめだっ、怪獣につぶされて資産がなくなったら、もう税金なんか払えないだろう。今払って逃げろ」

目白通りはすぐ大混乱におちいった。あちこちで揉《も》み合いが起きたが、仮設テントを設けた税務署員たちは銃を持っていた。ダダダダダッ、という銃声とともに、群衆の中で悲鳴が上がった。

ぎゃあああーっ

表通りの大混乱を見下ろして、北部税務署の副署長がおそるおそる進言した。

「署長。やはり住民の避難を優先したほうがよいのでは」

「馬鹿者、何を言っているか！」

まだ四十代の税務署長は、一言の下に偉そうに却下した。

「国を支えているのは、国民ではない。税金だ。国家にとって国民と税金とどっちが大事なのだ。そんなこともわからないで貴様は税務副署長かっ」

北部税務署長は東大出の出世頭で、今年度も優秀な成績をおさめれば四月に財務省主計局へ課長として栄転できることになっていた。しかし怪獣に市街地を全滅させられて税収がゼロになったら、それができなくなってしまう。

「貴様も税務署員なら、住民から骨の髄までしぼり取れ！　容赦はするなっ」

北部税務署長は、自分が財務本省の主計局の課長になれるのなら、住民なんか何万人死んだってかまわないのだった。

「いいか、税金を払い終えるまで、一人たりとも避難は許さん！」

「おい、うちはサラリーマンなんだ。税金はもう、給与天引きで支払ってある。ここを通してくれっ」

家族を連れた若い父親が徴収官に食ってかかった。

「いいだろう、だがちょっと待て、お前の家は賃貸か、分譲か」

「分譲だ」

「では、お前は固定資産税を払わなければならない。必要書類に記入して、列に並べ」

「そんなっ、もうすぐばかでかい怪獣がくるんだぞ！　怪獣につぶされたらマンションなんか無くなってしまう！」

するとと武装徴収官は顔を真っ赤にして男を殴りつけた。

「馬鹿者っ！」

ボカッ
「なっ、何をする！」

「いいか、一月一日現在で不動産を持っている者は、固定資産税を払うのだ！　一月二日以降に怪獣につぶされたって関係ない！　そんなことも知らぬのか愚か者めが」

「なにいっ」

男は逆上して徴収官に殴りかかったが、
ダダダダダッ
撃ち殺されてしまった。

「きゃあ！　鬼！　悪魔！」

「うるさい、さっさと固定資産税を払え」

男の妻は小さい子を抱えたまま、涙をこらえて固定資産税の支払い手続きをした。

「さあっ。これでいいでしょう、ここを通してちょうだい！」

「まだだめだ」

徴収官は、頭を振った。

「どうしてだめなのよっ！」

徴収官は銃弾に倒れたままの男を指さし、

「今、こいつが死んだので相続が生じている。お前たちは相続税を払わなければならない。必要書類に記入して、もう一度列に並べ」

赤坂　首相官邸

「総理！」

迎理一郎が、血相を変えて飛び込んで来た。

「総理、大変です」

「陸軍のヘリ部隊の全滅なら、今聞いたぞ」

それを受けてただちに、六本木の峰中将の指示で機甲部隊の主力が国境へ向け移動を開始したはずだ。

「そんなことではありません」

総理執務室の巨大なマホガニーデスクで、各方面から送られてくる報告に埋もれている木谷信一郎に、迎はさらにやっかいな報告をした。

「帝都北部税務署が、住民の避難を妨害しています。税務署長にただちにやめるよう要請しましたが、言うことを聞きません」

「ううむ、税務署か——！」

木谷は腕組みをして、考えこんだ。

「相手は財務官僚だ。下手なあつかいをすると反撃を食って、俺の事務所の経費を脱税あつかいにされてスキャンダルをでっちあげられ、失脚させられる。今内閣が倒れでもしたら西日本帝国は……」

木谷は苦い顔をして、首相専用電話を取った。

「国家安全保障局を頼む」

仏舎利島沖
戦艦〈大和〉

「入ります」

立花五月がノックをして入っていくと、朝日の差し込む専用の船室で波頭少佐が迎えた。

「おお、朝早くからすまんな、立花少尉」

デスクで顔を上げた波頭の前に、五月は立った。士官用の白い艦内服を支給されて、長い髪にもリンスがかかっていた。南方用の女性艦内服はショートパンツなので、白い脚がまっすぐに伸びている。泥だらけでここへ連れて来られた時に比べると、五月は別人のようだった。

「何か御用ですか」

「うむ。立花少尉、身体の具合はどうだ」

五月は、新しく支給された夏用艦内服の胸を見下ろして、

「どこも、異常ないようです」

〈レヴァイアサン〉のすぐそばで三日過ごした影響を調べるため、五月はここ数週間というもの毎日のように〈大和〉艦内のメディカルセンターで放射能症の精密検査を受けさせられていたが、幸いに異常は見つからないようだった。

「波頭少佐。わたしに何かさせようというのですか」

五月は野生の猫のように勘が鋭く、艦内電話で波頭に呼ばれた時から、何かあるなと感じていた。

「うむ。立花少尉。単刀直入に言おう。君に国家安全保障局のエージェントとして、非合法作戦を一つ、遂行してもらいたい」

「わたしに――また殺し屋になれと?」

「立花少尉。君が東日本で議事堂警護隊士官として山多田大三に仕えさせられ、それが嫌になって西日本へ逃げて来たのはよくわかっている。しかし――」

波頭は息を継いだ。

「――これは、木谷首相からのじきじきの頼みだ。非合法作戦を極秘裏に、跡も残さ

ず確実に遂行できる工作員を出動させて欲しいとの要請だ。私は君を選んだ。君にとって、これは西日本帝国への忠誠心を示す良い機会となるだろう。作戦に成功すれば、君は正式に亡命を認められ、西日本陸軍の特務少尉として任官できるだろう」

波頭は五月を見た。

「どうだね。ちゃんとした身分と、給料。三年間は監視がつくが、将校だから基地の外に部屋を借りて住むこともできる。わるくないと思うが」

「どのような任務ですか」

五月は、でも気乗りしない様子だった。

「立花少尉。殺さなくていい。西東京の税務署長を一人、半殺しにして数日間意識不明にしてくれればいいのだ」

「半殺し――殺すよりも難しい」

「そうなのか」

「手加減が、難しい。何日くらい使い物にならなくすればいいのですか」

「二、三日でよい」

波頭は、伝送されて来た顔写真をデスクに出した。

「この税務署長は、西東京北部住民の避難を妨害している。住民が逃げ終わるまでおとなしくしていてくれればいいのだ。くり返して言うが、殺しの作戦ではない」

五月は、ため息をついた。

「わかりました。資料を」


キィイイイイン！

〈大和〉の後部飛行甲板からＵＨ53Ｊ大型多用途ヘリが西東京めざして発艦したのは、それからわずか三十分後だった。

「五月」

左側の操縦席には、望月ひとみが座っていた。

「五月、銃も持たないで大丈夫なの？」

「銃はいらない」

右側の副操縦席で、五月はさらさらのロングヘアの頭を振った。

作戦ブリーフィングを受けてヘリに搭乗した五月は、ふつうの女の子が冬に外出するときのブーツにミニスカート、丈の短い革のコートというスタイルで、化粧していた。武器らしい装備は何も持っているように見えない。

「殺しのミッションではない。たとえ殺しのミッションでも、わたしは銃は持たない」

「でも、税務署員たちは武装しているわ」

「しょせん素人の事務員だ。兵士ではない。腹筋が百回できる者は一人もいないだろう。そんな連中の持つ銃は、ただの鉄パイプに過ぎない」

五月の服は、望月ひとみの私服を借りたものだった。ひとみは五月の言った通り、あれから一週間ほどで突発的な恐怖に襲われることもなくなって、戦艦〈大和〉への転属を命じられてそのまま〈大和〉に乗艦していた。硫黄島基地のひとみの私物は、ロッカーごと特別便で〈大和〉に移送されて来た。それでも化粧品のセットはどこかへいってしまっていて、化粧品だけは〈大和〉の主任迎撃管制士官に借りたのだった。

「川村大尉の化粧品のセットはすごい。帝国海軍の士官になると、あんなに何本も口紅が買えるのか」

「口紅なんて、ＯＬだっていっぱい買えるわ」

「わたしのつけているこれは、何という色だったか……」

五月は右側の操縦席で、自分の唇を指さした。

「シャネルでしょう？　#17のピンクショック。ディスコでお立ち台に立つような子がつける色だけど、五月なら似合うね。美人だから」

「ちょっと待ってくれ、つけておく」

五月はミニスカートのポケットから小さな手帳を取り出すと、シャネルの#17――とメモをした。

「ひとみ」

「ん」

「このヘリコプターは、副操縦士業務が必要か？」

五月は訊いた。極秘の非合法ミッションのために西東京へ向かうので、パイロットのひとみと五月以外にはこの大型ヘリに乗員はいなかった。

「ううん。自動化されてるから、トラブルがなければ一人でも平気よ」

「そうか。ではわたしは、着くまで内職をさせてもらう」

五月は借り物のプラダの黒いハンドバッグから、小さな円筒と鮮やかなピンクの毛糸を取り出した。

「五月、それ何？」

「リリアン編み」

もと東日本の特務将校は、真剣な顔をして円筒の口のピンに毛糸を通し始めた。

「まずこれで練習するとよいと言って、有理砂がくれた」

ヘリが飛び去ってから、〈大和〉の波頭のオフィスにメディカルセンターの主任医官が駆け込んで来た。

「波頭少佐。やはり確かです」

医官は、波頭に分厚い分析ファイルを見せる。それはこの数週間で、放射能症の検査という名目で立花五月の身体を調べた精密分析の結果であった。

「やはり立花五月は、例の施術をほどこされています」

「例のというと――やはりスペツナズが開発していたというあれか……」

波頭はデスクの上でため息をついた。

「……旧ソ連のスペツナズ特殊部隊が、崩壊直前に完成させていたといわれる、例の――」

「そうです。しかし例の施術をほどこされるには、受け入れ側の肉体にもかなりの条件がそろっていないと――つまり反応神経系にかなりの潜在的素質がなければ、これほど完璧《かんぺき》なバイオフィードバックは完成されません」

「ううむ――」

「あの子の運動神経系は、大した物です。西日本なら新体操で全国大会に出られるでしょう。あの子だから施術が成功したのだ、とも言えます。ソ連崩壊直前のスペツナズ特殊部隊でも、成功した例があったとは聞いていません。もし本当だとしたら――私は本当だと確信しますが希少な成功例ですよ」

「――わかった」

「それで波頭少佐」

医官は、興奮して言った。

「あの子に非合法作戦を命じられたそうですが、観測態勢は？」

「一応、赤坂の国家安全保障局から専門家チームを出動させて、北部税務署の内部をあらゆるセンサーで透視するように命じたが」

「大変結構です。あの子の動きを、細大漏らさず記録してください」

「なあ鮫島医官」

「はい」

三十代半ばのまだ若い軍医は、防衛医大をトップクラスで卒業してこの〈大和〉に配属されて来た研究者タイプの軍医だった。

「立花五月は、そうすると本当に殺人機械だというわけか」

「はい少佐」

医官はうなずいた。

「立花五月は極めて高性能の、人間殺人機械です。あの子の反応神経系に組み込まれた〈自動反撃型バイオフィードバック〉は、言ってみれば訓練なしであらゆる武術の達人となれる生体パワーアップキットです。利用価値絶大ですよ」

「参ったなあ」

波頭は腕組みをしてうなった。

「どうされました？」

「利用価値絶大じゃ、我々の仲間として迎えても、保障局の情報分析課とかそういうところでのんびり使うわけには行かないだろう」

「もちろんです少佐。超Aクラスの秘密工作員として、大いに国家の役に立ちます！」

「参ったなあ――」

波頭は腕組みをしたまま、ため息をついた。

西東京　北部地区

パリパリパリパリ
「しょ、署長！　屋上監視員より報告、軍のヘリが接近してきます」

北部税務署最上階の署長室に、副署長が駆け込んできた。

「大型輸送ヘリです。どうしましょう」

「ふふん、軍の介入か。予想していたことだ。しかし我々財務省に逆らえるものか！」

署長の増沢貴房はデスクの電話を取りあげた。

「本省の主計局を頼む」

　数秒で電話は霞が関の財務省につながれた。

「主計局か。ああ俺だ、増沢だ。今、身の危険をかえりみず公務の遂行をしているところだ。ああそうだよ今年の確定申告受付だ。君のところも、怪獣騒ぎで税収が減ったら困るだろう。今年は復興資金に特別予算とか要りそうだしな。住民どもが丸裸になる前に、しっかりしぼり取っておこうという寸法さ。そうさ、見上げたもんだろう？　俺も春からはそっちへ行くからな。ところで、軍の連中が介入して来ると困るんだ。陸軍の参謀本部に電話して、下手なことをやらかすとヘリ部隊の予算を来年から減らしてやるぞと一言クギさしといてくれないか」

　増沢が財務省へ電話をしたのと、屋上監視員から「ヘリが引き返していきます」という通報が来たのはほとんど同時であった。

「ほら見ろ。誰もこの国で、東大卒の財務官僚にかなう人間などいるものか！」

　増沢は立ち上がると、署長室の大きなガラス窓から目白通りの仮設テントにひしめく群衆を見下ろした。

「はっはっは、見ろ、人間がまるで蟻《あり》のようだ！　この世で一番偉いのは東大卒財務官僚だ。この俺様だ！　はは、ははは、はははははっ」

「おい、ちょっと待て」

　北部税務署の職員通用口を警備していた徴収官が、近づいて来た女に小銃の筒先を向けた。

「ここは税務署だぞ。何の用だ？」

　若い女はさらさらの長い髪にブーツにミニスカートで、素晴らしい脚線をクロスさせながら歩み寄って来る。白い顔がまるで光っているようだ。警備の男は、銃を持ったまま思わずつばを呑み込んだ。

　ごくっ
（女優にいたかな――？）

　毎年、確定申告受付初日に来てもらう芸能人の女優の中にも、これほど美しい女を見たことはなかった。

「――――」

　女は警備の男を見据えたまままばたきもせず、一言も発せずにつかつかとやって来た。

「おい――」

　男は小銃の先を上げて、「止まれ」と言いながら銃口を女のセーターのバストに食いこませようとしたが、その瞬間

ヒュッ
空気の切れるような音がした。

「うぐ」

男は、いったいどうやって首筋を強打されたのかもわからないまま、悶絶《もんぜつ》して内股でその場にくずおれた。一瞬後には、女の姿もそこから消えていた。

（バックアップも置いていないとは……素人）

五月は、影のように足音も立てず税務署の通廊を進んだ。建物内部の警戒がずさんなので、走る気にもならなかった。〈大和〉の作戦ブリーフィングルームで見せられた、この税務署の内部図面を頭に描きながら地下室へと降りていく。

「おっ、お前は誰だ――うぐっ」

地下へ降りる階段で鉢合わせした署員を、一瞬で床に悶絶させる。

どさっ
（手加減が、難しい）

手刀をふるった白い右手を眺める。殺すのならば簡単だが、『悶絶させるだけ』という制限がくわわると、いちいち寸止めのようにして力加減をしなければならないのがわずらわしい。

〈電源室はここか——〉
五月は、〈高圧注意〉の表示がある地下室に侵入すると、大型の黒いブレーカーをかたっぱしから引き下ろしていく。
ガシン
ガシン、ガシン
〈たやすい——予備電源も備えていないとは〉

「おい、どうした？」

「停電か？」

税務署内のすべての室内灯が一斉にフッと消えた。署内で特別強制確定申告の指揮をとっていた幹部署員たちは、あわてて天井を見回した。

「地下電源室、何をしている」

「技術員を呼び出せ」

「課長、電話も通じません」

非常態勢に戦闘プロテクターをつけた格好で事務をしていた署員たちは、コンピュータも動かなくなったので、仕方なく電力を回復させるため地下へ降りようと立ち上がった。

その時、

「お、お前は誰だ?」

署員の一人が、フロアの入り口に立っている五月の姿を見て叫んだ。

「――――」

五月は美しい顔を無表情にして、素手でフロアの入り口に立っていた。すらりと伸びた脚のシルエットが、まるでステージに立つダンス系シンガーのようだ。

「お前は誰だっ」

「ここは一般人立入禁止だぞっ」

幹部署員たちは、慣れない手つきでM64を構えた。

「――わたしに手を出すな」

「何だと?」

「手を出さなければ、気を失うだけで済む。しかし襲いかかれば、命の保証はできない」

五月は静かに、つぶやくように告げた。

ガチャッ
「税務署をなめるな!」

黒ぶちメガネの徴収課長が、M64の安全装置を外した。戦闘服を着た徴収課長は、今朝からの異常事態で民衆を支配する快感に目覚め、まるで昔大陸で狼藉の限りを尽くした中国共産党兵士のようになってしまっていた。

ジャキン

「娘、命が惜しければそこへひざまずけ。ひっひっひ」

中年の徴収課長は、舌なめずりをした。

「この世を支配する財務省にたてつくとは、いい度胸だ、娘。今から権力というものを味わわせてやる。ひっひっひっ」

徴収課長は、ひひひひひと笑いながらよだれを垂らして戦闘服のズボンのファスナーを引き下ろした。

「さぁ、くわえろ娘。権力の味を味わえ」

「あ、課長いいなぁ」

「僕たちにもお願いしますよ」

「うるさい、年功序列で順番だ。ひひひ、さぁ命が惜しければひざまずいてくわえるのだ娘」

徴収課長は、ズボンの前を開けたままで、五月に向けた銃の引き金に指をかけた。

「それとも権力の怖さを知りたいか」

五月に向けられたM64の引き金が、しぼられる。

その瞬間

ヒュッ

空気を裂いて、五月の姿が消えた。

「あぐっ――」

徴収課長が、二つ折りになって倒れた。

「ぐっ、ぐわぁっ」

そのまま白目を剝《む》いてしまう。即死だ。

「なっ、何だっ」

「何だ」

署員たちは銃を構え、室内を見回す。

ヒュッ

どさっ

また一人が倒れる。残った四、五人は薄暗い室内を必死に見まわすのだが、死に神のように消えた五月の姿を見つけることができない。

「消えた?」

「ばかな!」

右往左往する署員たちの死角を、猛烈なスピードで五月が移動しているのだがそんなことは戦闘の素人である彼らにはわかるはずもない。

　ヒュッ

「うぐっ」

「ふぐっ」

　どさっ

　どさっ

「うあ、うああ。化け物」

　恐怖に見まわれた署員が、ついに発砲した。

　ダダダダダッ

　ダダッ

　9ミリ高速弾が室内の壁に着弾し、弾痕《だんこん》が煙を上げて走る。しかし五月の姿はどこにも見えなかった。

「うぎゃあぁっ」

　最後の一人が悲鳴を上げて倒れるまで、四秒とかからなかった。発砲した署員は背中を不自然な角度に曲げて息絶えていた。

「何事だっ」

その上のフロアでは、銃声に驚いた署員たちがM64を構えて階段に向けた。

「銃声だぞ」

「副署長、侵入者かも知れません」

「おい誰か。階段の下を見てこい」

副署長が、そばにいた若い署員に命じた。

「は、はい」

税務署にたてつく警官隊でも突入してきたのかも知れない。しかし我が方は自動小銃の装備に重火器も備えている。負けるはずがない。若い署員は銃を構えたまま、下のフロアをのぞきこんだ。

シュッ
何か風のようなものが身体のそばを通過したなと感じた瞬間、署員は「うっ」とうめいて悶絶した。

「な、何奴?」

まるで突然テレポートで出現したかのように、ロングヘアの美女がフロアの入り口に立っていた。

「何者だ貴様?」

五月のブーツの足元に若い署員が銃を抱えたままの姿勢で悶絶しているのを見て、

副署長は太った顔から汗をとばした。

「何をしに来たっ」

「――――」

五月は無表情で、室内を見回す。

「こら、返事をしろ。これが見えないのか」

太った中年の副署長は、顔から汗をとばしながら五月にM64を向けた。

「おいこら娘、税務署に不法に侵入しおって、ただで帰れると思うなよ！」

副署長は、ぎらぎらした目で五月の白い顔を見ると、自分の戦闘服のズボンのファスナーを開けた。

「くっくっく。こんなところに入りこみおって命知らずが。生きて帰りたければ、くわえるのだ」

「ふ、副署長、いいですね」

「つ、次にやらせてください」

「うるさい、年功序列で順番だ」

副署長は、M64の安全装置を外し、銃口を五月の胸に向けてうながした。

「さぁこっちへ来い。来てひざまずいてくわえるのだ。くっくっくっ」

五月は、ため息をついた。

「お前たちの考えることは同じか」

「な、なにっ」

副署長は小銃の引き金に指をかけた。

「怪しいやつめ、二、三発ぶちこんでくれる」

ヒユッ
その途端、太った中年男はズボンのファスナーを開けたまま前のめりに倒れ、一言も発しなくなった。

「ぐ」

即死であった。

五月の姿は、また見えなくなった。

うぎゃあぁ~っ、という悲鳴とともにダダダダダッと銃声が響いた。

「何事だ」

驚いた増沢署長が最上階のフロアに出て見ると、そこには全署員が床に倒れ、あるものは悶絶し、あるものは息絶えていた。

「な――何事だ?」

戦闘服の男たちが倒れている真ん中に、ミニスカートにブーツの美女が静かに立っていた。

「お前は、誰だ？」

誰何《すいか》すると、ロングヘアの美女は視線を上げて増沢を見た。無表情だった。

「北部税務署長か」

つぶやくように五月は言った。

「おとなしくしろ。抵抗しなければ気を失うだけで済む。しかしわたしに危害を加えようとすれば、わたしの意志に関係なくお前は死ぬ」

「何をほざく」

ダブルの高級スーツを着た増沢は、立花五月の脚先から太腿《ふともも》から首筋までを、素早くなめるように見てうなった。

「ううむ——くふふふ。どこのネズミかは知らんが、この増沢にたてつくとはいい度胸だ」

増沢は舌なめずりすると、カフスボタンを留めた腕を伸ばし、脇のロッカーから12・7ミリ野戦用重機関銃をつかみ出した。

ジャキン
「可愛いネズミだ。死ぬ前に、将来財務事務次官となる俺様に、奉仕させてやろう」

増沢は重機にぴかぴか光る弾帯をジャキンと装着し、黒光りする太い銃身を片腕で保持すると、高級スーツのズボンのファスナーを開けた。

「さぁネズミ。死にたくなければ、はいずってきてひざまずいて奉仕しろ！　くは、くはは、くはははは っ」

五月は、うんざりして頭を振った。

「お前たちは――東日本軍よりも最低だ」

「何をっ！」

暴力に酔った増沢は、容赦なく重機の引き金を引き絞った。

ズガガガガガガッ
壁が吹っ飛び、窓ガラスが爆発するように砕け散る。だがそこに五月の姿はない。

「どこだどこだ～？　ひひひ、逃げても無駄だぞ。ひひひひひ」

ズガガガガガッ
蒸気を上げる重機関銃のバイブレーションで、ズボンの前を開けたまま破壊の快感に「ひひひひひ」と酔いしれ、増沢は周囲を撃ちまくり続けた。

「ひひひひひひ。ひーっひひひ！　ひざまずけひざまずけ！　みんな俺様にひざまずけえっ」

シュッ
「ひひひ――ぐぇ」

ミニスカートから幻のように振り出されてくる立花五月の白い内腿。それが増沢のこの世で目にした最後の映像であった。

ドカッ

五月の蹴りを食らった税務署長は、せき込むように銃弾を吐き出し続ける重機を抱えたまま署長室のガラスを背中で突き破り、

バシャーンッ

「う、うぎゃぁあ～っ」

はるか下の目白通りへ、仰向けになったままおちていった。

どさっ

仮設テントに行列させられている住民たちが、あわてて放射状によけていく。

「つまらぬものを――蹴ってしまった」

五月は、ため息をついた。

税務署長の絶命を見届けると、呼吸一つ乱していない五月はミニスカートの腰のベルトからポケベル大の発信機を外し、アンテナを伸ばして発信した。

「ひとみ。任務完了。屋上で回収を待つ」

六本木　国防総省

「国家安全保障局は加減というものを知らんのかっ」

　国防総省の正門に入ろうとする黒塗りリムジンの後席で、木谷は自動車電話に怒鳴りつけていた。

「いいか。確かに北部税務署を、財務省にばれないように黙らせろと命じたのは俺だ。しかし署長副署長を抹殺し、署内の職員全員を使い物にならないようにしろと言った憶えはない！」

『申し訳ありません総理』

　電話の向こうは、戦艦〈大和〉艦上の波頭である。

『税務署員たちが、私の差し向けたエージェントに危害を加えようとしたのがいけないのです。立花五月は自分からは殺しません。本人にも殺す気はありません。しかし生命の危険を感じ取ると、五月の身体は自動的に反撃して相手を抹殺してしまいます。税務署の役人たちが戦闘員でもないのに銃をもてあそび、暴力を振るったから罰が当たったのです』

「自動的に反撃とは、どういうことだ」

『〈自動反撃型バイオフィードバック〉です、総理。旧ソ連のスペッツナズ特殊部隊が、ソ連の崩壊直前に完成しかけていたと伝えられる強化人間プログラムです。長い訓練をしなくても、最高の攻撃技術を神経系に移植して最強のコマンド兵士を大量生産しようとする計画です』

「最強のコマンド兵士の、大量生産だと？」

『そうです総理。本人の記憶によると、立花五月は十七歳の時に反応神経系に――具体的に言うと首筋の延髄の部分ですが――そこにマイクロマシンを注入されています。東日本共和国では旧ソ連の計画を引き継いで人体実験をくり返していたらしい。しかし成功例は極めて少なかったようです。マイクロマシンが反応神経系にうまく着床しなかったり神経が拒否反応を起こしたりして、実際かなりの数の若者が極秘のうちに死んでいったものと思われます。立花五月はその中の希少な〈完成品〉なのです』

「殺人機械の、完成品か――とんでもないのが亡命してきたな」

『完成品といっても、不完全ですけどね。五月のバイオフィードバックは、相手が殺意を持って攻撃してきた時にしか働かない。自分からしかけようとしても、自分の意思では超人並みの攻撃能力は発現しないのです。まぁそんなもの使わなくてもあの子は普段から一流の殺し屋ですが、それに加えて重要なのは、あの子がマインドコントロールを受けていない、という事実です』

「マインドコントロールを受けていない？　山多田大三の議事堂警護隊員がか？」

『総理。立花五月は父親が密《ひそ》かに渡していた〈抗マインドコントロール剤〉により、精神まで侵されるのを防いでいました。我々に取っては幸運ですよ。あの子が精神までも悪の独裁者に支配されていたら、西日本にとって重大な脅威となっていたでしょう』

「ううむ――」

木谷はうなった。

「波頭、その娘は、お前に預けておいて大丈夫なのだろうな？」

『総理、五月は、おそらく我々にも殺すことは不可能です。あの子は普通の女の子の暮らしを望んでいる。望みどおりにさせて、仲間にするのが一番です。本当は秘密工作員にもしたくはないのですが――』

その時、迎理一郎が別の電話を手にしたまま、助手席から振り向いた。

「総理。北部地区の避難が再開されました。住民は陸軍の誘導で、南へ向かいます」

「よし」

木谷はうなずいた。

「波頭。その立花五月を少尉に任官させ、お前のセクションに入れろ。任せるからいい暮らしをさせてやれ」

『ありがとうございます、総理』

国防総省の地下三階へ降りると、峰剛之介が出迎えた。

「総理。お待ちしておりました」

「峰中将、怪獣の迎撃態勢は順調か？」

「機甲部隊の布陣を間もなく完了します」

「あてにはなりそうにないがな」

するとは峰は指を唇に当て、

「しっ、総理。総省内で総理がそのような発言をされては、兵の士気にかかわります。慎んでください」

「だってそのとおりじゃないか。最新鋭戦闘ヘリ四十六機が一瞬でやられた。通常兵器では、あの化け物には歯が立たないだろう」

峰と木谷は、国防総省の地下の通廊を歩いて総合指令室へ向かった。

「峰君、例の〈究極戦機〉の開発状況はどうなっている？」

「仏舎利島秘密基地では突貫工事でやらせていますが――相手は異星の宇宙船ですから、技術的な見通しはなんともいえません」

「搭乗するパイロットの〈選定〉は、どのようにしたんだ」

「それだけは、あっさりと決まりました。後でファイルをお見せしますが」

「最高の戦闘機パイロットをそろえたんだろうな？」

「いえ総理……実は〈究極戦機〉のパイロット選定は、すべて人工知性体との相性——我々は〈適合攻撃性〉と呼んでいますが——そういう性格的なものが基準となっています。ファイルをご覧になれば、少し意外と感じられるかも知れません」

八丈島沖

パリパリパリパリ
母艦へ帰投するＵＨ53の操縦席で、五月は自分の手のひらをじっと見ていた。

「五月」

「——————」

「五月？」

機長席のひとみにくり返され、ようやく五月は顔を上げる。

「どうしたの。帰りは編み物しないの？」

「——手を汚した……」

五月はつぶやくように言った。

「え？」

ひとみは操縦桿を握ったまま、五月の横顔を見る。午後の太平洋の陽光を浴びて、白い横顔はうつむいていた。

「……手を汚してしまった。よく洗うまで、毛糸には触りたくない」

五月は、悲しそうに頭を振った。

「五月――」

ひとみは何か言いかけたが、ヘリのVHF無線に声が入ってくる。

『リトラ501。こちら〈大和〉要撃管制。艦隊は北上を開始した。会合予定ポイントを北に修正せよ』

「リトラ501、了解。〈大和〉のTACAN（無線標識）に合わせます」

『君は望月中尉か』

無線の声が、要撃管制官から別の声に変わった。

『私は、国家安全保障局の波頭だ。急だが君に特別命令がある』

「はい――なんでしょう？」

『今回は〈大和〉に帰らんでいい。空母〈赤城〉へ着艦しろ。立花少尉も一緒に連れていけ』

「――？」

ひとみは、五月と顔を見合わせた。このヘリは戦艦〈大和〉の所属なのに、今回は

〈大和〉が護衛している空母〈赤城〉のほうへ着艦しろという。それに五月まで連れて降りろとは、いったいどういうことだろう。

『望月中尉、了解したか?』

「は、はい。〈大和〉でなく、〈赤城〉に着艦します」

『よろしい。新しい辞令は、〈赤城〉で交付する。以上だ』

「新しい辞令って——」

聞き返そうとしたが、無線は切れていた。

「あたし、また転属なのかしら……?」

仏舎利島北方洋上
空母〈赤城〉
午後一時

「ふむ——やはり変態したか」

半球体の殻を突き破って現われた新しい怪獣の偵察写真が葉狩真一のテーブルに届けられると、設計会議は一時中断となった。

「みなさん」

葉狩真一は、空母〈赤城〉の250メートルの艦体のほぼ中央に位置する窓のない特別会議室で、集まっていた開発スタッフを眺め渡した。国防総省が軍内部のみならず各方面から緊急に召集した、核融合や宇宙船技術の若手の精鋭ばかりが十数名。

「我々UFCチームは、〈レヴァイアサン〉の活動再開を予測し、西日本帝国を防衛するためにこうして仏舎利島から移動を開始したわけですが――」

真一は暗くした室内でプロジェクターにスライドをセットする。真一の眼鏡が光っている。室内にはプロジェクターのブーンという音と、〈赤城〉の通常型機関がたてるゴゥンゴゥンという推進音が響いていた。

「――怪獣の変態と活動再開が、これほど早いとは。我々も〈究極戦機〉の完成を待たずに北上を開始したわけですが、読みが甘かったかも知れません」

空母〈赤城〉は、仏舎利島秘密基地からの搬入作業を今朝の明け方に終了し、たったいま東京湾を目指して北上を開始したところだった。艦内に新しく設けられた特殊大格納庫には、対〈レヴァイアサン〉用の戦闘マシンとして改装中の異星の星間飛翔《ひしょう》体《たい》を積み込んでいる。改装作業は葉狩の指揮する開発スタッフによって、ここ一か月昼夜を徹して続けられていた。

ゴゥンゴゥンゴゥン——

〈赤城〉は30ノットの第二戦速まで増速し、艦首を北に向けて航行した。今この時飛行甲板に上れば、この〈赤城〉を中心に護って輪形陣を組んだ連合艦隊が、仏舎利島を背にして白波を蹴立てている姿が望めることだろう。

「さてみなさん、見てください」

しかし葉狩をリーダーとする開発チームには、休む暇はなかった。

「これが我々の〈敵〉です」

カシャ

暗くした会議室のスクリーンに、撃墜される寸前の偵察ヘリから電送されてきた空中写真が投影されると、疲れ切ったスタッフたちにどよめきが走った。

「おう——」

「おお——」

「これが——変態した〈レヴァイアサン〉か……」

爆煙と水煙にまみれた怪物はその一部しか写っていなかったが、この世のものとも思えない形状をして、信じられないほど巨大だった。自分たちが開発している〈究極戦機〉で、これを倒さなくてはならないのか。

「陸軍の戦闘ヘリが四十六機、一瞬にしてやられたそうです。おそらく〈レヴァイアサン〉は腹の中の核融合炉の有り余るエネルギーを、生《き》のままでヘリ部隊に向け放出したのでしょう」

「博士、その背部にちらりと見えている翼のようなものは？」

「おそらく」

スタッフの質問に、真一はスティックでスクリーンを指した。

「これは、生体核融合炉の余剰熱を外部へ捨てるための、熱放出翼です。空を飛ぶためのものではない。一種の冷却器ですよ」

「飛ばれたら困る」

兵装の開発を担当している空軍の技術少佐が言った。

「〈究極戦機〉の主兵装であるヘッジホグの照準システムは対地攻撃用で、高速で飛行する標的を狙《ねら》えるようには作っていないんだ」

「〈レヴァイアサン〉の運動速度については、心配する必要はありません。むしろ要求されるのは装甲貫通能力です。これまでのミサイル攻撃、爆弾による爆撃、すべてが無効に終わっているのはこの怪獣の体表面の防御があまりにも強固だからです」

「生き物なのにな」

兵装担当の浅見技術少佐は、空軍のヘリ副操縦士だった弟を〈明るい農村〉艦上で〈レヴァイアサン〉の捕食体に襲われてなくしていた。

「たかがタンパク質でできた生き物に、機銃弾はおろか爆弾までが無力とは。信じられん」

「〈レヴァイアサン〉は、エウロパの劣悪な環境下でも一世紀以上に渡って活動できるように設計された、人工の生体環境改造マシンです。このような生体機械は、銀河中央の星間文明では地球の尺度で一万年も前から研究され、実用化されていました。地球におちてきたあれは、知性体の話によると三百年前から木星の衛星エウロパの地表にいて、大気と土壌の改造をしていたらしい。さすがに三世紀も稼働し続けると自らの放射能で遺伝子異常を起こし、大気改造プログラムが狂い、凶暴化して共食いを始めた。しかし地球上のどんな構造物よりも頑丈だということは、確かです」

「共食いっていうことは——あれと同じものがまだエウロパにいると?」

「ええ」

真一はうなずいた。

「衛星エウロパでは、現在一千基以上のあれの同類が、稼働中だそうです」

一千基——!

再びスタッフたちがどよめいた。

星間飛翔体とのコミュニケーションに成功した葉狩真一の口からは、次々に恐るべき事実が告げられた。

〈レヴァイアサン〉が胎内に常温核融合炉を持った人工の生体核融合ユニットであること、それが本来は惑星改造のために使用される一種の〈巨大土木機械〉であることも、葉狩真一が星間飛翔体の頭脳である人工知性体から聞き出した情報であった。そして、東日本共和国に上陸して破壊の限りを尽くした〈レヴァイアサン〉がいずれどこかで静止し、クラゲのような半球体から地球上で活動するのに適した形態へ変態をするだろうという予測は、人工知性体から得た知識から真一が推論して導き出したものだった。


「葉狩博士。星間文明が『すでに知的生命体の住んでいる惑星には進出をしない』という倫理を持っていてくれたのは、不幸中の幸いだったな」

「そうですね。地球が星間文明の開発対象にされていたら、三世紀も前に人類は絶滅させられていたでしょう。しかし彼らは開発地に不毛のエウロパを選んでくれた。有り難いことです。だのに我が同胞のネオ・ソビエトは、星間文明の飛翔体を核ではたきおとすなどという野蛮な真似をしてくれた。困ったものです」

〈レヴァイアサン〉は、遺伝子異常を起こして共食いを始めたために星間文明の無人作業船によってエウロパ地表面から引き揚げられ、星間飛翔体に曳航《えいこう》されて太陽に投棄される途中だったのだ。飛翔体の人工知性体は、過って地球に落下させてしまった生体核融合ユニットを駆除するために、身をなげうって協力すると言ってくれたのである。

カシャッ

カシャッ

空中写真がめくられていくと、スタッフたちは口数が少なくなり、黙ってしまった。

「みなさん」

真一はメガネを外して拭《ふ》きながら、核融合や宇宙船技術の専門家たちを見回した。

「我々は、狂ったプログラムで環境を改造し、放射能を撒《ま》き散らし、あたり構わずタンパク質をむさぼり食い続けるこの怪物をなんとしても駆除しなくてはならない。そうしなければ地球は終わりです」

「葉狩博士。聞きたいのだが」

オブザーバーとして会議に参加している空母〈赤城〉の押川艦長が手を上げた。

「どうぞ」

「このまま放っておいたら、本当に地球は終わりなのかね?」

「あれを倒せない限り、我々人類が〈餌《えさ》〉になり続けること、猛毒の大気が吐き出され続けること、放射能が撒き散らされ続けることは確かです」

「やつが放射能を撒き散らしているのも、やつの機能の異常によるものなのかね？」

「そのとおりです。本来なら、あれの腹の中の核融合炉の放射能は外へ漏れ出すようにはできていない。融合炉が劣化したか、あるいは他の原因で放射能漏れ事故が起こり、あれは遺伝子に異常をきたしてしまったのです」

「寿命が迫っている、とは考えられないか？」

「考えられないことはない。しかし、悠長に自然死を待つことはできません。飛翔体の人工知性体の予測でも、あれはあと百年生きるだろうというのです。それよりも僕がもっと恐れるのは、あれが繁殖をしないかということです」

「繁殖？」

「生体核融合ユニットは、生き物ではありますが繁殖はしません。そのように造られている。しかし〈レヴァイアサン〉は遺伝子に異常をきたしている。あのように地球環境に合わせて変態をしたのも、あれの遺伝子が設計レベル以上に異常活性化し始めた証拠です。この地球上で繁殖を始める可能性は否定はできない、いやその可能性は高いのです。そんなことになったらおしまいです」

繁殖——！

スタッフたちは顔を見合わせた。

薄暗い会議室で、お互いの顔色はわからなかった。しかし、それまでまさか怪獣一匹いくら手ごわくともそんなことで人類は滅亡すまいと考えていたメンバーも、〈繁殖〉の二文字を耳にして顔色を変えざるをえなかった。

くー

くー

この特別会議室の中で蒼ざめていないのは、さっきから一番後ろの席で居眠りしっぱなしの愛月有理砂ただ一人であった。

くかー

くかー

「おい誰か」

〈赤城〉航空団司令の郷大佐が、できの悪い生徒を見る教師のように、咳払《せきばら》いして言った。

「そこのメインパイロットを、起こせ」

パリパリパリ

キィイイイイン

望月ひとみの操縦するＵＨ53は、全速巡航する空母〈赤城〉の飛行甲板右舷《うげん》前部の定位置に機首を合わせ、着艦した。

ドシュンッ

「空母は広くていいわ」

ヒュゥウウウン――

オーバーヘッドパネルのスイッチをパチパチと切りながら、ひとみは右席の五月に「パーキング・チェックリストを読んで」とうながす。双発のタービンエンジンが燃料を切られ、五枚羽根のメインローターがトランスミッションから外されて空転し、停止する。

「さあ着いたよ、五月」

甲板員に開けてもらったステップを降りると、発艦準備作業の始まった飛行甲板を背にして三十代の女性士官が髪をなびかせて立っていた。

「望月ひとみさんね」

「はい。そうですが」

ニュースキャスターのような、頭の切れそうな美女は空軍中佐の制服を着ていたが、ひとみを階級でなく、さん付けで呼んだ。

「私は羽生恵。あなたを迎えに来ました。歩きながら話しましょう」

羽生恵は、ひとみの後ろに立っている五月にもうながした。

「立花五月さん、あなたも一緒に来て。新しい仕事の話をします」

恵を先頭に、三人は〈赤城〉のアイランドへ歩いた。

「望月さん。あなたは漂流中の東日本の巡洋艦〈明るい農村〉に着艦して、中で〈レヴァイアサン〉の捕食体を十一体、日本刀でたたっ切ったそうね」

「無我夢中でしたから」

「あなたの訓練中の成績を見ました。望月さん、あなたが戦闘機コースから降ろされてヘリに変わったのは、空中操縦操作が悪いのではなくて、射撃がへたくそだったからだそうね」

「はあ」

「T4中等練習機での操縦技量は、及第点以上。Gに対する耐性も申し分なし。危機におちいった時の攻撃性は、標準よりもはるかに強い」

「え」

ひとみは、初対面の女性将校の横顔を、しげしげと見た。この人は、いきなり目の前に現われて、あたしの過去なんかほじくり返して、何をするつもりなんだろう。

「総省のコンピュータが、あなたに〈適任〉の判定を下しました。あなたには〈適合攻撃性〉が備わっているそうです。〈究極戦機《UFC》〉搭乗のための」

「は――?」

ひとみは思わず立ち止まった。

〈究極戦機〉——？

いったい何のことだ。

「望月ひとみ中尉」

恵は振り返り、ひとみの顔を見据えた。

「あなたに、ＵＦＣチームへの転属を命じます。立花五月少尉には、アドバイザーとして加わっていただきます。これは統幕議長命令です」

5. 破壊される帝都

＊異星の星間飛翔体《ひしょうたい》を改装した戦闘マシンは〈究極戦機〉と呼ばれた。選ばれた三人のパイロットが初めて顔を合わせる。それは、この壮大な事件が始まったときから約束されていた、運命であった。

有理砂
空母〈赤城〉
一月二日午後三時

「ったくもう、ストレスたまっちゃうわ」

ここひと月というもの、慣れもしない開発プロジェクトに無理やり引き入れられていたわたしは、暇を見つけては〈赤城〉艦内のジムに立ち寄ってサンドバッグを叩《たた》いていた。

（核融合炉だの重力制御だの——コマンドモジュールのデザインだの……）

バシバシッ
バシッ
（操縦マニュアル作りだの——いったいあたしを誰だと思ってんのよ、これでも帝都東京女学館の英文科卒なんだぞ、設計会議で寝てたって文句言うなよなっ）

実際、あの葉狩真一とかいう天才博士が会議でしゃべっていることはちんぷんかんぷんで、わたしにはさっぱりわからなかった。

バシバシバシッ

「このっ、このっ」

黒いスパッツに編み上げのシューズを履き、マットの上を飛び跳ねながらサンドバッグを叩くわたしを見て、トレーナーの軍曹が口笛を吹いた。

「ヒュー、愛月中尉。女性のプロリーグがあったらいいんですがねぇ」

「ストレス解消してるだけよ」

「いやぁ、もったいないなあ、そのパンチの切れ」

「ボクシングの才能なんかないわ。あたし文学少女だったんだから」

「いや中尉、一対一のぶったたき合いってのは中尉が考えてるのとは違いますよ。ボクシングはね、何か身のこなしや反射神経で相手に勝つもんだと思われてますけどね、確かにそういうのは必要ですけど、実際は試合で勝つために一番必要なのは〈攻撃性〉ですよ。相手が殴ってきたら、それ以上に殴り返してやりゃあいいんです」

そこへ、飛行科の作戦士官が呼びに来た。

「愛月中尉、こちらでしたか」

やれやれ、また仕事か。

わたしはフットワークをやめて、タオルを取る。

「今度は何？　コマンドモジュールのデザインならあたしの言った通りにやってくれればいいのよ」

「いえ、そうではありません。〈究極戦機〉の艤装《ぎそう》のことではなくて、パイロット候補が全員そろったので一度ＵＦＣチームの顔合わせをしたいと」

わたしは、ため息をついた。

「じゃあ――あれに乗せられる残りの二人が、決まったっていうのね」

六本木　国防総省

「〈適合攻撃性〉？　それは何かね」

「はい総理。ご覧ください」

峰は、総合指令室に入って着席すると、木谷の座る首相席の情報コンソールに〈究極戦機〉パイロット候補者のファイルを呼び出させた。

「今のところ、その三名が、〈究極戦機〉ＵＦＣ１００１のパイロット候補として選定されております」

「おりますって――」

木谷は画面を見て驚いた。

「――三人とも、女じゃないか」

「その三人が、最適任と判定されました」

画面に現われた三人の若い女性士官の顔写真。そろいもそろって二十代である。

「国防総省のコンピュータはおかしいんじゃないのか？　この娘らで、あの巨大怪獣と戦うというのか？」

「総省のコンピュータは狂っていません。その三人が最適任なのです」

峰は説明をした。

「総理。実は数年前から、帝国海空軍全パイロットの心理特性を測定するプロジェクトが進んでいたのです。人工知性体との〈適合攻撃性〉を持ったパイロットを選任するのに、今回そのデータが役に立ちました」

「性格チェックでもしたのか」

「飛行ミッションの最中のパイロットの心理特性を、本人に気づかれることなく測定する作業がちょうどトライアル中だったのです。一種の心理テストです。テストには特殊なヘルメットを使います。海軍研究所の葉狩博士に開発してもらったもので、通常の飛行ヘルメットに特殊な測定装置を組み込んであります。データは機上の敵味方識別信号発信機のアンテナを経由して、国防総省へ送られてきます。飛行ミッション中のそのパイロットの脳の中の〈攻撃ペプチド〉の分泌具合がすべてわかるのです。これにより万一の核攻撃ミッションに備えて、〈安全に使えるパイロット〉の選別をひそかに行う計画だったのです」

「核攻撃任務に、安全に使えるパイロットだと？」

「そうです。万一、我が国が核攻撃を行わなければならない可能性が出た時、核爆弾を抱いて出撃するパイロットには、完全に冷静な者を選ばなくてはならない。命令には完全な冷静さでしたがう人間」

「どういうことだ？」

「核攻撃の可能性が出ても、われわれは、外交努力でそれを回避しようと最後の一秒まで努力します」

「当然だ」

「その結果、核攻撃の必要がなくなったら、ただちに攻撃機を引き返させなくてはならない。ところが、最前線で仲間がばたばたやられていたりすると、血の気の多い者は、引き返し命令を無視して突っ込んでいってしまう。そういう血の気の多いパイロットに、核を抱かせることはできません」

「うむ。当然だ」

「今回のプロジェクトは、たとえ仲間がばたばたやられたりして頭に血が上っていても、命令があればそれにしたがって撤退することができる、冷静なパイロットを選別することが目的でした。いわゆる『傷ついた友達さえ置き去りにできるソルジャー』です。仲間がやられて頭に血が上り、勝てる見込みもないのに突っ込んでいくようなやつは、このテストでは最低の成績です。自分の身もかえりみずに敵機に体当たりするようなやつも、だめです」

木谷は顔を上げた。

「すると、人工知性体との〈適合攻撃性〉というのは――？」

「はい総理」

峰はうなずく。

「人工知性体には『他を攻撃して滅ぼす』という行為自体が最初からプログラムされていないので、UFCに搭乗するパイロットには、核攻撃要員とは正反対の素質が求められました」

「核攻撃パイロットと正反対の素質？」

「そうです。愛月有理砂は今回の心理テストで最低の成績、森高美月はそれに次いで二番目にひどい成績でした。望月ひとみは例の巡洋艦の内部で〈捕食体〉の大群に追いつめられたが、偶然見つけた日本刀でものすごい反撃をして十数匹叩き切って倒した。やはり極限状況では、有理砂や美月に次ぐ〈素質〉を発揮するものと判定されています。UFCチームが女ばかりになってしまったのは偶然ではないのです。男なら、ちっとは冷静ですから、愛月有理砂みたいな無茶はやりません」

「つまり、通常の作戦なら使い物にならない、無茶をやらかす女のパイロットばかり集めたということか」

「結果的に言うと、そうなります」

木谷首相は、「ううむ」とうなった。

「峰君」

「は」

「大丈夫なのかね」

その時、衛星監視オペレーターが警報ボタンを押して知らせて来た。

ビーッ
「議長、〈レヴァイアサン〉再び移動を開始。利根川を越えて帝都に侵入します」

「む」

峰は正面スクリーンに向き直った。

「偵察ヘリ、ただちに映像を送れ」

利根川国境

「ものすごい水蒸気だ！」

シュババーッ

まるで水中爆発のように、幅1キロメートルの利根川の水面が噴き上がっている。

「総合指令室。〈レヴァイアサン〉の体表面から膨大な熱放出。これはまるで海底噴火だ、うわーっ」

危険を冒して巨大な怪獣のそばに接近した一機のOH6ヘリコプターの前に、水柱の中から巨大な〈翼〉が現われる。

「こっ、これは何だ、骸骨《がいこつ》でできた翼——ものすごく大きい、ぶつかる、うわあーっ！」

バシャーンッ

OH6は、さしわたし400メートルに達する〈レヴァイアサン〉の熱放出翼に衝突し、一瞬で砕け散った。

ズズズズズ

巨大な怪獣は、腹の中の核融合炉のありあまるエネルギーを大気中にまき散らしながら、利根川を渡っていく。

その対岸では、西日本帝国陸軍帝都防衛師団の90式戦車九十八両が、対放射能装備をした上で川岸の土手に横一列に並び、120ミリ砲を迫り来る怪獣へ一斉に向けた。

『全車、第一射撃地点にて砲撃準備完了』

『〈レヴァイアサン〉、距離２６００。接近中』

　九十八本の赤い照準用レーザービームが、水煙の向こうに迫って来る巨大な怪物の黒い頭部をなめ回した。ズシャーンズシャーンと水柱を蹴《け》立てて時速40キロで近づいて来る怪物は、クラゲのような半球体を脱皮して、まったく別の形態に変態を遂げていた。それがこの怪物の本来の〈成長〉なのか、それとも地球の環境に合わせて適応し変態をしたのか、確かなことはわからなかった。見え隠れする白っぽい頭部はマッコウクジラの髑髏《どくろ》のようでもあり、しかしその先には長大な一本の角が斜めに水柱を切り裂いていた。

『距離２４００』

　指揮戦車の内部でビデオカメラをにらんでいた隊長が、野戦ヘルメットのインカムを口元に引き寄せた。外の空気はすでに呼吸不可能になっていた。このあたりで行動できるのは放射能防護装備を持った90式戦車だけだった。

「全車、対戦車榴弾。撃ち方用意」

　ピッ
　指揮戦車の射撃管制システムのコントロールパネルに、迫って来る山のような怪物の頭部へ砲弾を叩きこむための弾道計算が終了したことを告げるオレンジのランプが点灯した。

「撃て！　怪獣を帝都に入れるなっ！」

ドーン！

ドドーン！

川岸の草が残らず衝撃波で飛び散って、緑の煙のようになった中から九十八発の120ミリ砲弾が長大な放物線を描いて飛び出していく。

ヒュヒュヒュヒュヒュヒュ

弾道追跡レーダーの小さな3インチ画面に映りきれない無数の弾頭が、川を渡ろうとする怪獣へ一斉に襲いかかっていく。

「着弾します」

射撃手が乾いた声でコールする。九十八両の機甲部隊の隊員たちはみな、それぞれの外部監視ビデオと弾道追跡レーダーの画面に見入っていた。

ズババババッ

小型の火山でも噴火したような灰白色の爆煙が川の中央部で噴き上がった。

しかし、怪物の接近には何の影響もない。

「だ、第二射撃て！」

ドーン！

ドドーン！

「第三射撃て！」

帝国陸軍の機甲部隊の隊員たちは、富士山の火力演習で自分たちの戦車砲がいかに強大な破壊力をふるうものか十分に知っていた。１２０ミリ砲弾は、敵の戦車をハンマーで叩いたブリキおもちゃみたいに文字どおりぺしゃんこに粉砕してしまう。１２０ミリ砲弾九十八発を一度に撃ちこまれれば、ふつうの大きさの町など一瞬にしてこの地上から消し飛んでしまうのだ。ましてや生き残れる生き物がいるとはとても思えなかった。

「第四射撃て！」

しかし、その１２０ミリ砲を三百九十二発ももろに食らって、まったく前進速度のにぶらない怪物が目の前にいた。

ズズズズズ
巨大な怪物は、放射能をまき散らしながらどんどん迫って来るのだ。

「第五射撃てっ」

隊長は、自分の額から冷や汗がとめどなく流れおちるのをどうすることもできなかった。

（まさか――？　わが師団の戦車砲が、通用しないというのかっ）

ズババババッ

総計四百九十発の120ミリ砲弾を頭部に食らった怪獣は、のけぞるように上半身を反らせ川の中に半分立ち上がった。

そして吠《ほ》えた。

ヴォオオオッ！

怪物の巨大な呼吸器官から呼気とともに吹き出す大音響は、物理的な音のハンマーとなって戦車のボディーを叩き、防音プロテクターをした隊員たちに思わず耳を押さえさせた。

「ぐわっ」

「み、耳が！」

戦車隊の背にしている川岸のマンション群の窓ガラスが一枚残らず粉々に割れ、住民の避難した無人のニュータウンは白いガラス破片の雲に包みこまれた。

ズザザザザッ

膨大な量の水が滝のように流れおち、怪物の本体が初めて姿をあらわにする。戦車隊員たちはビデオカメラに写ったあまりのおぞましい姿に一瞬、我を忘れた。

「あ――」

「あわ」

「あわわ」

何だこれは、と言葉を発することもできなかった。黒光りする巨大な怪獣は、この世のものとも思えない姿をしていた。あまりに巨大なため、視覚器官がどこにあるのかわからないが、明らかに〈レヴァイアサン〉は戦車隊を上空から睨《にら》み下ろしていた。隊員たちは、自分たちの戦車砲がまったく通用しない悪魔のような化け物が覆いかぶさって来るのを見て、大部分の者がパニックにおちいった。

「う、うわあっ」

「だめだやられる」

「逃げろっ」

戦車砲の威力だけが、この戦場で隊員たちのよりどころだった。

しかし戦車砲は怪獣に対して無力だった。

価値観が崩壊した人間は、たとえ訓練を受けた兵士といえども弱かった。隊長命令など無視して逆進をかけ、半数近くの戦車が戦列から離脱し始めると、あとはどうしようもなかった。

「待てっ、全車止まれ！　各個に勝手に後退するなスタックするぞっ！」

かろうじて責任感が正気を保たせていた隊長が無線で呼びかけても、遅かった。

バルルルル

ガガガッ

ガガッ

たちまち後進で逃げようとする戦車同士が川原の後方で衝突し、河川敷の真ん中で三重にも四重にもぶつかり合って身動きが取れなくなった。

ガガガガッ

「馬鹿者！」

隊長は吐き捨てたが、すでにバックでぶつかった数十両の90式戦車で河川敷は埋め尽くされてしまっていた。

ビュウウウウッ

〈レヴァイアサン〉の体表面から吐き出される改造大気が熱風となって、戦車隊の上に覆いかぶさってきた。

「た、隊長！　外気温度１３０℃ですっ」

「馬鹿な。これでは防護マスクをかぶっても徒歩では逃げだせないではないか！」

河川敷の後方の立ち木がみるみる発火して、一本残らず燃えて倒れていく。川に面した無人のマンションがたちまち黒くすすけていく。

「し、信じられん――」
ゴロゴロゴロ
雷鳴のような大音響が、大気を伝わって90式戦車の車体をビリビリ震わせた。総崩れになった戦車隊の上に、太陽を隠して巨大な黒い影が覆いかぶさる。
ズゴロゴロ
ゴロゴロゴロ
「う、うわぁーっ！」

六本木　国防総省

「戦車隊全滅。〈レヴァイアサン〉、板橋区に侵入します」

オペレーターが告げた。

（やはり通常兵器では歯が立たぬのか――？）

指揮戦車からの映像が一瞬真っ暗になり、続いて空白になって途絶えると、最高司令官席で峰は歯がみをした。

「第二防衛線！　迎撃準備はどうか」

「峰議長、自走ミサイルランチャー群、四谷上智大学グラウンドに集結を完了。ただいまより発射態勢に入ります」

自走ミサイルランチャーには高熱や放射能の下で行動できる装備がないので、ミサイル部隊は前線のずっと後ろに集結せざるをえなかった。なるべく高台を選んでも、新宿の向こう側にいる怪獣を狙《ねら》うのには高層ビル群がじゃまになるのだが、仕方がない。

「トマホークは何発ある？」

「一ダースです、議長。先ほどやっと工場から届きました」

東日本との一か月前の武力衝突で、帝国陸軍は巡航ミサイルを撃ち尽くしていた。こういう時に最も有効なトマホークは、東日本の発電所や通信施設をつぶすために使い切ってしまったのだった。そのためにやむを得ず前面に出て行った有人のヘリや戦車は、ほとんどがやられてしまった。

「ううむ――」

「峰君」

木谷が訊《き》いた。

「トマホークはともかくとして、パトリオットや81式短ＳＡＭは対空ミサイルだろう。怪獣に対して、照準できるのかね」

「技術部に命じて、プログラムは変えさせました。ＧＰＳを併用してなんとか誘導できます」

　峰は正面スクリーンに向き直った。

　また新たに、接近を試みる偵察ヘリからの映像が入り始めている。まだかなり遠景だ。

「ミサイル発射させろ。全力を上げて迎撃せよ！」

　一分も待たずに、大スクリーンの奥の黒いシルエットに向かい、白い滝のようなロケット噴射の尾を引いて数十発のパトリオットミサイルが、続いて亜音速のトマホークが吸い込まれるように飛んで行くのが映った。観測している偵察ヘリが巻き添えを恐れてそれ以上接近しようとしないため、爆発に包まれる怪獣の様子は小さくしか映らなかった。

「拡大せよ」

「拡大します」

　ひどくぶれる画像の中で、紅い爆光に包まれる〈レヴァイアサン〉の胴体がぶるんぶるんと震えて見える。音はまったく聞こえてこないが、凄《すさ》まじい爆発だ。

「81式はまだか」

「短ＳＡＭはまだ射程外です」

　爆発の閃光《せんこう》と黒煙で、〈レヴァイアサン〉の胴体は完全に見えなくなった。

「住民の避難が間に合ってよかったな」

「はい総理」

トマホークは全弾命中していた。パトリオットは急造りのＧＰＳ誘導がやはりうまく行かず、三分の一が怪獣に命中せずに周囲の板橋区の住宅街に着弾し、雑居ビルや木造家屋などを根こそぎ吹き飛ばしていた。


たっぷり三分もかかって、黒い爆煙は薄れ始めた。

「止まったか――！」

峰と木谷はスクリーンに乗り出すが、

「だめです議長。再び動き出しました。新宿方面へ南下します」

「あれだけのミサイル攻撃でも、やつは参らないというのかっ」

帝都　新宿

「うわあーっ」

攻撃ヘリ四十六機と機甲師団の主力戦車九十八両が利根川河川敷で全滅し、移動式ミサイルを撃ち尽くすと、もう陸軍には有効な集中火力が残っていなかった。

「に、逃げろっ」
生き残りの90式が、砲塔を後方へ向けながらバックのまま環七通りを突っ走る。
ブォオオオッ
キュラキュラキュラ
「来るぞ、化け物が来る！」
戦車の操縦手は恐怖にかられ、道路だろうが住宅だろうが商店だろうがかまわず、住民が避難して無人となった上板橋を突き進んだ。千五百馬力の液冷ディーゼルエンジンで駆動される自重50トンの戦車の前には、コンクリートの壁など障子紙に等しかった。
ドスン
ガリガリッ
後進のまま道路脇のガソリンスタンドに突っ込んだ90式は、給油スタンドをなぎ倒し、事務所の窓ガラスを粉々に粉砕して向こう側の民家へ突き抜けた。悪いことにこの地域への電力の供給は、まだ止められていなかった。
ドカーンッ
火花がたちまちガソリンに引火し、迫り来る〈レヴァイアサン〉本体から吹きつけてくる放射能と高濃度の酸素を含んだ熱風にあおられ、爆発のような大火災が噴き上がった。
ズズズズズズ
巨大な〈レヴァイアサン〉は進撃した。
トマホーク十二発にパトリオットの命中弾四十発あまりを食っても、水蒸気の煙に包まれた巨体には大したダメージはないようだった。
ヴォオオオッ
雷鳴か、霧笛のような呼吸音が新宿の空に轟《とどろ》いた。
ヴォオオオオオオ
変態して高さ200メートル、全長600メートルに〈成長〉した怪獣は、市街地だろうがビルだろうがまったく意に介さず前進する。西武池袋線椎名町駅を踏みつぶし、富士見台小学校を踏みつぶし、目白通りを横断して北部税務署の前に残っていた仮設テントを根こそぎ吹き飛ばした。
ビョオオオオッ
巨大な胴体からとめどもなく排出される熱エネルギーで〈レヴァイアサン〉の周囲には水蒸気とともに猛烈な上昇気流が湧き起こっていた。怪獣の巨体の頭上には、冬だというのにどす黒い積乱雲が形成され、やがて放射能を含んだ猛毒の雨が新宿の空に降り注ぎ始めた。

ザーッ

ザザーッ

大火災は高田馬場を呑み込み、すぐに新宿区全体が炎の海になった。

ゴォオオオオ――――！

「こちら第二師団攻撃飛行隊」

関西から駆けつけた増援のＡＨ64アパッチの編隊は、ヘルファイアミサイルを満載して市ヶ谷臨時前線基地を発進したが、すぐに〈レヴァイアサン〉を広範囲に取り囲む集中豪雨の雲に突っ込んでしまった。

「だめだ、前進できない。引き返す、放射能洗浄の用意を頼む」

ズズズズズ

黒い雲から降り注ぐ豪雨の中、ぬらぬらと濡《ぬ》れ光りながら進撃する〈レヴァイアサン〉は、あたかも海が上陸させた破壊の魔神のようだった。

ヴォオオオオオッ

新宿の高層ビル群の中を、巨大怪獣は抜けていく。新都庁ビルは這《は》い進む化け物の肩の高さにしかならなかった。胴体に接触した一本の高層ビルが、まるで墓石のように倒れていく。
ドズズズズ――

六本木　国防総省

「おお」

「おお」

転倒して倒壊する都庁第二庁舎を映した遠隔カメラからの映像は、電波障害のためにチラチラとゆがんで安定せず、激しい集中豪雨に隠れた〈レヴァイアサン〉を黒いシルエットでしか捉《とら》えていなかった。

「怪獣め――！」

木谷は、ちらつくスクリーンを見上げながら首相席のひじ掛けをこぶしで叩いた。

「総理、大火災は怪獣の進行する側面にも燃え広がっています。このままでは杉並区も全焼してしまいます」

「消火活動は、どうした」

帝都　杉並区

新宿の西側に隣接する杉並区には、今のところ怪獣による直接の破壊は及んでいなかった。しかし避難する住民に追い討ちをかけるように、大火災は燃え広がって迫っていた。

「消防は、どうしたんだ！」


しかし各消防署の消防車は、車庫に入ったまま一台も出動していなかった。

「お前たち早く出動しろ。火災が迫っているんだぞ」

もっとも新宿に近いある消防署では、署長が若い署員たちに檄《げき》をとばしたが、

「嫌だ。怪獣は放射能をまき散らしているというじゃないか。出動は拒否する」

消防士たちは、署長の命令を真っ向から拒絶した。

「どうしても消火に行かせたいんなら、あんたが行け」

無理もなかった。消防士たちは、旧ソ連のチェルノブイリ原発事故で、決死の覚悟で消火にあたった消防士がその後どうなったかよく知っていた。

署長はあわてて頭を振った。

「いや、俺は出られん。俺は署長として、署で全体の指揮を取る責任がある。お前たち出動しろ」

署長だって、出動したくないのだった。

「消防の使命をまっとうするのは、お前たち若い消防士だ。なに放射能なんてどうせたいしたことはない、早く出動しろ、出動しないとクビにするぞ」

「ふざけるなっ」

「自分だけ助かるつもりかっ」

「クビでけっこうだっ」

怒った若い消防士たちは、よってたかって署長に襲いかかった。

「うわっ、何をするっ」

署長は袋だたきにされ、ロープで縛り上げられてしまった。

「緊急退職届だ！　消防署はもうやめる」

「やめだやめだ」

「もうやめた！」

署員たちはそのへんにあったメモ用紙で〈緊急退職届〉を書くと、縛り上げて床に転がした署長に叩きつけ、走って全員逃げ出して行った。

「こらっ、お前ら逃げるなっ、ほどけ、助けろ。助けてくれ、俺も逃げる！」

するとー人の消防士が引き返してきた。

「おお、早くほどいてくれ」

だがその若い消防士は、署長になど目もくれず、

「退職金をもらうのを忘れていた」

署長室の金庫をこじ開けると、中の現金を袋に詰め始めた。

消防士たちは兵士ではなかった。訓練された兵士ですらパニックになって逃げ出しているのに、火災を消すだけが任務の彼らに怪獣に立ち向かえというのは酷であった。

ほとんどの消防署で、これと同じことが起きた。

火災に対する消火活動はほとんど行われず、帝都はじわじわと炎の海に呑まれていった。

有理砂　八丈島沖　空母〈赤城〉

「西東京は大変みたいね」

「でも、〈大和〉はトマホークの発射を見合わせたみたいですよ」

西東京が怪獣に襲われて大変なことになっているらしいのは、北上を急ぐ〈赤城〉の艦内にいてもわかった。戦艦〈大和〉が巡航ミサイルの発射を要請されたが、そのすぐ後に怪獣が積乱雲に隠れてしまったためGPS用の衛星が正確な位置を測定できなくなり、結局取り止めになったという。トマホークはメートル単位の位置情報が必要だから、そんな状況でここから発射したってたぶん当たらなかっただろう。

「愛月中尉、こちらです」

わたしは案内されて、〈赤城〉艦内の特殊大格納庫に隣接した新しいパイロット・ブリーフィングルームに着いた。ドアの外に下士官の警備員が立つもののしさだ。

「指揮官は、すぐに来られます」

「そう」

室内に入ると、他の二人はすでにそろっているようだった。

「あんたが愛月さん？」

ずらりと並んだ革製リクライニングシートのひとつで、ふてくされたように脚を組んでいる飛行服姿の女の子がわたしを見て言った。

「そうよ。あなたは？」

「森高美月少尉」

それだけ言うと、プイと顔をそらして脇にあった雑誌を取りあげた。立ち上がりもしない。でかい態度だ。いちおうあたしのほうが上官なんだけどなあ。

「あ、あの」

がたっと音がして、後ろの席からショートカットの女の子が立ち上がった。

「愛月中尉。わたし、望月です。空軍です。よろしくお願いします」

「ああ——どうも」

想像はしていたが、他の二人も女だとは、軽いショックだった。わたしは葉狩真一の『〈適合攻撃性〉を持つ人間には女性が多い』という言葉を思い出した。まぁいいか、むさ苦しい男が入ってくるより、女の子同士のほうが編隊を組みやすそうだ。

「愛月中尉です。よろしくね」

すると「フン」と鼻息の音がして、あくびをする。

「なぁにがよろしくだ」

森高美月がファッション雑誌を持った手で、

「ふわぁ〜あ。貧乏クジ引いたよなお互い」

「森高少尉」

あんまり編隊を組みやすくも、なさそうだ。

「あんなとんでもないもんに乗せられるなんてさ。やってらんねーよ」

この部屋へ来る通路は、途中で大格納庫のキャットウォークを通るようになっているから、いやでも銀色の針のような星間飛翔体が目に入る。

わたしは両手を腰に当てた。

「とんでもないものかも知れないけど、あたしたちがここひと月かけて人が乗れるように改装したわ。乗ってみれば面白いかも知れないわ」

本当はわたしだって美月と同じことを考えているのだが、先に「やってらんねーよ」と言われてしまうと、いちおう先輩としてそういう物言いをしてしまうのだった。

「とんでもないよ。あいつ、あたしのハリアーぶら下げて引力圏脱出速度の手前まで加速したんだ。もうちょっとでゆでダコになるところだった」

美月は腕組みをして、ぷんぷんして見せた。

「もうちょっとでゆでダコって――」

わたしは思い当たった。

「――ああ、あなたね？　あの飛翔体と最初にコンタクトをしたハリアーのパイロット」

「あたしはね」

美月は頬杖《ほおづえ》をついて、ぶーたれる。

「あたしは〈大和〉をバジャーのミサイルから救って、捨て身で旅客機まで助けて、おまけに漂流していたCAを燃料無くなるのもかえりみず救助したのに、昇給どころか『始末書を帳消しにしたければUFCチームへ行け』だと。海軍のけちんぼ。狭量。ぷんぷん」

「あなた、適任ね」

「何だって？」

「〈究極戦機〉のパイロットには、そうやってすぐかっかする人ほど向いてるんだって話よ。さすが海軍は見る目があるわね」

美月はわたしをにらみつけて、またプイと横を向いてしまった。

「あの、愛月さん。わたしたちあそこの大格納庫にあった銀色のロケットみたいなのに乗るんですか？」

望月ひとみが訊いてきた。

「そうよ。あなた何も聞かされていないの？」

「ついさっき、ヘリコプターを降りたらここへ行けって言われたんです。あの、ひょっとしてわたしたち、怪獣と戦わされるんですか？」

「その通りよ。カンがいいわね」

「げー」

ひとみは、胸に手を当ててげっそりした。

「またあの、ぐじゃぐじゃのぬるぬると――？　げぇえ」

シートに座って、本当に気持ち悪そうな顔になった。

やれやれと思っていると、ふいに背中から名を呼ばれた。

「有理砂」

「え」

いる気配がまったくしなかったのは、この子だから仕方が無いのだが、わたしはびっくりした。長い髪の女の子がいつの間にか背後にすっと立っていた。

「五月――」

「わたしも呼ばれた。久しぶりだ有理砂」

立花五月は、〈大和〉の艦内服を着ていた。ＵＦＣの開発作業が忙しくなってから、ろくに会っていなかった。

「あなたも――？」

「怪獣のそばに長くいたので、助言者になってくれと言われた」

「悪かったわね巻き込んで」

「殺し屋をさせられるよりはずっといい。気にするな」

五月はさらさらの髪をひるがえすと、革製のシートにかけてバッグを開け、すらりとした脚を組んでリリアン編みを始めた。

（――やれやれ……これがＵＦＣチームか）

わたしはため息をついた。

6. 空母〈赤城〉の危機

＊怪獣に蹂躙《じゅうりん》される帝都西東京へと急行する、空母〈赤城〉主軸の連合艦隊。しかしこの大混乱を、ネオ・ソビエトが見過ごすはずはない。
一方〈赤城〉艦内でも、集結したＵＦＣチームに早くも亀裂が生じていた。

有理砂
八丈島北方　空母〈赤城〉
一月二日午後四時三十分

「やってられるかっ」

怒鳴り声とともに森高美月がブリーフィングルームを駆け出て行ってしまうと、わたしはあっけにとられて開けっぱなしのドアと頰を押さえた羽生恵を見比べた。

「森高少尉……中佐……」


ほんの数分前だった。

わたしと森高美月、望月ひとみ、立花五月の集まったパイロット・ブリーフィングルームへ羽生恵はやって来た。後ろに郷大佐、葉狩真一、それに〈究極戦機〉の核融合炉を担当している女性科学者を従えていた。そう、従えるという表現がぴったりくる歩き方だった。

恵はわたしたちの前に立った。

「ＵＦＣチームの指揮官に就任した羽生恵です。これよりみなさんは私の指揮下に入ります」

空軍の、しかも女性士官がわたしたちの指揮官になるとは。彼女を切れ者だとは思っていたが、意外だった。わたしはびっくりしたが、とりあえず立ち上がると敬礼した。

「UFCメインパイロット、愛月有理砂です」

後ろの席でがたっと立ち上がったひとみも礼をする。

「望月ひとみです。パイロット候補、なんですよねたしか」

「そうよ」

恵はうなずく。

「へん」

しかし森高美月は、立ち上がろうともしなかった。

「変じゃないか。空軍の中佐がどうして航空母艦の中であたしたちの指揮官になるのよ」

両腕を頭の後ろに組んだままで、美月はシートにそっくり返って恵を見上げた。というか、睨《にら》みつけた。

「立て、森高！」

郷大佐が一喝するが、美月はこたえもしない。

「空軍の、ウイングマークもつけてない女に指図されるいわれなんかない」

「森高少尉。これは統幕議長命令です」

恵はクールな低い声で言う。

「――！」

それを聞いて美月はさらに頭に血が上ったみたいだった。

「まっぴらごめんだね！　あんたの指揮下に入るなんて」

「森高立て！」

郷に二度怒鳴られて、ようやく美月は立ち上がった。

だが、

「あんた」

美月は正面に立つ羽生恵に、ひとさし指を突きつけた。

「あんた、なんだってこんなところに現われるんだ」

指を突きつけられ、恵は唇をきゅっと結んだ。

美月は恵を睨みつけたまま、

「地球が危ないんだろう！　いまこんなところに現われてひっかき回して、それでいいことがあるとでも思ってるのかっ！」

上官を怒鳴りつけた。

わたしは、わけがわからない。

「あたしが何か思いなおすと思ったら大間違いだ」

「森高少尉。私は――」

「いいよっ、何も言わなくていい。あたしが出てってやる」

美月は鼻息も荒く、出て行こうとする。

「待って美月さん」

恵が一瞬空軍士官の表情を崩し、自分の前から行こうとする美月の飛行服の腕をつかむが、

「離せっ!」

激昂した美月はその手を振り払う。

「美月さん」

「うるさいっ、誰がお前なんかの下で働けるかっ!」

お前なんかの――?

驚いて見ているわたしたちの目の前で、美月はこともあろうに羽生中佐の頬をバシィッ! と叩《たた》き、「やってられるかっ」と怒鳴りながら部屋を駆け出て行ってしまった。

わたしは、唇を嚙《か》んで頰を押さえる羽生恵と美月の出て行ったドアを、交互に見た。郷大佐や葉狩真一はあっけにとられ、ひとみは息を吞み、立花五月はわれ関せずでシートに掛けたままリリアン編みを続けている。

「——もう」

立場上、わたしは「待ってください」と言い残すと、美月を追って艦内通路へ走った。

カンカン

カン

鉄製の通路は、途中で大格納庫の空間を、中三階のキャットウォークとなって抜けていく。巨大な航空母艦の内部を半分つぶした『移動宇宙船工場』では、特注の船台の上に載せられて銀色の針のような星間飛翔体《ひしょうたい》が横たわっていた。コマンドモジュールと呼ばれる球形のコクピットカプセルが、銀の胴体の重心部分に埋め込まれ、〈針〉は真ん中が少しふくれたフォルムに姿を変えていた。

カンカン

カンカン

「はあ、はあ」

走っていくと、通路のはるか先で甲板へ上がるらせん階段へと飛び込む森高美月の後ろ姿がちらりと見えた。

「ちょっと」

わたしは叫んだ。

「ちょっと待ちなさい森高少尉！」

ざぁあああ

空母〈赤城〉は全速で北上していて、飛行甲板に上がると波しぶきが猛烈に飛んできた。

「森高さん」

わたしは、夕陽の見える飛行甲板の艦首方向へ走って、パーキングした機体の列の脇で肩を上下させている森高美月の後ろ姿に追いつく。

「森高さん。どういうこと」

「うるさいな」

森高美月は、なぜ羽生恵にこれほど逆らって見せるのだろう。さっきから虫の居所が悪かったのは確かだが。

「あなた、あの人に何か恨みでもあるの？」

「うるさいな。ひとの家庭の事情に首を突っ込まないでくれ」

「家庭の事情って」

「あの女なら、二十年前から知ってるよ。薄汚い泥棒猫さ。泥棒猫が、地球を護るための特殊飛行チームの指揮官になる？　馬鹿ばかしい」

美月はわたしを振り向きもせず、すたすたと停めてあったハリアーの機体に近づいて行く。

「つき合ってられない」

機首のピトー管から〈REMOVE　BEFORE　FLIGHT〉と紅いリボンのついた安全キャップを引っこ抜き、美月はそのまま開いたままのコクピットへよじのぼって収まる。

「ちょっとあなた、何をする気？」

「つき合ってられないって言ってるんだ！」

美月は怒鳴り返すと、コクピットの中で左手を動かして機のAPU（補助動力装置）を始動させた。

ヒュィイイイ――

「ちょっと――」

冗談ではない。

「森高少尉、あなた」

「うるさいっ」

ＡＰＵの排気音に負けじと美月は怒鳴る。

「あたしはこんな艦にあと一秒もいたくないんだ！」

「待ちなさい。話を聞くわ」

「話すことなんかない！」

「飛び出すつもり？　そのほうがばかげているわ！」

「機体にしがみつくなっ、インテークに吸い込まれるぞっ」

ウィイイイイ
シーハリアーＦＲＳの胴体の中で、ペガサスエンジンの大口径ファンが回り始めた。おい、冗談じゃないぞ。

「何があったのか知らないけどっ」

わたしは耳をふさぎ、後ずさって怒鳴る。

「いきなり怒って飛び出して行っちゃうなんて、大人気《おとなげ》ないことはよしなさい！」

「うるさいっ！　あたしの気持ちがわかってたまるか。あの女のおかげで、あたしと母さんは二十年も苦労させられたんだっ」

美月はコクピットから叫び返す。Ｇスーツもヘルメットもなしで、こいつ本気で飛び出して行っちまうつもりか――？

　キィイイイン
「どこへ行くのっ」

　たちまち単発のターボファンは回転を上げ、ハリアーは全力運転に入った。

「家庭の事情だ、ほっといてくれ」

　キュィイイイインッ
　猛烈な風圧に吹き飛ばされそうになり、わたしはあわてて飛行列線まで退避した。

　海ツバメ色のシーハリアーは、甲板上に浮揚すると、たちまち機首をめぐらせて飛び出して行ってしまった。

「おいっ、そこのハリアー！」

　血相を変えて駆け寄ってきた甲板の飛行班長に、わたしは振り向く。

「ホーネットはある？」

「よ、予備機が一機残っていますが――」

「出して。追うわ」

　エレベーターに載せられて甲板へ持ち上げられるのももどかしく、わたしは予備に一機だけ格納庫に残され全滅からまぬがれていたF／A18Jを発艦カタパルトにラインナップさせた。

ごとん
前輪がカタパルトに乗り、メカニックの手で固定される。双発のエンジンは安定して回っている。左手で酸素マスクのストラップを止めながら、右手で操縦舵面のチェックを行った。

「いいわ。異常なし」

『クイン・ビー5。無許可発艦のハリアーは北方50マイルだ』

「超音速なら追いつける。行くわ」

『気をつけろ。銚子沖には〈レヴァイアサン〉から発生した低気圧の雲がある』

「了解。クイン・ビー5発艦する」

発艦士官に合図し、艦首方向を睨み、わたしは下腹を引っ込めた。

スロットルをミリタリー・パワーへ。

（ああ、なんだってチーム結成初日からこんなことになるんだ！）

キィイイイインッ
「行けぇーっ！」

ドシュンッ！

銚子沖
ネオ・ソビエト空母
〈アドミラル・クズネツォフ〉

「ラフマニノフ閣下」

低くたれ込めた雨雲の水平線を双眼鏡で見ながら、艦長が言った。

「我々は奇跡的に発見されておりません。西日本の偵察衛星が残らず怪獣に集中しているのと、この分厚い雲のおかげです」

ネオ・ソビエト海軍に一隻だけ温存されていた、旧ソ連時代の制式空母〈アドミラル・クズネツォフ〉は、四日前に稚内《わっかない》の基地をひそかに出港、北太平洋の前線の雲の下に隠れながら、西日本関東近海に接近できる機会をうかがっていた。

「この雨雲は、あの怪獣が発生させたものなのか」

「はい閣下」

イワンの背後で、白衣姿で艦橋の景色を眺めている銀髪の科学者がうなずいた。

「〈レヴァイアサン〉の発生させる、膨大な量の水蒸気と熱エネルギーが上空へ立ち昇って雨雲を形成し、高空のジェット気流に運ばれて東の海上へと流れ出しているのです。我々はちょうど、流れてくる雲の帯の真下に隠れながら陸地へ接近したことになります」

「カモフ博士」

イワン・ラフマニノフは銀髪の科学アカデミー主任研究員を振り向いた。

「放射能はどうなっている」

「怪獣は放射能を吐き出し続けています。我々の頭上の雨雲にも、かなりの線量が測定されています。艦が雨の中に入る時は甲板要員を艦内へ退避させ、甲板に洗浄シャワーを散布しなくてはなりません」

「うむ」

イワンはうなずいた。

「もうすぐひと雨来そうだ。降り出す前に出撃しよう」


〈アドミラル・クズネツォフ〉は、はるか西東京を蹂躙している怪獣が発生させているという雨雲の下を、25ノットの速度で辛抱強く南西へ進んだ。護衛はミサイル巡洋艦〈キーロフ〉がただ一隻。ソ連崩壊のどさくさに、ネオ・ソビエト一派がムルマンスク軍港から持ち出した、これがネオ・ソビエト艦隊の全《すべ》てであった。しかし数はなくとも、東日本海軍に比べれば〈クズネツォフ〉も〈キーロフ〉も新鋭艦である。

「弱小艦隊ではない。我々は最新鋭装備の精鋭である！」

〈A・クズネツォフ〉の甲板下の主格納庫で、ピョートル・ラフマニノフが集まった戦闘機パイロットたちに大声で訓示をした。

「制空権はたしかにない。しかし、ただ二隻なら発見もされぬ。天候も我々に味方している。西日本の連合艦隊に防空用の戦闘機もほとんど残ってはおらぬ。諸君も承知の通り、あの〈レヴァイアサン〉との戦いで西の航空兵力は消耗しきってしまったのだ。連合艦隊を叩くのなら今だ！　今こそ――おお、これは総帥」

将軍用の礼装のマントをひるがえしてイワンが入ってゆくと、まずピョートルが訓示を中断して、手本を示すようにイワンへ丁寧な礼をした。

「総員、総帥に礼！」

ざざっ
飛行ブーツの踵《かかと》を鳴らして、二十六名のパイロット達が彼らの新しい総帥に最敬礼をした。

イワンはうなずき、手で「休め」とうながす。

「諸君」

イワンはすでに、部下たちの前では照れもなく将軍らしさを演ずることができるようになっていた。謙虚ぶっても仕方がない。自分は支配し統治するように生まれついたのだ。あの星間飛翔体を民主主義の浪費家たちの手に渡さぬためには、自分が先頭に立つしかないのだ。

「諸君も知ってのとおり、我々ネオ・ソビエトの総力を挙げた探索の結果、星間文明の宇宙艇は西日本帝国の連合艦隊によって掌捕《だほ》され、敵空母の艦内で調査されていることがわかった」

イワンは自分の直属飛行隊として組織した、最精鋭のパイロットたちを見回した。中には、十八歳のイワンよりも一回り年長の者さえいたが、兄の協力もあってイワンの新総帥としての認知は順調だった。

「星間文明の超テクノロジーを、資本主義者たちに渡してはならない。資本主義者たちは、この一世紀というもの人類文明を楽なほうへ楽なほうへと堕落させてきた。見よ西側の社会を。資源を加速度的に浪費し、都市は退廃し人心は荒廃し切っている。資本主義の国には、尊敬される指導者も存在しない。選挙で投票してもらうために地元選挙民や支持団体や、巨大宗教におもねってそれらのしもべに成り下がった理想なき政治屋どもが、国を食いものにしているだけだ！」

そうだ！　とピョートルが叫んだ。居並ぶパイロットたちも、こぶしを握りしめて十八歳のイワンの演説に聞きいっていた。彼らはイワンを、総帥として受け入れているのだ。

「諸君。この世に、この地球に、真に尊敬される指導者によって導かれる、健全な二十一世紀を築かなくてはならない。私がその指導者にふさわしいと思い上がるつもりはない。しかし、そんな社会が来るための捨て石になら、私は喜んでなろう。諸君も共に戦ってくれるのなら、こんなに心強いことはない」

拍手がわいた。今度はピョートルが音頭を取らなくても、自然にパイロットたちはイワンの演説に共感していた。

「ありがとう」

イワンはうなずいた。

「諸君、星間文明の飛翔体を、資本主義者たちの手から取り戻すのだ。やつらに星間文明の超テクノロジーを渡してはならない。渡してしまえば地球の自然はさらに加速度的に破壊され、やつらは地球を破壊するだけでは飽きたらず〈開発〉の名のもとに宇宙へ出て行って侵略略奪の限りを尽くすだろう。それは決して人の道ではない。我々は、捕らわれている星間飛翔体を解放してやろうではないか！　そして星間文明との、品格と節度ある宇宙国交を、我々の手で開こうではないか！」

再び拍手がわいた。

「よろしい諸君。これより我々は、地球の運命をかけた出撃をする。攻撃目標は連合艦隊空母〈赤城〉だ。〈赤城〉のどてっ腹に穴を開け、飛翔体を解放するのだ。私が先頭に立つ。諸君は続いてくれ！」
イワンが力強くこぶしを振り上げると、
おーっ！
おーっ！
精鋭たちも力強く腕を振り上げた。

キィイイイイン

「イワン」

〈A・クズネツォフ〉は海上に降る雨のカーテンに入ろうとしていた。視界は下がり、これなら衛星や哨戒機《しょうかいき》からの発見は困難だ。西日本艦隊とも100マイル以上離れていた。水平線の向こうだから、レーダーでも探知されない。飛行甲板では戦闘機隊の出撃準備が始まっていた。

ネオ・ソビエト永代書記長家の紋章を垂直尾翼に描いたスホーイ27に、イワンが足をかけていると、飛行服姿のピョートルが駆け寄ってきて耳打ちした。

「イワン、見事だったぞ」

「何がだい？」

「演説さ。あんな文句いつ考えたんだ？」

「思ったままを言ったまでさ。兄さん」

イワンがそう言うと、ピョートルは満足そうに笑って、黙って弟の背中を叩いた。

「俺が二番機につく。絶対に死なせないぞ」

「頼むよ、兄さん」

ピョートルが自分の機に搭乗するために走って下がると、入れ替わりに銀髪の博士が機体の脇にふらりと現われた。

「ラフマニノフ閣下」

「カモフ博士――飛行甲板をうろつかれては危険だ」

「申し訳ありません」

カモフ博士は、長い黒髪の少女を連れていた。

「この子が、総帥が出撃される前にぜひ一目と申しますので」

「？」

スホーイ27のコクピットで、ヘルメットをかぶろうとしていたイワンは、思わず手袋の手を止めた。

「――公香」

「イワン様」

〈A・クズネツォフ〉艦上でただ一人、高級女性将校の制服を身につけた芳月公香が、雨混じりの波しぶきに長い黒髪をなびかせ、ライトブルーのスホーイの機体を見上げていた。

「公香は、もうよいのか」

「はい閣下。完全ではありませんが、山多田大三のマインドコントロールはこの子の心から取り除かれつつあります」

イワンは小さくため息をつき、黒髪の少女を見下ろした。潤むような黒い瞳が、ただじっと彼を見つめていた。

「感謝するよ、博士」

「イワン様」

公香の小さな唇が開いた。

「イワン様。お気をつけて。ご武運をお祈りいたします」

「うむ」

イワンはうなずく。

「公香。この雨は放射能混じりだ。艦橋に入れよ」

「どうぞご無事で」

「ああ。行ってくる」

公香の姿が飛行列線から下がって消えると、イワンは親指を立ててキャノピーの上に高々と突き上げた。

「ネオ・ソビエト空軍、運命をかけた出撃だ。ゆくぞっ！」

六本木　国防総省

「〈レヴァイアサン〉は人口密集地を目指している」

峰はスクリーンを睨んで言った。

「東日本でもそうしたように、またぞろあの気色悪いナメクジ芋虫をあたりにばらまき、住民を根こそぎ食うつもりだ！」

スクリーンでは、どす黒い雨雲から降りしきる放射能雨に見え隠れしながら、巨大な怪獣のシルエットがうごめきながら小田急百貨店と京王プラザホテルの谷間を通過して行く。これは新宿駅南口に設置された無人カメラからの望遠映像だ。すでに観測ヘリは放射能雨のために出動を取り止めており、陸軍の偵察隊が退却しながらビルの屋上や路上に残してきた監視カメラとセンサーだけが直接の情報源だった。

「〈レヴァイアサン〉、代々木駅前監視カメラの直近を通過します」

遠景だった画面が、パッと切り替わって無人の街路になる。

ズズズズズ

カメラのすぐ前に駐車禁止の赤い標識が立っていたが、地震の直撃のように道路が波打って震え出すと、振り子みたいに振れて路上から吹っ飛んだ。乗り捨てられた路上駐車の車が次々にひっくり返っていく。

ズズズズズズッ

集音マイクが、まるでマントル対流が脈打つような、地鳴りのような〈レヴァイアサン〉の体音を拾ってスピーカーに流した。

「おお」

「おう」

峰や木谷を始め、総合指令室のスタッフ全員が思わずのけぞった。

ふいに鉤爪《かぎづめ》のついた太く短い脚が画面の頭上から現われ、アスファルトにぐさりと突き刺さったのだ。それは数十本ある〈レヴァイアサン〉の陸上用の脚の一つだった。舗装道路はスポンジのように沈んでいった。後から後からぬめぬめ黒光りする巨大な脚は粘液の糸を引きながら覆いかぶさるように現われ、画面は一瞬真っ暗になり、山手線のガードがまるで紙細工のようにひしゃげて吹っ飛んだ。

カメラは今にもつぶされそうになりながら、大怪獣の移動に合わせてパンしていく。画面には腹部しか映らなかった。代々木ゼミナールの本校舎が巨大な軟体動物の黒い腹部に押しつぶされていく。以前は触手だけで這《は》っていたのに、陸上で変態した〈レヴァイアサン〉は鉤爪のついた数十本の短い脚を持つにいたっていた。

ガラガラガラッ

グワラガラガラッ

「ずいぶん大きくなったな――」

「はい総理――かなりでかくなっています」

峰は唇を噛んだ。

実際、当初直径150メートルの半球体だった〈レヴァイアサン〉があのように肥え太って巨大になったのは、東日本で三十万人の人間を呑み込んだ結果であった。そして怪獣は、半球体の古い殻を脱皮してからまだろくにタンパク質を摂取していなかった。

〈レヴァイアサン〉は無人のビル街を無関心に通過し、代々木を踏みつぶしながら南下して渋谷区へ入ろうとしていた。

「渋谷区の住民避難は、どうなっているか」

峰は訊《き》いた。

いまや帝国陸軍は、〈レヴァイアサン〉に対抗しこれを駆逐するどころか、帝都市民の避難を誘導するだけで手一杯だった。

「第一機械化歩兵師団が全力で誘導中です」

「避難を急がせろ」

「峰議長、観測結果が出ました」

観測班のオペレーターが告げると、総合指令室の前方大スクリーンにCGで立体地図が描かれる。代々木周辺を覆うように、赤い涙型の流体が出現する。

「ご覧ください。現在、時速20キロで移動する〈レヴァイアサン〉の前方1キロ側方3キロ、後方5キロ、高さ2キロの涙滴型空間は、放射能を含んだ猛毒の大気で覆われています。いわゆる〈レヴァイアサン〉の大気改造エリアです。岩槻北方に居座っていた頃よりはやや縮小しましたが、放出される熱エネルギーは逆に二・五倍にも増加しています」

「やつの融合炉の出力が、移動のために上がっているのだ。放射能の濃度は？」

「放射線量は、一時間当たり５００ミリレム。スリーマイル島原発事故の、排気塔のすぐそばと同じ放射線レベルです」

「くそ」

峰は前方大スクリーンに投影された帝都西東京の立体CG画像を見ながら、

「火災を起こしたエリアの消火はどうか」

〈レヴァイアサン〉の進む前方と側方、新宿区と杉並区の全域と渋谷区、目黒区に大火災が燃え広がっていた。新宿と杉並はもう無人だから仕方ないとしても、渋谷区と目黒区は火災をなんとかしないと避難する住民が巻き込まれてしまう。

「峰議長」

陸軍のオペレーターが振り向いて言った。

「陸軍ヘリコプター部隊が、渋谷区に燃え広がる火災を防ぐために上空から消火弾を投下する作戦を立てましたが、都の消防局長が許可しようとしません」

「なにっ」

すると峰の代わりに、スクリーンを見ていた木谷が首相席から身を起こした。

「オペレーター。ただちに都の消防局長へつなげ」

「は」

電話がつながれると、木谷は首相席のコンソールについている受話器を取った。

「消防局長、木谷だ。どうして陸軍のヘリ消火を許可しないのだ」

すると、電話の向こうで都の消防局長はかしこまって言った。

『総理。ヘリから消火剤をまくと、そのせいで焼けおちた建物の残骸《ざんがい》に閉じ込められている避難民が死んでしまうことも考えられます』

「しかし、消防車がまったく出動していない今の状況では、ヘリ消火以外に火災を止める手段はないだろう」

『消防車が出動していないのは、私の責任ではありません。担当者の責任です』

「誰の責任だとか聞いているのではない。陸軍にヘリ消火を要請しろと言っているのだ」

『いえ総理、ですから万一のことを考えると、私の責任でヘリ消火を許可することはできません』

「どうしてできないのだ」

『ですから、さっき言った通りです』

消防局長は、要するに陸軍のヘリ消火のために住民が怪我をしたり死んだりすると、それは許可した自分の責任にされてしまうので、いくらヘリ消火が良いとわかっていても、許可するつもりはないのだった。

『何かあったら私の責任になってしまいます。ヘリ消火はだめです』

「何かあったらとか言っている暇はないだろう！」

『いえでもですね、何かあった場合——』

つまり消防局長は、自分が責任を取らされないですむのなら、住民なんか何万人逃げ遅れて死んだってかまわないのだった。

「ええい貴様はクビだっ！」

木谷は電話に怒鳴りつけた。

「クビになれば、もう責任は取らなくていいぞ。良かったなっ！」

ガチャンと受話器をたたきつけ、木谷は総合指令室へ号令した。

「ただいまより、帝都西東京の消防局長は、内閣総理大臣が兼務する！　全陸軍ヘリコプター部隊はこれより〈レヴァイアサン〉攻撃を一時中断、全機帝都大火災消火の任に就け！」

「はっ」

「はっ」

帝都　渋谷

「怪獣が来るぞ」

「すげえ」

渋谷駅前のセンター街では、陸軍の避難命令を無視した十代の少年たちが集まって、ぶち壊したショーウインドーに腰掛けて盗んだハンバーガーをぱくつきながら空を見上げていた。

ドロドロドロと丸井の公園通り店の上空に真っ黒い雨雲が広がり、続いて熱風とともに黒い雨が吹きつけるように降ってくる。

ピュウウウ――

「おっ、面白えや」

「もっと近くで見ようぜ」

少年たちはろくに学校へ行っていなかったので、放射能の怖さを知らなかった。それよりも街が無人になってしまったのが面白くて仕方がないようだった。

「怪獣だー」

「怪獣だー」

「へっへへー」

ガチャン、パリンとウインドーを棒でたたき壊しながら、少年たちは怪獣のやって来る公園通り方向へぞろぞろと歩いて行った。

「やだ、あつーい」

へそを出した茶髪の女の子が、熱風に顔をしかめた。

「あたし、あついのきらーい」

〈レヴァイアサン〉は原宿駅を蹂躙し、表参道一帯を洪水のような粘液でギトギトにしながら前進していた。同潤会アパートが押し寄せた粘液で倒壊した。改造大気空間は、小型の強力な温暖前線のように〈レヴァイアサン〉の前方1キロに広がっていった。その最前線でも気温は70℃あった。地表付近の空気は熱せられて激しく上昇し、〈レヴァイアサン〉を覆う積乱雲はますます強く激しくなっていった。

ゴロゴロゴロゴロ

巨大な怪獣は、渋谷女子高校を踏みつぶしながら山手線の線路に沿うように南下する。その脇腹めがけ、四ツ谷の上智大学グラウンドから発射された陸軍の81式短SAM百八十発が白い滝のように襲いかかった。

シュババーッ

ミサイルは次々に〈レヴァイアサン〉の巨大な胴体に吸い込まれるように命中し、激しい雨の下でオレンジ色の大爆発が球状にふくれ上がり、渋谷区役所から代々木体育館までを呑み込んでいった。爆発の熱衝撃波は超音速で円形に広がり、渋谷公園通りを一瞬にしてなぎ払うとチーマー少年たちを黒こげにして吹き飛ばし、公園通りの坂の上にあるNHK（西日本帝国放送協会）渋谷放送センターをも直撃して破壊した。

ズドドドーン——！

六本木　国防総省

「すごい爆発だ」

木谷が一瞬真っ白になるスクリーンに目をしかめる。

「NHKまで吹き飛ばすことはないではないか」

「総理。やつの周囲では酸素が濃いので、炸薬《さくやく》の燃焼も凄《すさま》じいのです。これは計算外でした」

「酸素だけ製造してくれるなら、生かしておいてもいいんだがな――」

爆発はさらに大きくふくれ上がる。スクリーンの中の怪獣が、見えなくなった。

「やったか？」

「この程度では参りますまい」

「この先はさらに住宅が密集する地域だ。ミサイルや爆弾はもう使えんな」

「どのみち軍には弾薬がありません。東との武力衝突の直後に怪獣来襲ですからね。ミサイルの在庫は使い果たしているのです。生産は急がせていますが」

「〈究極戦機〉はいつ出撃できるのだ？」

「現在、〈赤城〉はUFCを載せて出撃準備を急ぎつつ、全速で北上中です」

「急がせろ。このままでは帝都が灰になってしまう」

「議長」

陸軍のオペレーターが振り向いた。

「目黒区、世田谷区の住宅地は大混乱、住民の避難が遅々として進みません」

「うむ。では陸軍戦車隊の残存勢力を山手通りに結集、住民の避難が済むまで怪獣を山手線の内側に押し止めろ」

「はっ」

渋谷よりも内側の広尾、西麻布地域は住んでいる人も少ないため、すでに避難は完了していた。

ピピピピピ
その時、首相席の直通電話が鳴った。

「木谷だ」

『総理。こちらは財務省銀行局です』

直通電話をかけてきたのは、財務省の銀行局の局長だった。

財務省で国内の金融機関を一手に監督している銀行局長は、木谷に要請した。

『総理。怪獣が港区内に侵入せぬよう、陸軍の残存勢力で全力を挙げて目黒区方面へ追い散らしてください』

「それはだめだ。目黒区渋谷区の住宅地では、まだ住民の避難が済んでいない」

『そんなことどうでもいいです』

財務省銀行局長は、にべもなく言った。

『怪獣が港区に入ると、資産価値の高い土地や不動産の値段が暴落し、担保価値がなくなって大量の不良債権が発生、銀行が軒並みつぶれてしまいます。港区には政治家の先生方の資産もたくさんあります。貧乏人の住民なんかどうでもよろしい、怪獣が港区に入らないように全力を尽くしてください』

「馬鹿者っ」

木谷は怒鳴りつけた。

「この不届き者め、天下り先の銀行がつぶれると困るからといって、住民の命よりも不動産を優先させるとは何事かっ！　貴様はクビだっ」

帝都　港区

比較的人口の少ない港区では、高級マンションや邸宅に住んでいた人々の避難もゆっくりしたものだった。ここ南青山でも、一部屋が一億以上もするレンガ張りマンションの地下駐車場から大型ベンツが次々に走り出ると、木谷の政策のおかげで路上駐車のほとんどない街路を首都高速めざして進んでいく。

キイコキイコ
だがその港区の街路を、異様な一団が自転車に乗って走り回っていた。それはダークスーツにネクタイを締めて営業用カゴ付き自転車にまたがった、銀行の営業員たちであった。

キイコキイコキイコ
「急げ」

「急げっ、お客さんが避難してしまうぞ」

銀行員の自転車は八方に散ると、それぞれ邸宅街の街路を避難していこうとするベンツの前に立ちふさがった。

「ちょっとお待ちください、ちょっとお待ちください」

一人の銀行員が無理やりベンツを止めると、スモークガラスの運転席にかじりついた。

「高橋物産社長の高橋様でいらっしゃいますね。毎度ありがとうございます帝国銀行でございます」

「何だ、これから避難するところなんだぞっ」

「お忙しいところすみません。実は高橋様への先日のご融資に関してなのですが、担保として提供していただいた新宿区の土地が、先ほど怪獣の通過によって放射能をかぶり、地価がこれだけ下落してしまいまして」

銀行員は黒い営業カバンから電卓を取り出すと、パチパチと数字を出して見せた。

「したがいましてですね、追加の担保を差し出していただかないといけないわけでして」

「そんなことは、怪獣が倒されてからにしろっ」

「いいえだめです。今すぐに出してください」

「この非常時に何を言うか」

「非常時だからこそ、明日にでも高橋様が死んでしまうかも知れません。追加担保をとらずに死なれてしまいますと、貸し倒れになって銀行が損をします」

「ふざけるな、どけっ」

「だめです今出してください。でないと銀行がつぶれてしまいます」

ベンツはブォオッと走り出しかけるが、ダークスーツの銀行員はハリウッド映画のスタントマンみたいにベンツの運転席の窓に命がけでしがみつき続けた。

「たっ、担保を出してくださいっ、銀行がつぶれてしまいますっ」

銀行の営業マンは、小学生のころから勉強一筋に受験戦争を生き抜いてきたが、やっと就職した有名都市銀行がつぶれてしまったら、どうやって生きていったらいいのかわからないのだった。

「銀行がつぶれてしまいます銀行がつぶれてしまいます」

港区の邸宅街のあちこちで、銀行員を運転席の窓にしがみつかせたベンツがしつこいヒルのような勉強エリートを引きはがそうとタイヤをきしませてジグザグ走行をした。

キキキキッ
「担保を出してください担保を出してください」

「離せ、離せっ」

キキキキキッ
「うわぁーっ」

ドシャーンッ

東京駅

「窓口を開けろ」

「窓口を開けろー！」

ＪＲ西日本帝国の東京駅では、怪獣帝都侵入の報を聞くと同時にすべての新幹線自動券売機とみどりの窓口が、一斉にシャッターを閉めていた。都民が避難してきた時には、開いている窓口は一つもなかった。

がんがんがん
がんがん
荷物を抱えた避難民たちがシャッターを叩いても、窓口は頑として開かなかった。

「はい先生、いつもお世話になっております。はい、二十枚でございますね」

シャッターの内側では、東京駅の職員たちが総出で、国土交通省の族議員やキャリア官僚たちからかかってくる電話の応対に追われていた。

「これはこれは鉄道管理局長、いつもお世話になっております。はい、ご親戚の分も。かしこまりました十八枚でございますね」

その日に東京を出発できるすべての新幹線の座席は、族議員とその家族と親戚と、国土交通省キャリア官僚とその家族と親戚に優先的に売りだされ、たちまちすべて売りきれた。汗をふきふき電話に応対していた職員たちがふと気づくと、自分たちが逃げだすための座席までがすべて無くなってしまっていた。

「仕方がない。俺たち職員とその家族は、通路に立って行こう」

「駅長、我々がすべて乗った後でもまだ空間があいていたら、一般の避難民もすこしは乗せてやったらどうでしょう」

若い駅員がおそるおそる聞いたが、

「いや。一般の避難民も乗せると言えば、我先に殺到してパニックになる。やはり一般避難民を乗せるのはやめにしよう」

駅長は頭を振った。

そこへ、

「駅長、大変です」

丸の内側コンコースを見張っていた駅員が駆け込んできた。

「どうした」

「け、警察庁の幹部が大勢やって来て、新幹線に乗せろと強弁しています」

「警察だと？」

「駅長、た、大変です」

続いて八重洲側コンコースを見張っていた駅員も駆け込んできた。

「こ、広域暴力団の外車が何十台も、八重洲口に乗りつけて窓口を開けろと騒いでいます！」

丸の内

生命保険最大手の大日本帝国生命の本社ビルの前には、怒り狂った数千人の人々が押し寄せ正面玄関のシャッターを棒切れや石ころで叩きつけていた。

がんがんがんがん
がんがん
「ふざけるなーっ」

「保険金を払えっ」

石ころを投げても届かない五階の窓がすこしだけ開いていて、そこからハンドスピーカーを持った社員が大声で群衆をとりなしていた。

「えー、ですから、再三申しあげている通り、怪獣のせいで契約者が死亡した場合は天災あるいは放射能漏れ事故による死亡とみなされますので、当社は生命保険金を一切お支払いいたしません。火災保険も払いません。相手は怪獣ですから」

ふざけるなーっ、と群衆はまた怒った。集まっているのはすでに怪獣によって家を失い、家族を失った帝都北部地区の人々だった。最大手の大日本帝国生命が怪獣襲来と同時にいち早く『怪獣による被害には保険金を一切払わない』という声明を出したために同業他社もこぞってそれに倣い、ここ丸の内に本社を置く生保、損保各社は怒った都民の焼き打ちに備えてすべてシャッターを厳重に降ろしていた。

「みなさんあきらめて早く逃げましょう。怪獣が来ますよ」

「うるさいふざけるなっ」

その大日本帝国生命の本社ビル最上階では、緊急役員会議が開かれていた。

「いやあ素晴らしい」

「素晴らしい英断だった」

集まった役員たちは、素早い経営の決定に満足していた。

「当社の保険約款には、怪獣に襲われた場合のことなんか書いてないからな。天災にも放射能事故にも、どのようにでも解釈できる」

「特に、怪獣が放射能を振りまいていてくれたのが我が社には都合が良かった。怪獣の起こした火事で二次的に死なれた場合でも、放射能が漂っておれば放射能漏れ事故としてあつかって保険金を支払わなくて済む」

「社長、しかし大口のご契約者様にはいくらかお支払いしませんと」

「もちろんだ。一般民衆とあつかいは違うからな」

「一般民衆ってのは困るよ。契約さえしておけば保険金が出ると思ってるんだから」

「保険金なんて、そう滅多に払ってやるものか。一般民衆などというものは、我々保険会社に献金するために存在しているのだ。はっはっはっ」

　社長が満足そうに笑うと、居並ぶ役員たちも「はっはっは」と笑った。

「社長、そろそろ脱出用の大型ヘリが屋上へ着く時刻です」

「うむ。ではみんなそろって箱根へでも逃げるか。今夜は温泉につかって宴会だ。はっはっ」

　ドコーン

　鈍い爆発音が足元から聞こえてきたのはその時だった。

「しゃ、社長大変です！」

　秘書室長が役員室へ駆け込んできた。

「何事だ？」

「う、右翼の街宣車が、正面玄関を爆破して突入してきましたっ！」

「なんだとっ」

　ダダダダダッ

　迷彩戦闘服を着た右翼の戦闘員たちが、ＡＫ47自動小銃を手に、大日本帝国生命の本社一階フロアをあたりかまわず撃ちまくってぶち壊していた。大日本帝国生命の本社は昭和の初期に建てられたという丸の内でも最も古いビルの一つだったが、玄関ホールの大理石の壁や創業者の銅像を９ミリ高速弾が情け容赦なくほじくり返していた。

ダダダダダダッ

「役員どもが逃げるぞ」

「そうはさせるか。屋外戦闘班、近づいてくるヘリを撃墜せよ」

リーダーの指示で、本社ビルの玄関前にいた戦闘員が、携帯用歩兵対空ロケットランチャーを曇った空に向けた。

「食らえ」

ロケットランチャーは旧ソ連製で、戦闘員の狙《ねら》いはプロの手際で正確だった。保険会社ビルの屋上へ近づいてきていたＡＳ５３２大型ヘリは、赤外線追尾の弾頭をまともに食らってオレンジ色の爆煙に包まれた。

「やったぞ」

「やったやった」

「ざまあみろ」

群衆が小躍りして喜んだ。

「最上階へ急げ」

リーダーを先頭に、右翼の戦闘員たちは大して道にも迷わず、通常は役員しか入れない最上階フロアに駆け上がると、役員会議室へ突入した。

ばたんっ
「国民を食い物にする売国奴め。覚悟せよ！」

乱入してきた戦闘員たちを見て、社長が驚愕《きょうがく》した。

「お、お前たち――その武装はどうしたんだ？」

「うるさい。死んでもらおう」

リーダーが銃口を上げた。

「ソ連製自動小銃――？　お、お前たちは……」

「天誅《てんちゅう》！」

ダダダダダダダッ
ダダダダッ
ぐわぁ～っ、と悲鳴を上げ大日本帝国生命の役員たちは全員が銃殺された。

本社ビル内では、右翼の戦闘員に続いて乱入してきた一般民衆が、怒り狂って会社の施設をあたりかまわずぶち壊しまくっていた。貴重なコンピュータシステム、保険顧客情報の収められたデータバンクもすべて破壊され、創業明治の西日本帝国最大手保険会社はたちまち機能を喪失して事実上つぶれてしまった。

「リーダー」

途中で別れて地下へ降りた戦闘員が、上がってきて報告した。

「リーダーではない。隊長と呼べ」

「はい隊長」

戦闘員はロシア式の敬礼をした。

「この古いビルの地下には、やはり旧大戦前に造られた国会議事堂からの秘密脱出トンネルがあります。手に入れた図面と同じ場所に秘密の入り口を発見しました」

「よし」

右翼に化けた特殊部隊の隊長は、ほくそえんだ。

「これで西日本の贅沢《ぜいたく》主義者どもの政府を、転覆させてくれるぞ。山多田先生万歳だ！」

有理砂
三宅島南方洋上

「待ちなさい！」

どこへ行くつもりなのか、勝手に飛び出したまま北上するシーハリアーを追って、わたしは超音速で太平洋上を北へ飛んだ。レンジワイル・スキャン（広域探査）モードにしたわたしのF18のレーダーに低空で飛ぶハリアーをコンタクト（探知）できたのは、〈赤城〉を発艦して十分もたってからだった。

「待ちなさい森高少尉」

わたしはアフターバーナーを切るとスロットルをアイドルに絞り、海面上のハリアーにダイブをかけ、真横に並んだ。ヘルメットなしで複座のコクピットに座るロングヘアの森高美月が右横に見える。

「おせっかいなやつだな」

「何言ってるの。このまま飛んで行ったら脱走よ。わかってるの？」

「ふん。あたしの親父が困るだけのことさ」

「お父さんが？　また家庭の事情？」

「ふん。わかってたまるもんか」

「とにかく母艦へ戻りましょう。仲間割れしている暇はないの。あなたと望月中尉にもUFCの操縦を覚えてもらわなきゃならないし。西東京は怪獣に襲われて大変らしいわ」

「ごめんだね」

キャノピーの中で美月が頭を振った。

「愛月さんといったっけ、あんた、あんたがこういう精神状態だったら、それでも地球のために戦えるか？　泥棒猫の女の命令なんか聞いて、わけのわからん異星の超兵器になんか乗って何もかも踏みつぶすあのばかでかい大怪獣と命がけで戦えるかっ？」


いったい何がどう泥棒猫なのかよくわからないが、森高美月が羽生恵に長年の恨みを持っていることだけは、よくわかった。

「わからないけど」

わたしは、海軍で一番操縦が難しいといわれているＶＴＯＬ戦闘機のコクピットをにらんで言った。

「わからないけど、嘘を言うのはおよしなさい」

「なにっ」

美月はにらみ返した。

「嘘を言うのはやめなさい」

「何が嘘だっ」

「あなた戦闘機パイロットでしょ？　帝国海軍の戦闘機乗りが、家庭の事情くらいで戦えなくなるはずないわ。あなた嘘ついてるわね。そうやってあの羽生中佐にあてつけて、困らせたいだけなんでしょう？　子供ね」

「なんだとっ」

シーハリアーは、ぶつけるように接近してきた。わたしは操縦桿《かん》を素早く倒して間隔は一定に保ったまま横へ逃げる。

「ほらご覧なさいその腕前。バジャーをランディングギアで蹴《け》飛ばして墜としたんでしょう？　すくなくとも並以上の腕だってことは認めてあげるわ。なのに『家庭の事情であたし戦えません』？　おっかしー」

「それ以上言うなっ」

美月は怒鳴った。

わたしはやめなかった。

「家庭の事情くらい、誰にだってあるわ。この子供。子供子供子供子供」

「撃墜するぞっ」

「おう、やってごらんなさい、この〈紅の女王蜂〉を墜とせるものなら墜としてごらん」

キュインッ
ハリアーがブレークして右急旋回に入った。戦闘態勢だ。

「後悔するなっ」

「そっちこそ！」

わたしはホーネットを急上昇に入れた。スロットルをＭＡＸにたたき込みアフターバーナーを点火する。相手はＶＴＯＬだ。旋回半径がものすごく小さいから水平戦はできない。

（ったくなー、乗りかかったから仕方がないけど、何の因果でこんなところで味方の女の子と格闘戦やらにゃならんのだろ）

仕方がない。後ろについて、二、三発たたき込んで腕の差を思い知らせてやろう。

ギイイイインッ
垂直上昇させたホーネットを、１万フィートで急反転させる。ハリアーの上昇力ではついてこられない。下にいるはずだ。

（レーダーは？）

上昇中は背中が見えなかったから、ビジュアル・コンタクトはロストしていた。レーダーをシーフェイス・サーチ（海面上探査）モードに。海面を背にしていてもパルスドップラー・レーダーが見つけてくれるはずだ。

（いない？）

しかしハリアーはレーダーに映らなかった。二秒おきにスイープするＡＰＧ65レーダーは、海面からの反射波を表示するのみで画面からハリアーの光点は消えていた。

（どこへいった？）

わたしのホーネットは急降下していく。せっかく高度差をつけたのに。しかし目を皿にしても海ツバメ色のＦＲＳマークⅡは見当たらなかった。

「へっへー、何が〈紅の女王蜂〉だおばさん」

ふいにヘルメットレシーバーに声が入り、真後ろに気配を感じた。

「くっ」

わたしはとっさに操縦桿を倒し、逆ラダーを踏み込んでホーネットをスピンさせた。海面が逆立ちする。高度３０００フィート。追尾はかわしたが、すぐ回復させないとやばい。

「あたしが見えなかっただろう？　通常型でハリアーに勝とうだなんて十年早い！」

後で知ったのだが、美月のハリアーは海面におとしたわたしの機の影の中に、空中停止して浮いていたのだ。ドップラー・レーダーは止まっている目標を探知できない。

「くそっ」

トリモチのようにしつこく、美月のハリアーはわたしの６《シックス》オクロック（真後ろ）に食らいついて離れなかった。わたしは再び急上昇して振り切る。

（やばい、アフターバーナー炊き過ぎだ。母艦へ帰れない）

燃料流量計をちらりと見て舌打ちする。ホーネットはF404エンジンの双発だ。アフターバーナーを使うとケロシン燃料は海にばらまくみたいにがばがば消費される。

「やーい、バカのひとつ憶えの急上昇」

「なにいっ」

「あたしの後ろについて見ろ。早くしないと燃料無くなっちゃうぞおばさん」

「言ったなこのおっ」

わたしはスロットルをカットし、ホーネットを逆おとしにスピンに入れた。スピードブレーキを引いて主翼上面のスポイラーを総立ちさせる。石ころみたいにホーネットは落下した。

「うわっ」

わたしの真下に入りこもうとしていたハリアーの頭の上に、おっこちてやったのだ。美月は悲鳴を上げて90度バンクでブレークして行った。

「あっ、危ないじゃないかっ！」

「ふん、人の影の中にこそこそと入りこんで、この嫌らしいやつめ！」

今度はわたしがハリアーの後ろから襲いかかり、華奢《きゃしゃ》な曲線のＶＴＯＬ戦闘機の背中に覆いかぶさった。

「どう？　下は海面よ。ゴボウ抜きで上昇してごらん、できないでしょ？」

「くそっ」


その時だった。

ピー
Ｆ18のＡＰＧ65レーダー火器管制システムが、〈敵機〉の接近を知らせてヘッドアップ・ディスプレーに警報シンボルを表示したのだ。

「何だ――？」

点滅する三角の矢印が、左を指した。

（近くにＩＦＦに反応しない軍用機――？）

それは、敵味方識別装置《IFF》の質問波に応答しない未確認機が接近して来るという警報だった。

一瞬、美月のハリアーの背中から目が離れるが、ハリアーも動かない。美月のほうでも同様の警報が出ているのだろう。一時休戦だ。

（何が来るんだろう？　高度は……）

ヘッドアップ・ディスプレーの目標高度表示を読んで、わたしは驚いた。

（……海面上20フィート以下？　どういうことだ）

　わたしは、未確認の高速低空ターゲットが接近してくるという左横を見やった。グレーの雨雲の下から、迷彩色のスホーイが現われ、超低空で海面を這っていく。

「ちょっと美月」

「わかってる、見えてる」

「あれは何よ」

「何かしらないけど、〈赤城〉の方角へ行く」

「接敵するわ。一緒に来て」

　わたしは美月の背中から左前へダイブして出ると、海面すれすれに降りてスホーイ27の編隊を追った。銚子沖と思われる雨雲の下から現われたスホーイはざっと見て二十数機。

（すごい腕だわ）

　パイロットは全員が大した腕前だ。海面上20フィート以下を保ち、整然と南西へ進んでいる。

（対艦ミサイルを抱いてる――？）

　スホーイ27は、全機が翼下にＫｈ35対艦ミサイルを四発ずつ携行していた。索敵レーダーは作動させていないらしい。発見されないように電波管制を敷いているのだ。わたしもあわてて自分のレーダーを切る。スホーイのパイロットたちは、さすがに海面との間隔に集中しているらしく、斜め後ろから忍び寄っていくわたしと美月を目視で見つけることができないようだ。周波数が違うから、会話も聞かれない。

「美月、武装は？」

「機関砲だけ」

「あたしもよ」

格納庫の予備機を急いで引っ張り出してきたのだ。ミサイルもチャフ・ディスペンサーも、増漕すら持っていなかった。

「明らかに艦隊へ向かっているわ。この低さじゃ、イージス艦のレーダーでも直前まで発見できない」

スホーイの連中は第一線の精鋭だ。波で腹をこするくらいに低く飛ぶ。これらは連合艦隊に向かっているのだ。親善飛行ならレーダーに映るところを飛ぶだろうし、対艦ミサイルなんか持ってこないだろう。

（戦争、終わったはずじゃない。何のつもりなのよこいつら）

相手の斜め後ろの死角に入り、さらに接近する。

「東日本じゃない。ネオ・ソビエトだわ」

わたしは垂直尾翼のマークを見つけて唇をかんだ。

「どうする、有理砂」

「どうするって――これは艦隊奇襲だわ。墜とせるだけ墜とすしかない。あたしたちで」

「ふふん。腰ぬけでないことだけは認めてあげるよ」

「うるさいわね、あなたバックアップ。あたしがリードを取る」

わたしは、ゆっくり減速すると獲物の編隊の後ろへ回りこんで行った。

まさか同じ超低空で、わたしたちが忍び寄っているとは想像もしていないだろう。

彼らが気にしているのは、艦隊を護るイージス巡洋艦のレーダーと、早期警戒機E2CJホークアイのパルスドップラー・レーダーだ。しかし〈赤城〉のE2CJ二機は、〈究極戦機〉の追跡管制用に格納庫で改修を受けている。東日本との停戦が発効しているから、艦隊防空はイージス艦だけに任せているのだ。

（油断している間に、何機墜とせるか……）

確実を期そう。

わたしはさらに敵編隊の後尾へ近づいていった。200メートル、100メートル。

左手をスロットルから離し、兵装表示になっている左側のCRTのボタンを押し、機関砲をエネイブル（作動可能状態）にする。手をスロットルに戻す。親指をクリックして兵装選択を機関砲に。

距離50メートル。ヘッドアップ・ディスプレーにシュート・キューが現われ、スホーイ27の双発のテイルノズルに重なった。

（よし）

これなら外しようがない。わたしはつばを呑み込み、操縦桿を握る右の人差し指を一瞬だけ絞った。

ヴォッ！

機首から目もくらむような発射炎。同時に送信ボタンを押してわたしは母艦に向け叫んだ。

「〈赤城〉、〈赤城〉、ヴァンパイアが接近中。対空防御せよ！」

バシャッ！
五、六発の20ミリ砲弾が吸い込まれるように命中した最後尾のスホーイ27は、はたきこまれるようにすぐ下の海面に衝突し、水切り石のように一回跳ねてから粉々に分解した。
（もう一機！）

左横へサイドステップさせ、前にいるのを撃つ。

ヴォッ！

爆装したスホーイは海面にたたきつけられ、分解した。

ヴォッ！

するとわたしの頭のすぐ上を真っ赤に灼《や》けたアイスキャンディーのようなものが列をなしてぶっ飛んでいき、さらに前方の敵機に吸い込まれると、爆発した。

「美月！　あなたバックアップでしょ」

「後ろに敵はいないんだ。二人で攻撃したほうが早い」

それは、そうだったが。

「有理砂、どんどんやっちまえ敵が気づいた」

「ええいっ」

三宅島南方洋上

西日本のものと思われる索敵レーダー波が編隊をなめてきた時、イワンはそれをてっきり高空を飛ぶＥ２ＣＪホークアイからの監視レーダーだと思いこんでいた。彼の編隊のパイロットたちも、みなそう思った。早期警戒機のレーダーは、たとえ届いていても十分な反射波が戻らないかぎり探知はされない。だから編隊を崩さず、そのまま海面すれすれを我慢強く進んだのである。しかし数十秒後、編隊の最後尾機がたたきつけられるように海面におちた。

「なに？」

思わずキャノピーについたバックミラーに目を上げると、見慣れないシルエットがあった。ハリアーである。

「敵の迎撃かっ！」

イワンはマイクに命じた。

「全機編隊を解き敵に対処！」

しかし、

「お待ちください閣下」

三番機、直衛飛行隊長のスタニスラフ少佐が止めた。

「閣下、今編隊を解いて回避機動を取れば、高度が上がってしまい敵艦隊のイージス艦に見つかります」

「だからといって」

「このまま進むんだイワン」

「兄さん」

「そうです閣下。編隊を解いてはなりません」

「しかし編隊後尾の者が――」

イワンがそう口にした瞬間、もう一機が海面にたたきつけられた。

「かまいませぬ」

「しかし！」

　バシャーン！

　さらにもう一機がたたきおとされた。

「くっ」

「このまま行くんだ、イワン」

「お進みください閣下。敵空母への攻撃ポイントまであと一分です」

「しかし部下たちが」

「閣下。我々直衛飛行隊は、閣下をお護りし攻撃を成功させるためならば、あらかじめ生きて帰れるとは思っておりませぬ」

　イワンは唇をかんだ。

　調子に乗ったハリアーが、またもう一機をたたきおとすのが小さなバックミラーに映った。だが直衛飛行隊は精鋭中の精鋭だ。密集編隊をぴくりとも乱さない。

「――すまぬ……」

　イワンは猛烈な速さで迫ってくる水平線をにらみ、スホーイ27の対艦攻撃システムをネオ・ソビエト偵察衛星とリンクさせた。日本近海の上空高度２００キロには、耐用年限ぎりぎりの旧ソ連製軍事偵察衛星が一基浮いていて、晴れた夕方の太平洋を北上する連合艦隊の位置をカメラで捉《とら》えていた。目標の慣性位置情報が対艦攻撃システムへ緯度／経度の数値で流れ込み、最新鋭のＫｈ35対艦ミサイルの弾頭コンピュータに入力された。Ｋｈ35は西側のハープーンに匹敵する対艦ミサイルで70マイルの射程を持ち、攻撃機は敵艦が水平線に見えてくるはるか手前からミサイルをリリースし、自分のミサイルは小型ターボジェットで海面すれすれを目標の方角へ飛んでいき、自分のレーダーで敵艦を発見すると、あとはアクティブ・レーダーホーミングで突っ込んでいくのだ。

ピピッ

操縦席の左側ＣＲＴに『発射準備完了』が表示され、ヘッドアップ・ディスプレーの下側に発射レンジ・マークが現われた。小さな矢印が中央まで上がって来たら発射ポイントだ。

（よし。あと10マイルだ！）

さらに調子に乗ったハリアーが、また後衛の一機を撃墜した。

「くそっ！」

イワンは、愛月有理砂のホーネットには気づいていなかった。双尾翼のシルエットがフランカーと似ていたからだ。

「あのハリアーめ、許さん！」

「ヴァンパイアですか？」

連合艦隊輪形陣の右翼を護っていたイージス巡洋艦〈新緑〉のＣＩＣでは、暗がりの管制席で小月恵美が愛月有理砂に聞き返していた。

「もう一度言ってください、ヴァンパイアですか？」

ヴァンパイアとは艦隊に対するミサイル攻撃を警告する用語だった。

『ネオ・ソビエトのフランカー約二十機、超低空で接近中。艦隊へ80マイル。早く迎撃して！』

「しかし中尉、こちらでは探知できません」

〈新緑〉のＳＰＹ―１Ｅフェーズドアレイ・レーダーシステムには水平線の向こうに隠れている敵を探知する能力もあったが、水平線のはるか向こうを海面上６メートルに満たない高度で進撃してくる敵機までは、発見できなかった。イージス艦のレーダーアンテナの高さでは水平線までの距離はせいぜい30マイルで、80マイルも向こうの海面すれすれというのはイージス艦の守備範囲ではなかった。ふだんならＥ２Ｃが見張らなければならない場所なのだ。

『早く！　連中はＫｈ35を持ってる。間もなく発射されるわ。あたしと美月じゃ墜とし切れない、早く！』

「しかし、照準できません」

ヴィーッ、ヴィーッ

有理砂からの通報を受けて、艦隊全艦には対空警報が鳴り響いていたが、恵美は目標をレーダーでコンタクトできないのでは迎撃ミサイルの撃ちようがなかった。戦闘機を追いかける対空ミサイルには、だいたいの位置情報を入れて発射すればあとは自分で目標を探すという対艦ミサイルのような運用法はできないのだった。目標がレーダーで捉えられなかったら、単なる無駄弾に終わる。

「空母〈赤城〉、こちら〈新緑〉。応援の迎撃機は出せませんか？」

『だめだ！』

〈赤城〉の航空指揮ブリッジから郷大佐が答えてきた。

『F18は無い。補充されておらんのだ。ミサイルでなんとかしてくれ』

「戦艦〈大和〉、対空三式弾は発射できますか？」

『〈大和〉だ。主砲は25マイルまでしか届かん。敵のミサイル発射は阻止できない』

恵美は唇をかみ、白い手のこぶしをキーボードにたたきつけた。

「どうすれば――」

「葉狩博士！」

空母〈赤城〉では、艦橋最上階の航空指揮ブリッジから郷大佐が艦内電話で怒鳴っていた。

「葉狩博士、〈究極戦機〉は今すぐ発進できますかっ？」

大格納庫の天井に張り出したUFCコントロールセンターでは、葉狩真一を始め核融合炉を担当するアシスタントの女性科学者・魚住渚佐が管制席について、展望ガラスの向こうの銀色の〈針〉を緊急に起動させる準備に入っていた。

「今すぐ？　無理です！」

真一が艦内電話に怒鳴り返す。

「テスト飛行は六時間後の予定で準備していたんですよ。どんなに急いでも——」

「なんとかしてくれ博士、〈赤城〉が沈んでしまったら〈究極戦機〉の作戦は不可能になってしまう！」

「やってみますが——」

受話器を持った真一を、隣の席から白衣姿の魚住渚佐が指でつつく。

「——え？　パイロットがいない？　愛月中尉はどこなんだ」

それを聞いて、艦橋の郷はぶっとんだ。

「愛月と森高は——敵機と交戦中だ！　しまったっ」

7.〈究極戦機〉出撃

＊ネオ・ソビエト編隊の奇襲を受け窮地に立たされる連合艦隊。しかもただ一人〈究極戦機〉を操縦できる愛月有理砂は、ネオ・ソビエト編隊と交戦中だった。さらに〈レヴァイアサン〉に来襲された帝都西東京の混乱も、極に達しようとしていた。

三宅島南方洋上
一月二日　十七時二十分

『核融合炉、出力上昇。発進レベルへ』

空母〈赤城〉の艦内特殊大格納庫では、巨大な航空母艦の艦内を四層にわたってぶちぬいた空間に、全長30メートルの銀色の〈針〉が台座に載せられて横たわっていた。

『発進に必要なもの以外の、すべての支援機器を取り外せ』

広大な空間の天井には強化ガラスに囲われたコントロールセンターが張り出していて、管制卓についた葉狩真一がインカムマイクに指示を出していた。

「魚住博士、パイロットの用意はいいですか」

「あたし」

望月ひとみは、パイロット控え室で〈究極戦機〉ＵＦＣ１００１搭乗専用のボディースーツタイプの飛行服を無理やり着せられながら抗議した。

「あたし困ります」

「あなたしかいないのよ」

羽生恵が、背中のファスナーを上げてやりながら言う。

「ただ一人、シミュレーターで操縦をマスターしていた愛月中尉は、今洋上でネオ・ソビエトと交戦中よ。UFCに乗れるのはあなたしかいないわ」

ひとみが着せられたボディースーツは〈究極戦機〉の機体と同じ白銀色で、ひとみの全身をぴったりと包んでレオタードのように薄かった。

「きついわこれ」

ひとみは、数分前に非常警報が鳴り響くなり羽生恵に手首をひっつかまれ、ブリーフィングルームからいきなりパイロット控え室に連れ込まれると全裸にむかれ、このパイロットスーツを着せられたのだった。

「短時間なら宇宙空間に放り出されても生命を維持できる、超高分子ポリマー繊維です」

白衣姿の女性科学者が、腕組みをしたまま言う。

「あなたは？」

ひとみは、さっきからほとんど言葉を発せずにパイロットスーツの装備を恵に手渡している白衣の女性博士を見た。恵についてブリーフィングルームへ入ってきた時から目立つ女だった。モデルのようにスレンダーな長身。黒々とした長い髪に、抜けるような白い肌、切れ長の目は雪女を思わせる。年の頃は二十代後半だろうか。

「〈究極戦機〉次席開発主任、魚住渚佐です。専門は核融合炉」

抑揚のない低い声で、魚住渚佐は言った。

「UFC1001の操縦系統は、愛月中尉のアドバイスを受けて設計されています。『マニュアルを一か月も勉強しないと飛ばせないようでは実戦の役に立たない』という彼女の意見を尊重し、UFCのコマンドモジュールにはできる限り簡素な操縦システムを取り入れています。何も知らないでいきなり乗り込んでも、艦上のコントロールセンターからの指示にしたがえばなんとか飛ばすことができるでしょう。バックアップ態勢も万全にしてあります。もっとも、〈赤城〉が健在な場合に限られますが」

渚佐は白い手を伸ばすと、細長い指でひとみのパイロットスーツの胸にセンサーチップをいくつも埋め込んだ。

「あなたの体調は、艦上のUFCコントロールセンターですべてモニターできます」

「あたしを〈究極戦機〉に乗せて空へ放り出して、その後〈赤城〉が沈んじゃったらどうするんですか」

「望月さん」

恵が言った。

「ネオ・ソビエトのミサイルが今にも飛んでくるかも知れないわ。〈究極戦機〉をこの空母と一緒に沈めるわけには行かないの」

「でも」

「連合艦隊にはもう迎撃戦闘機が無いの。このままではやられるわ。〈究極戦機〉なら、フランカーの二十機くらい軽く一掃できる。お願い行ってちょうだい」

「でも……」


「くそぉっ」

イワンは後衛の一機がまたハリアーにおとされるのをミラーごしに見て、歯を折れるほどかみしめた。本当はスホーイ27フランカーにシルエットの似たF18もイワンの編隊を襲っているのだが、イワンには海ツバメ色のシーハリアーばかりが目についた。飛び方が、イワンを挑発するように派手なのである。

ピーッ
イワンの目の前のヘッドアップ・ディスプレーで、発射レンジ・マークの小さな矢印が水平線と重なった。

「ミサイル発射ポイントだ。全機発射せよ！」

イワンは怒鳴ると、みずからも右手の親指で操縦桿《かん》の兵装発射ボタンを強く押し込んだ。

ドシューンッ

西日本迎撃機の仕業で、二十八機で出撃したイワンの編隊はすでに二十機に減っていた。しかし密集編隊を組んだ二十機のスホーイ27の翼下からは、各機四発、総計八十発のKh35対艦ミサイルがイワンの号令とともに一斉にリリースされた。東日本軍のように整備不良ではなかったので、故障で出なかったミサイルは一発もなかった。

シュバーッ

海面上を横向きに突っ走る白い滝のように、八十発の大型対艦ミサイルは水平線の向こうの連合艦隊目がけて超低空で飛翔《ひしょう》を始めた。ミサイルに発射初速を与える固体ロケットブースターはすぐに燃焼を終わり、内蔵小型ターボジェットが引き継いでミサイルに亜音速の推進力を与えた。ターボジェットは白い燃焼炎を曳《ひ》かないので、ミサイルは海面にまぎれてすぐに見えなくなった。

「しまった！」

美月はミサイルのブースター燃焼炎で目の前が真っ白になったので歯がみして悔しがった。

「乱戦に引き込めば発射を阻止できたのに！」

ネオ・ソビエト編隊は味方がいくらやられても挑発にのらなかった。真のエリート部隊だ。先頭の隊長機が大きくバンクを取って左急旋回に入る。ミサイルを発射してしまえば自由の身なのだ。

「二十対二か！」

「美月、あたしのバックアップについて。一人ずつじゃやられるわ」

有理砂が呼んできた。

（――仕方ない！）

美月はベクタード・スラスト（推力偏向）ノズルを真横へ向け、通常型戦闘機のパイロットには信じられないような旋回半径でくるりと後方へ回り込むと、有理砂のF18に合流しようとした。空戦になったならこいつらは手強《てごわ》い。美月は有理砂と協力して防戦しなければ生き残れないだろう。

しかし、
ヴォッ
背中を見せた美月の頭の上を、真っ赤に灼熱《しゃくねつ》した機関砲弾が背後から前方へ擦り抜けた。

「わっ」

恐ろしく素早い銃撃だ！　美月は思わず振り返る。垂直尾翼に紋章をつけたネオ・ソビエトの隊長機だった。通常型とは思えない機動で美月の6《シックス》オクロックにつこうとしている。

「くそっ」

まっすぐ飛んだらすぐにやられる。美月はベクタード・スラストを横に向けて右旋回する。だがあまり強引なベクタード・スラスト機動はできない。高度が海面すれすれだ。主翼の揚力を失うような動きをすれば海面に激突しかねない。

（こいつは、飛行機が手足のようだ！　振りきれない！）

バックミラーのフランカーを美月はにらんだ。ハリアーはあらゆる通常型戦闘機よりも格闘戦機動に優れているはずだ。だが、美月がいくらノズルを横に向けてぶんぶん回ろうと、紋章をつけたスホーイ27はまるで魔法のように背後にくっついて離れないのだ。

（――完全に読まれてる！）

美月は天才といっても戦闘機に乗ってまだ一年、イワン・ラフマニノフは美月と同等以上の天才でしかも十歳の時から空を飛んでいるのだ。

「ええい止まっちまえ！」

美月は推力偏向レバーを直立まで一杯に引き、ベクタード・スラストノズルを真下へ向けて彼女のハリアーを急停止させた。

「こっちが止まればいくらなんでも――」

機関砲のトリガーに人差し指をかける。フランカーが頭上を飛び越《オーバーシュート》した瞬間に、ぶちこんでやるつもりだ。

だがスホーイはオーバーシュートしなかった。

「いない？　どこだ」

双尾翼の旧ソ連製戦闘機は、美月が空中停止しようとした瞬間に機首を引き起こし、宙返《ループ》りに入っていた。宙返りの頂点からスピンを一回、機首を海面に向けて突っ込んでくる。

「う、上か――？　あわわ」

美月はあわてて推力を後方へ向けると、ハリアーを前進させる。止まっていたら的にしてくださいと言うようなものだ。

ババババババッ
美月のハリアーの尾部を追いかけるように海面に小さな水柱が立つ。スホーイ27の23ミリ機関砲だ。

「――恐ろしいやつ！」

美月は海軍の戦闘機乗りになってから初めて、自分の背中がネコのように総毛立つのを感じた。

「外したかっ」

イワンは空中戦をしていて初めてカッとなった。いくらＶＴＯＬとはいえ、イワン・ラフマニノフの銃撃を二度もかわしたのはあのハリアーが初めてだった。

「こいつ、僕なみの腕だ」

イワンのフランカーはなおも高度で優位にあった。敵のイージス艦には発見された
だろうが、敵迎撃機と乱戦中ならミサイルは撃てまい。

「墜ちろっ、墜ちろっ！」

海面上をちょこまか逃げまわるシーハリアーをイワンは頭上から追い回した。

「わーっ、わーっ！」

悲鳴を上げて逃げまわる美月。

「美月！」

有理砂のF18が、イワン機の背後につこうとする。だがそれを阻止せんとピョート
ルの二番機が有理砂の後尾に食らいつく。

「総帥をやらせはせん！」

四機は互いの後尾に食らいつこうと、海面上低空を輪を描きながら旋回した。

「閣下！」

三番機スタニスラフ少佐がワゴンホイールを描く四機の外側から呼びかける。

「閣下、たった二機の迎撃機など相手にしている時ではありませぬ。ただちに母艦に
戻り第二次攻撃の準備を！」

シュパーッ
総勢八十発のKh35対艦ミサイルは、海面上10メートルを亜音速で連合艦隊へと突っ込んでいった。イワンたちが高度6メートル未満だったのにやや高度が高くなったのは、ミサイルの自動操縦系統には人間のベテランパイロットほどの波頭回避能力がないので、波に衝突するのを避けるためであった。

「ヴァンパイア！　距離30マイル！」

それでも前面投影面積の極めて小さいミサイルが海面すれすれを飛べば、通常艦の対空レーダーでそれを探知するのは不可能に近かった。水平線の上にかろうじて現われたミサイル群を発見できたのは、SPYフェーズドアレイ・レーダーシステムを持つイージス巡洋艦〈新緑〉と戦艦〈大和〉だけだった。もう一隻のイージス艦〈群青〉はネオ・ソビエト編隊が西側からも仕掛けてくる可能性に備えて、艦隊左翼に居続けなくてはならなかった。

「対空ミサイルSM2、全弾発射。フルオート！」

小月恵美がキーボードに指を走らせ、SPY—1Eに〈新緑〉の搭載するすべての迎撃ミサイルをフルオートで発射するように命じた。

カチャカチャッ

「行けっ、ミサイルたち！」

同時に戦艦〈大和〉が主砲九門を右舷《うげん》の水平線に向け、対空三式弾を発射し始めた。

ズドォーンッ
〈大和〉の46センチ主砲から発射された対空弾は、音速の三倍でゆるい放物線を描いて水平線から襲ってくるミサイル群とうまく会合するように飛び、まだ慣性誘導で飛んでいる八十発のKh35の頭上で破裂すると、数万発のゴルフボール大の散弾の雨となってミサイル群の約三分の一を海面にはたきおとした。

ズババババッ
続いて〈新緑〉と〈大和〉から発射されたSM2対空ミサイルが、すこし遅れてKh35群に会合した。SM2は近接信管で次々に爆発して一発または複数のKh35を巻き添えにし、艦隊から15マイルの距離に近づくまでに敵ミサイルのさらに三分の一をたたきおとしたが、まだ二十四発の敵ミサイルが連合艦隊の輪形陣に迫って来ていた。

「各艦、対空防御。CIWS（近接防御機関砲）作動させよ！」

恵美は声をからして艦隊の全艦に通告した。

SM2はさらに撃ち出していたが、〈新緑〉と〈大和〉のランチャーを総動員しても一秒間に一発を送り出すのがやっとだった。しかし残り二十四発は、七秒間で1マイルの距離を詰めてくるのだ。

『UFC1001、発艦用意！　全整備員は大格納庫より待避せよ』

大格納庫には、コントロールセンターで指揮をとる葉狩真一の音声がこだましていた。

「望月中尉」

貝殻のような形に上方へシェルを開いた〈究極戦機〉UFC1001のコマンドモジュールの中に、望月ひとみは白銀のパイロットスーツ姿で乗り込んでいた。『乗り込む』というより『入り込む』と言ったほうが合うかも知れない。全長30メートルの針のような機体の上には羽生恵と白衣姿の魚住渚佐が立って、ひとみに発進前の最後の指示をした。

「望月中尉、今回の初飛行にはインテンション・コマンドモードを使います」

恵が言った。

「えっ、何ですか」

ズドォーン、ズドォーンと〈大和〉が主砲を発射する音が雷鳴のように〈赤城〉の艦内にも轟《とどろ》いていて、ひとみは恵の言葉を聞き返した。

「インテンション・コマンドモードです」

「インテンション・コマンド、ですか？」

窓のない、初期の人工衛星カプセルの操縦席に近いコマンドモジュールのシートに座らされた望月ひとみは不安げに見上げた。恵と渚佐にシェルハッチの外側から立って見下ろされると、なんだか自分が実験動物にされたみたいだった。

「〈意志命令モード〉。思考誘導に近いですが、ずっと実用的です」

渚佐が早口に説明をした。

「あなたの音声を、すでに人工知性体へ登録しました。フライト・プロファイルの大部分を、声で命じれば飛べるはずです」

「声で？　あたしの？」

「そうです。試しに言ってごらんなさい。『アクティベイト・オールシステム』」

「ア、アクティベイト・オールシステム——ですか？」

ピーッ
真っ暗だったコマンドモジュールの正面に、紅い光点が瞬いた。

バヒュウウンッ
フィイイイイ
ひとみの一言に応《こた》えて静かだった〈究極戦機〉が息を吹き返した。全周モニターが作動し、超金属の棺桶に押し込められたと感じていたひとみに３６０度の視界を提供した。

パッ

「わっ――」

コマンドモジュールは急に明るくなり、全周モニターのおかげでまるで空中においた椅子に座っているようだった。同時に貝殻のようなシェルハッチが下がってクローズしていく。

「あ、足の下まで見える――?」

ウィンウィンウィン

「望月さん、詳しくは無線で指示します。行ってらっしゃい」

「気をつけて」

プシュッ

渚佐と恵がハッチ開口部を離れると同時にシェルはクローズし、コマンドモジュールは完全に密閉された。クローズした天井部分までがモニターに変わり、頭上の視界を確保した。まるで天井がないみたいだ。

「飛行甲板開け」

葉狩真一は大格納庫から恵と渚佐が待避するのを確認すると、マイクに命じた。真一の指令を実行したのはＵＦＣコントロールセンターの支援管制システムで、母艦

〈赤城〉の飛行甲板中央ハッチをオープンさせるシークエンスを実行し、同時に〈究極戦機〉を鎮座している船台ごと油圧エレベーターで甲板レベルへ上昇させ始めた。

「油圧エレベーター上昇開始。〈究極戦機〉、飛行甲板へ」

ゴロンゴロン
最大戦速で疾走する空母〈赤城〉の全長２５０メートルの飛行甲板の中央部に、前後30メートル、左右15メートルの長方形の巨大なエレベーター開口部が油圧アクチュエーターの力でゆっくりと開き始めた。
ゴロンゴロンゴロン

「何も知らないでいきなり乗っても大丈夫って――ちっとも大丈夫そうじゃないわ」

モニターの正面を、〈赤城〉大格納庫の内壁が下に向かって滑っていく。赤いランプの点灯した足場、構造材、クレーンなどが足の下に見える。〈究極戦機〉の機体は、エレベーターに載せられて甲板へ押し上げられていくのだ。

『望月中尉。操縦系を設定します。口頭で命じてください。「インテンション・コマンド」』

ＵＦＣコントロールセンターに戻ったらしい魚住渚佐が呼びかけてきた。

ひとみはヘルメットも酸素マスクもしていなかった。インカムマイクさえつけていないのにどうやって通信ができるのかわからなかった。

「インテンション・コマンド、ですか？」

ピッ

ひとみのその声を拾って、コマンドモジュールが反応し正面モニターに、

▼ＩＮＴＥＮＴＩＯＮ　ＣＭＮＤ：ＥＮＧＡＧＥＤ（意志命令モード：起動）

という紅い地球文字のメッセージを表示した。

『こちらでも確認しました。ただ今操縦系は意志命令《インテンション・コマンド》モードにセット。これより〈究極戦機《ＵＦＣ》〉は望月中尉の声とイメージに反応して機動します』

「声とイメージ？」

『行いたい機動を強くイメージしながら声で命じるのです。そのコマンドモジュールは、全体があなたと人工知性体とのコミュニケーション・デバイスとなっています。あなたの意志はインターフェイス・ユニットを介して人工知性体に伝えられ、人工知性体はあなたの望みどおりにＵＦＣを動かしてくれます』

「わけがわからないわ」

『やってみればわかります。もちろん、手動操縦装置《マニュアルコントロール》でインテンション・コマンドをオーバーライドすることはいつでも可能です』

「手動操縦？」

『スティックはあなたの両側コンソールに。あなたの両足をホールドしているフットホルダーも、Gキャンセラと姿勢の制御に使います。操作法は愛月中尉に聞くのが一番いいわ。これは彼女の設計だから』

意志命令モード……手動操縦法……

ひとみは操縦席を見まわした。たしかにシートのひじ掛けの突端に、左右一本ずつの操縦桿らしきものがついている。右のスティックがフライトコントロールで、左のレバーがパワー・コントロールだろうか。戦闘機課程をT４中等練習機までこなしていたひとみにはなんとなく想像がついたが、他に計器らしきものは一切なかった。

「飛行計器は――」

つぶやくと、コマンドモジュールがそれを聞いていたかのように、全周ディスプレーの正面に戦闘機のヘッドアップ・ディスプレーとたいして変わらない形式の飛行パラメータ・ディスプレーがパッと現われた。速度０、加速度１G、高度20フィート。

「高度表示は、海面からの高さかしら……」

ひとみは、何ひとつ知らなかった。この〈究極戦機〉の存在すら、噂《うわさ》には聞いていたものの本物を見たのはついさっきなのだ。

「エンジン出力の表示は……？」

するとモニター左側に四角いウインドーが開き、核融合炉の出力が棒グラフで表示され始めた。上に伸びる四本の棒グラフはまだ2センチほどの高さで、かすかに伸び縮みしながら安定して、グリーンに輝いている。

続いて、

▼G　CNLR：READY（Gキャンセラ：用意よし）
▼IMPLS　DRIVE：READY（インパルスドライブ：用意よし）

二行のメッセージが、モニター右側に表示されて点滅し、すぐに消えた。動力機関のセルフチェックが完了したのである。しかしひとみには、何のことなのかさっぱりわからなかった。

（こんなんで本当に大丈夫なのかしら……）

その時、〈赤城〉の艦内に非常警報が鳴り響いた。

ヴィイイイッ

ヴィイイイイッ

『ミサイルが接近！　ミサイルが接近！　全防水隔壁閉鎖、甲板要員は至急艦内へ！』

シュパーッ

〈新緑〉と〈大和〉の総力を挙げた迎撃でも、まだ七発のＫｈ35が生き残っていた。最新鋭の対艦ミサイルは、弾頭のコンピュータに長さ２００メートル以上の大型艦を優先的に狙《ねら》うようプログラムされていて、全弾が輪形陣の外縁にいたイージス艦〈新緑〉をホップアップして飛び越した。

「うわーっ」

目の前を擦り抜けるミサイルに、〈新緑〉艦橋の矢永瀬と大田がのけぞった。

「なっ、何をやってる撃ちおとせっ」

〈新緑〉の左舷ＣＩＷＳが飛び越していくミサイルの一発を捕捉《ほそく》するのに成功し撃破した。しかし六発が輪形陣の内側へ突入した。

「葉狩！　お前のほうへ行ったぞっ」

「面舵15度、全速！　この〈大和〉を〈赤城〉の盾とするのだっ」

第一艦橋で森艦長が叫び、〈大和〉は改修で強力になったガスタービンエンジンを全開して加速した。

ずざざざっ

7万トンの戦艦は〈赤城〉とミサイル群の間に割って入ろうとしたが、しかし六発全部を自艦へ引きつけることはできなかった。

シュパッ

シュパッ

ミサイルが最終ホップアップに入った。六発のうち四発が〈大和〉、残る二発が〈赤城〉をレーダー弾頭シーカーヘッドに捉えてロックオンした。

ヴォオオオオッ

〈大和〉の右舷対空高角砲、四基ある20ミリCIWSが煙を噴き出しながら猛烈に集中砲火を加え、〈大和〉に引き寄せた四発は斜め突入弾道の途中ですべて撃破された。

ドカン

ドカンッ

「やったかっ」

しかし、

「だめだ、〈赤城〉へ二発行くぞ!」

「〈赤城〉、〈赤城〉、二発突入する! 転舵せよ! 転舵せよ!」

〈大和〉の通信士官が狂ったように叫んだ。

〈大和〉の左舷500メートルを進む空母〈赤城〉は、飛行甲板下のCIWSを撃ちまくりながら左へ急速転舵する。艦首が白波を切る。

「だめだ、当たるぞっ」


ドカーンッ！

「きゃーっ」

〈究極戦機〉の中にいたひとみには、何が起きたのかわからなかった。猛烈な衝撃が襲い、ひとみはコマンドモジュールのシートでもんどりうった。

続いてもう一発。

ドカーンッ！

「きゃああっ」

がくん
〈究極戦機〉の機体を上方へ押しあげる動きが止まった。油圧エレベーターがダウンしたのだ。

「な、何が起きたんですかっ？」

全周モニターが急に暗くなった。〈究極戦機〉のシステムが故障したのではない。

〈赤城〉艦内の照明がおちたのだ。

「魚住さんっ」

大声で問いかけるが、渚佐の声は沈黙してしまった。

「UFCコントロールセンター、何が起きたんですか！　ミサイルですかっ？」

ぐらっ
〈究極戦機〉の機体が、台座ごと傾いた。

「ど、どうなってるの——？」

〈赤城〉が被弾したことは間違いなかった。

（まずい——もしかしたらこの空母は沈むわ！）

〈究極戦機〉は、台座に載せられたまま甲板へ上がる垂直坑の途中に停止していた。どうするんだ、エレベーターは止まってしまった。外と連絡も取れない。

「やだ」

ひとみはコマンドモジュールを見回し、全周モニターの天井を見上げて愕然《がくぜん》とした。

（あたし——このマシンから降りる方法、知らないんだわ！）

有理砂
三宅島南方洋上

「当たれーっ」

渾身《こんしん》の気合いとともに、わたしは20ミリ機関砲の発射トリガーを引き絞った。

ヴォッ
機首で、真っ赤な発射焔がひらめいた。ヘッドアップ・ディスプレーの真ん中には み出すように浮いているスホーイ27のテイルノズルに、五十発の機関砲弾が赤い鎖の ように呑み込まれ、そして——

「——なにっ」

真っ赤に灼けた20ミリ弾が吸い込まれる直前、フランカーはふわりと浮き上がって わたしの射撃をやり過ごした。

「こいつ後ろに目があるのかっ？」

わたしの発射した20ミリ弾の射線は紋章をつけたフランカーのいた空間を通過し、 その前方で急旋回で逃げまわっている美月のシーハリアーを危うくかすめそうになった。

「有理砂ーっ、なにやってるっ」

「文句言うなら自分で振りきりなさいっ」

「冷たい女だなっ」

「あたしもう弾がないのよっ」

わたしは海面すれすれを紋章付きフランカーを追尾して急旋回しながら、コンソール左側の兵装ディスプレーをちらりと見る。機関砲、残弾ゼロ。最後の五十発を今撃ち尽くしたのだ。

ブワッ
頭のすぐ上を、真っ赤に灼けたアイスキャンディーが列をなして擦過する。

「くっ！」

わたしの真後ろに食いついているもう一機のフランカーだ。こいつもしつこい。さっきから四機で海面すれすれをぐるぐるぐるぐる、たがいのしっぽに食いつこうと旋回し続けている。おかげで下手に撃つと仲間に当たるから他のスホーイは仕掛けてこられないが、下向きにかかるGでわたしはバストが垂れてしまいそうだ。

「しつこいぞお前らっ、攻撃が済んだらさっさと帰れっ」

ピーッ

「はっ」

燃料警告ランプが点いた。

「しまった！」

なんてことだ、主翼内タンクだけで飛び出して来て低空で空戦をしたから、あっという間にガス欠になってしまったのだ。

「美月、燃料！」

「あたしもだ有理砂、あと五分もたない」

「あたしはもう無いわ！　一機道連れにするからうまくお逃げ」

「なんだとっ」

わたしは操縦桿を中立へ戻して旋回の輪から離脱した。

キュインッ
機動でタンク内の燃料が片寄ったのか、左のエンジンがフレームアウト（燃焼停止）した。フッと推力が減って機首が下がり、同時に機体が左へ偏向しようとする。右のエンジンだけで機体を押しているからだ。わたしは右ラダーを踏み込む。だめだ、右エンジンも止まりかけている。

ブワワッ
高度の低下するわたしのホーネットのすぐ頭上を機関砲弾が通過する。フレームアウトのおかげで当たらずに済んだのだ。

「ついて来い、しつこい奴！　あたししつこい男は嫌いなのよっ」

わたしは両のエンジンをカットすると、いきなり機首を引き起こした。推力が無い。ホーネットは高度はそのままに、機首だけ天に向かって立てながらたちまち失速に入った。

「脱出！」

わたしは両手をまたの間に突っ込んで脱出レバーを思いっきり引いた。

バシュウッ
キャノピーを跳ね飛ばしたコクピットからわたしが上方へ打ち出されるのと同時に、わたしを追尾してきたフランカーは突然障害物と化したホーネットの機体を避け切れず、海面に突っ込んだ。

ザバーンッ
「ざまあ見ろっ」

パラシュートのストラップを両手でつかみながら、わたしは水しぶきを上げるフランカーに怒鳴った。

キィイイイン――

紋章付きのフランカーを後ろにひっつけた美月のハリアーは、たちまち遠ざかって見えなくなった。

　じゃぼん
　プシューッ
　わたしは射出座席ごと着水すると、自動的に膨張した一人乗り救命ボートに飛び乗り、救命無線機をサバイバル・キットから取り出した。海面に放り込むと、救難信号の自動送信が始まる。艦隊が無事なら、どこかの艦艇のヘリが拾いに来てくれるだろう。

「やれやれ……」

　わたしは飛行服の膝を抱えて一人乗りボートにうずくまった。三宅島の南とはいえ、一月の海だ。風がけっこう冷たい。もうすぐ日も暮れる。

　と、

「煙だ──」

　わたしは、夕陽の沈む西の水平線に、一条の黒煙が上がっているのを見つけた。

「──まさか、〈赤城〉が……」

　対艦ミサイルの大群に襲来されて、被害が出たのだろうか。思わず小さなゴムボートの上に立ち上がって水平線を見ていると、

「おい、姉ちゃん」

わたしの足元で誰かが言った。

「おい姉ちゃん、俺も乗せてくれないか」

「えっ？」

びっくりして見下ろすと、見慣れない飛行服を着た長髪の男が泳いできて、わたしの救命ボートの縁につかまった。

「乗ってもいいか？」

「あ、あんた誰よ――？」

「申し遅れた。ネオ・ソビエト空軍大尉、ピョートル・ラフマニノフ」

着水したスホーイのパイロットらしい。長髪のロシア人はでかい手でわたしのボートの縁をつかむと、じゃばじゃばっとしぶきを上げながらはい上がってきた。

「ちょっとっ、乗っていいなんて言ってないわよ！」

「下は寒いんだよ」

「嫌よ、乗らないでよ！」

わたしは、一人がうずくまれるくらいしかスペースのない救命ボートの上でのけぞった。

「どうして敵にボートに上がりこまれなきゃならないのよ！　あんたなんか乗せてや

る義理はないわ」

「俺たちは任務を全うしただけだ。おたがい憎くて戦ったんじゃないだろう？　戦いが済んでまで争うのはよそうぜ」

「冗談じゃないわ」

なんてずうずうしい、このロシア男！

おまけにロシア男は、恐ろしくでかかった。190センチ近くあるだろう。

「きゃあ、寄らないで」

「そう言うな」

ピョートルと名乗ったロシア男は、長髪をかき上げた。幅広のシューティング・グラスで顔を覆っていて目は見えなかった。

「俺のスホーイには、洋上サバイバル・キットがついてないんだ。もとモスクワ首都防空戦隊所属の機体だったんでな」

「だからって人のボートに」

「冬の海だ。泳いでいたら一時間ともたん。見殺しにする気か」

「あきれたわ、人の艦隊を攻撃しに来るんなら死ぬ覚悟で来なさい。死ぬ覚悟で」

「任務完遂のためなら命は惜しくないが、脱出した後で死んでも何にもならん。いやぁ、F18のパイロットがきれいな姉ちゃんで良かった。むさ苦しい男と抱き合って漂流はごめんだからな」

　ロシア男は勝手なことをぬかした。ごめんなのはこっちだ！

　ぐいっ
「きゃあ何するのよっ」

「もうじき日も暮れる。こうして抱き合っていないと凍えるぞ」

「勝手なこと言わないでよっ」

「俺のスホーイにぶつけたのは君だろ、君にも責任あるぞ姉ちゃん」

　ピョートル・ラフマニノフはわたしの身体をぐわしっ、と抱き寄せた。あたまに来て蹴《け》飛ばそうとするが、すごい力だ。

「こうやって助け合おう。着水したのだから、まず助かることが先決だ」

「嫌よ。あんたたちのせいであたしの艦隊が――」

　するとシューティング・グラスのロシア男は水平線に目を上げて、

「二十機のフランカーから総勢八十発のＫｈ35を発射したんだ。いくら連合艦隊でも防ぎ切れまい」

「あんたたち許せないわ！　怪獣を倒せるただ一つの手段を運んでいたのよ。ちょっと降りなさいよっ」

「それはおいといて、救援が来るまでは助け合って過ごそう」

「嫌よ」

「アリサ」

「え？」

「この胸のネームはアリサと読むのだろう？　君は東日本に連れて行ったら〈ミス・ネオ・ソビエト〉になれるな。すごくきれいだ」

「こんなところで何言ってるのよ」

「仲良くしようぜ」

「嫌よ」

三宅島南方洋上
連合艦隊

「〈赤城〉の艦橋が応答しません！」

「呼び続けろ」

「はっ」

空母〈赤城〉に並走する戦艦〈大和〉の艦橋では、黒煙を上げる被弾した航空母艦を全士官が双眼鏡で眺めていた。

「艦長、やはり直撃弾一発、至近弾が一発です。〈赤城〉のCIWSではミサイルを一発しか撃墜できず、一発を右舷の飛行甲板下に食らった模様です」

「浸水はどうか」

「わかりません」

〈大和〉艦橋から見る〈赤城〉は、右舷の飛行甲板の下から黒い煙をもくもくと噴き出しながらわずかに右に傾いて航行していた。艦橋からの応答はなかった。至近弾爆発のときに艦橋に被害を受けたのかも知れない。

「火災を早く消させなくては」

　森はうなった。

「あの黒煙では敵に『我々はここです』と言っているようなものだ。敵の第二次攻撃が来たら的にされるぞ」

「艦長、さらに悪いしらせです」

「何だ」

「イージス艦〈新緑〉もわが〈大和〉も、対空ミサイルＳＭ２をほとんど撃ち尽くしました。今度ミサイルの第二波が来たら防ぎ切れません」

「もう一隻のイージス艦〈群青〉を右翼に回そう。ただちに艦隊組み替えの指示を出せ」

「はっ」

旗艦〈大和〉からの指示により、ただちにミサイルを撃ち尽くした〈新緑〉が艦隊の左翼へ回り、左翼にいた無傷の〈群青〉がネオ・ソビエト編隊の襲ってきた方角である右翼の位置についた。

「敵艦隊の位置は、判明しないのか。スホーイ27の航続性能からして、ネオ・ソビエトの空母が近くにいることは確実だ」

連合艦隊からの要請により、偵察衛星、陸上基地からの哨戒機《しょうかいき》が総動員されてネオ・ソビエト艦隊を捜していたが、『銚子沖の低気圧の雲の下にいるらしい』という推測しか報告されなかった。分厚い雨雲の帯は、格好の煙幕となっているのだ。

「敵艦隊の位置さえわかれば、トマホークで叩《たた》きつぶしてしまえるものを！」

「艦長、〈大和〉単艦でも銚子沖へ向かい、敵を捜索、撃滅させましょう」

「そうしたいのは山々だ。しかし我々の任務は、あくまで〈赤城〉を護衛し東京湾へ急行することだ。道草はできん」

「艦長！」

見張員が報告してきた。

「〈赤城〉の速度がおちます！　機関が停止した模様」

「ううっ」

〈赤城〉の艦橋では、ミサイルが至近距離で爆発したときに床になぎ倒された押川艦長以下幹部士官たちが、ようやく頭を振りながら起き上がっていた。

「か、艦の被害はどうなっている？　いや、それよりも負傷者は？」

押川艦長は、艦長席のリクライニングシートのひじ掛けにつかまりながら、床から身を起こした。艦長席には大きなミサイルの破片が突き刺さっていた。爆風でシートから投げ出されなかったら助からなかっただろう。

「艦長、〈究極戦機〉大格納庫に火災発生。燃え広がっています」

「消火作業急げ」

その艦橋へ、ぼろぼろになった白衣で片足を引きずりながら葉狩真一が上がってきた。

「か、艦長」

「おお。無事でしたか博士」

「艦長、大格納庫の火災を早く消してください。〈究極戦機〉の支援管制システムをやられたら地球はおしまいです」

「急がせます。〈究極戦機〉は？」

「飛行甲板に出るエレベーターの垂直坑の中で停止しています。なんとか甲板のエレベーター開口部をオープンさせてください」

「わかりました」

艦長が必要な指示を出す間、すすで頬を真っ黒にした真一は、防弾ガラスの砕け散った〈赤城〉航海艦橋から外の様子を見渡した。

「艦長」

真一は、艦隊の右翼を護る位置に着いたイージス艦〈群青〉を指さした。

「あれは、〈群青〉ですか？〈新緑〉ではないですね」

「ふむ」

押川も右翼方向を見る。

「たしかに、〈群青〉です。〈新緑〉が対空ミサイルを撃ち尽くしたので位置を替わったのでしょう」

「危険です！」

真一は沈む夕日を浴びた巡洋艦〈群青〉を指さして叫んだ。

「艦長、〈群青〉をミサイルにさらすのはやめさせてください！」

「なぜです」

「あの艦には、ひどく〈危険なもの〉が積まれているのです。〈群青〉が攻撃を受け被弾などしたら、怪獣どころの騒ぎではなくなります」

「なんですと?」

聞き返す押川に、真一はメガネを光らせて言った。

「いいですか艦長、〈レヴァイアサン〉は、上手に殺さないと水爆になります。たとえ〈究極戦機〉があっても攻撃の仕方を間違えばあの怪獣の腹の中の生体核融合炉は核融合爆発を引き起こし、関東平野は関東湾になってしまう。それをさせないための手段を——秘密兵器と言ってもいい、それを〈群青〉艦内の研究施設で厳重に密封し、輸送中なのです!」


「あまりいい気分じゃないな」

イージス巡洋艦〈群青〉の艦橋で、立風光邦艦長(29)はつぶやいた。

〈群青〉は〈新緑〉と位置を交代し、艦隊右翼の防空任務についたところだった。

「敵艦隊は幅広い前線の雲の下、我々は晴天の下に丸裸と来ている。いつ第二波がやってくるか——」

立風はネオ・ソビエト編隊が襲ってきた東の水平線をざっと見渡してから、艦の左手に動力を止めて漂流し始めた空母〈赤城〉へ双眼鏡を向けた。

（——渚佐は無事か……？）

立風は、艦橋に立つ部下たちに自分が必要以上に〈赤城〉を眺めているのを気どられないよう、また東の水平線に双眼鏡を向け直した。

（渚佐は、〈赤城〉艦内のＵＦＣコントロールセンターにいるはずだ——最も堅固に護られた場所だから、死んではいないはずだ……）

イージス巡洋艦〈群青〉の艦長・立風光邦中佐は、〈新緑〉の矢永瀬慎二と同じく一般大学出身の士官で、しかも矢永瀬よりもまだ若かった。二十九歳で中佐で巡洋艦の艦長というのは帝国海軍でも異例中の異例である。矢永瀬と立風は、峰中将の『イージス艦の艦長には若くて頭の柔らかい士官を』という求めに応じて、本来ならフリゲート艦の副長あたりが相応なところを選ばれ抜擢《ばってき》された優秀な若者だったが、二人とも若いうえに防衛大出身でないことから古参士官のオヤジたちにいじめられていた。艦橋で何か間違いをしたり、ちょっとでも隙《すき》を見せるとすぐに年上の副長や航海長から「おやおやそれでは一人前の船乗りとは言えませんよ」と揚げ足を取られるのである。

（——ったく、親父が海軍の艦政本部長でなかったら、俺は今ごろ広告代理店に就職して、アイドルの女の子を使ってＴＶコマーシャルを作っていたのに！）

立風は慶応大学の法学部出身だった。色白の二枚目で、慶応幼稚舎に入ったころから女の子にはもてた。大学在学中は親に買ってもらったＢＭＷを乗り回し、オールシーズンスポーツクラブと称して他校の女子大生を集めてお遊びサークルを作り、毎日女の子と遊び回っていたのだった。就職も、某大手広告代理店に内定をもらっていた。そのまま行けば、立派なマスコミ業界人としてふしだらな人生を歩めるはずだったのである。ところが——

（何が『立風家の長男は代々帝国海軍士官にならなければならない』だよ！　俺は巡洋艦勤務なんか向いていないんだ！）

当時帝国海軍艦政本部長だった立風の父が、国防総省事務次官へ昇進するために、『立風家は代々、こんなに海軍に尽くしています』というアピールをしようと長男の光邦を無理やり海軍士官候補生にしたのである。イージス艦の艦長になるときも、矢永瀬は純然たる成績で決まったが、立風の場合は親のコネで艦長になったと噂されていた。

（ああ、ミポリンでＣＦを作りたかったなあ。妹の忍も捨て難いけど——）

歌手で女優の水無月美帆を起用して風邪薬のコマーシャルを制作するのが立風の夢だった。それができない今となっては、せめてガールフレンドを作って遊びたいのだが海の男の艦隊勤務ではそれもままならない。毎日が対空防御演習、対潜索敵演習のくり返しである。もともと優秀なので一応任務はこなしてきたが、まわりじゅう男だらけではつまらなくて仕方がない。

そんな立風に、二か月前ふってわいた科学調査協力の任務は絶好の息ぬきだった。『核融合開発の専門家を乗せ、〈ボトム粒子検出管〉という土管みたいなものを曳航し、小笠原海域をただ走り回れ』というのが木谷首相からのじきじきの命令であった。しかもその核融合の学者というのが、とびきりの美人と来ていた。立風が艦長の権限を利用し、〈群青〉艦内に臨時に造られた研究施設で働く魚住渚佐のところへ入り浸るようになったのは、ごく当然のことであった。魚住渚佐は亡くなった京都帝国大学の魚住教授という学者の一人娘で、父の研究を継いで触媒粒子を使った常温核融合の開発をしているらしいということも、立風が渚佐の口から直接聞き出したことだった。

（あの球体が、落ちてこなければなあ――）

しかし父島海域に〈黒い球体〉が落下し、今回の一連の事件が始まると、巡洋艦〈群青〉はたまたま近くにいたために球体の調査に駆り出され、おまけに父島沖を漂流していた東日本の巡洋艦〈明るい農村〉に調査のため接舷したときには、気色悪いナメクジ芋虫数十頭を相手に火炎放射器で戦わなくてはならなかった。〈明るい農村〉は、二名の生存者を救助した後、艦内を埋め尽くしていたナメクジ芋虫の大群ごとミサイルで撃沈して沈めた。

（あ～あ。神経が参るよなあ……渚佐に会いたいなあ……）

　ここ一か月、なかなか男を相手にしようとしない魚住渚佐を口説くのが生きがいだった立風は、ため息をついた。ミサイルの第二波がいつ来るかわからない艦隊右翼のイージス艦の艦橋でそんなことを考えているのだから、たしかに立風は艦長には向いていないのかも知れなかった。


「艦長」

　通信士官が呼んだ。

「〈赤城〉の葉狩博士から呼び出しです」

「うん」

　立風は無線電話を取った。

「葉狩博士、ご無事でしたか」

　渚佐も無事ですか、と聞きたかったが立場上聞けなかった。葉狩が無事なら、たぶん渚佐も大丈夫だろう。

『立風艦長』

〈赤城〉の艦橋からコールしてきた葉狩真一は、急いだ口調で単刀直入に言った。

『〈群青〉の艦内研究施設は、僕の指示したとおり密封されていますね?』

「はい博士。気密ロックがかかって、博士に言われたとおり誰も立ち入っていません。内部の自動プラントは、動き続けているようですが——」

魚住渚佐が核融合の研究に使っていた〈群青〉艦内の放射線遮蔽《しゃへい》研究区画は、そのまま〈レヴァイアサン〉を倒すための研究に使われていた。葉狩真一の手によって〈明るい農村〉で捕獲したナメクジ芋虫――〈レヴァイアサン〉の捕食体が解剖され、その細胞組織が分子レベルまで分解されて解析され、採取された遺伝子が真一の設計した自動プラントに入れられて、ある特殊な方法で培養を受けていたのだった。

『よろしい。これから僕がそちらへ行きます。自動プラントの内部で、培養していた新兵器がわずかな量だができ上がりつつあるはずです。でき上がった分だけでも〈大和〉に移します。ヘリで行きますから〈群青〉の飛行甲板を空けてください』

「わ、わかりました」

電話を切った立風は、文系だったので、理系の最たるものである分子生物工学者がやることとは、よくわからなかった。真一が仏舎利島を出る前に立風に言った注意は、『研究施設の自動プラントにはプルトニウムよりも人体に危険なものが製造されつつあるので絶対に中に入ってはいけない』ということだけだった。放射線遮蔽研究区画という、熱も光も細菌も絶対に通さない研究ブロックで、あのナメクジ芋虫の細胞組織を使っていったい何が造られているのか、立風には想像もできなかった。

「おい、飛行甲板受け入れ準備だ。〈赤城〉から博士が来る」

立風は振り返って命じた。

だがその時、

「艦長、大変です！」

艦内インターフォンでCICの迎撃管制士官が呼んで来た。

「水平線上にミサイル！　SSN19、竿になって多数飛来！　敵の第二波ミサイルです。ヴァンパイア！　ヴァンパイア！」

銚子沖

ミサイル巡洋艦〈キーロフ〉

ミサイル巡洋艦〈キーロフ〉は単艦前線の雲の下から出て、連合艦隊に超水平線レーダーの届く圏外ぎりぎりまで接近していた。いくら雲の下に隠れていてもこんなに派手に攻撃したのではいずれネオ・ソビエト艦隊は発見されてしまう。イワンたちの飛行隊が第二次攻撃のための補給を行う間、西日本側の目を空母〈A・クズネツォフ〉からそらして自艦に向けさせるのが〈キーロフ〉の狙いだった。

シュバッ

〈キーロフ〉艦首のVLS（垂直発射システム）から白煙を引いて、SSN19対艦ミサイルが二秒間に一発の発射速度で撃ち出されていく。連合艦隊の位置は、先の航空奇襲攻撃によりかなり正確に特定できていた。

シュババッ

「艦長、西日本のE3Jに探知されました。陸上基地から攻撃機が来ます」

艦橋に後部CICから警報が入った。西日本空軍の早期警戒機に発見されたのだ。前線の分厚い雲がレーダー電波をすべて反射してくれていたさっきまでとは状況が違う。〈キーロフ〉には航空支援もなく、丸裸だった。

「かまわぬ。閣下の作戦を成功させるための捨て石だ。我々はあくまでここにとどまり、ミサイルを撃ち尽くすまで連合艦隊を攻撃する！」

〈キーロフ〉の対空レーダーに、房総半島を越えてやって来る西日本空軍機が映り始めた。ストライク・イーグルではない。旧式の三菱F1だ。

「F1、四機編隊を二つ確認。こちらをエイミング（照準）されました」

「対空ミサイルを撃て！　敵機が超低空へ降下する前に発射するのだ」

それは命令されるまでもない常識だった。CICでは艦首のVLSから引き続き連合艦隊へ対艦ミサイルを発射し続けるのと並行して、舷側のランチャーからSAN8対空ミサイルの発射を始めた。ほとんど同時にレーダー上のF1編隊は超低空へ降下して、レーダー画面から消えてしまった。西日本のパイロットは東日本への〈レヴァイアサン〉出張攻撃でかなり消耗しているはずだったが、標準的な技量レベルがやはり高いのだ。レーダーに映る高度まで一機も上がってこない。

キィイイイン！

八機の三菱F1は、海面上5メートルの高度を正確に保ちながら、ネオ・ソビエトのミサイル巡洋艦へ27マイルの距離まで辛抱強く進んだ。ネオ・ソビエトのKh35に比べて、F1の携行するASM1対艦ミサイルは三分の一の射程距離しかない。おまけにF1は、各機それぞれ二発ずつしかASM1を携行できなかった。

「旧式はつれえなあ」

先頭を行く隊長機のコクピットで若い編隊長がつぶやいた。彼らは実はまだT4中等練習機操縦課程で養成訓練中の航空学生で、この怪獣騒ぎが起きてから急きょF1のシミュレーター訓練を受けさせられて実戦配備された新米たちだった。ウイングマークを胸につけて間もない若い航空学生たちは、海面上5メートル以下を保たないと迎撃されて命がないという出撃前ブリーフィングをかたくなに信じて、必死で超低空飛行を続けていた。おかげで〈キーロフ〉の放ったSAN8グレムリン対空ミサイルはF1編隊をセミアクティブ・レーダー照準につかまえることができず、頭上をむなしくすれ違っていった。

「発射ポイントだ。全機発射せよ！」

シュバッ
シュバーッ
「全機発射。全機発射」

「ようし、ずらかれ」

八機のF1は、両翼下のASM1二発を次々にリリースすると、超低空を保ったまま急旋回して〈キーロフ〉の30マイル圏内から離脱していった。航空学生といってもT4まで上がって来た戦闘機操縦課程の連中はみな優秀だった。格闘戦の経験がないだけで、操縦技量は十分だったから初めての対艦攻撃をちゃんとやりとげた。

「ミサイルが来ます！」

〈キーロフ〉はただちに回避運動に入り、SAN8を迫って来るミサイルに向けさらに発射すると、見張員を艦内へ待避させてADGM630近接防御機関砲を自動迎撃モードにセットした。

シュパーッ！

ASM1十六発は一発の脱落もなく、全弾が〈キーロフ〉をレーダー弾頭シーカーヘッドに捉えてロックオンした。〈キーロフ〉は、巡洋艦といっても2万5000トンの排水量を誇る戦艦クラスの大型戦闘艦だった。
ウィイイン——
〈キーロフ〉両舷のＡＤＧＭ６３０近接防御機関砲は、レーダー連動でホップアップに入るＡＳＭ1を追尾すると、23ミリの砲身六本を回転させて撃ちまくり始めた。
ヴォオオオッ
二発のＡＳＭ1が23ミリ機関砲弾につかまり撃破されたが、自動射撃管制レーダーが次の標的となるミサイルを選択する前に、残りの十四発が突入して来た。
ヴォオオオオッ
ただ一隻に対してこれほど多数のミサイルが襲って来ることを旧ソ連の軍艦設計局は考慮に入れていなかった。ＡＤＧＭ６３０近接防御システムはさらにＡＳＭ１二発の撃破に成功したが、あとは時間切れだった。
シュパッ
ＡＳＭ1の最初の一発が、〈キーロフ〉の排気塔を兼ねた中央マストに突っ込み、続いてもう一発がその後ろの電子戦艦橋へ突っ込んで電子装備の詰まったデッキを乗員ごと吹き飛ばすと、床を突き抜けて下の層で爆発した。
ドカーンッ
さらに上部構造に三発、甲板と艦腹に五発が次々と着弾した。

ドカンッ
ドカーンッ
「う、うわぁーっ！」
「ネ、ネオ・ソビエト万歳！」
「総帥万歳！」
整備のよいASM1は一発の不発弾もなく、250キログラムの炸薬《さくやく》に点火すると次々に大爆発を起こし、〈キーロフ〉は上部構造を根こそぎ吹き飛ばされ、半分に折れてたちまち沈没していった。

三宅島南方洋上
連合艦隊

「ヴァンパイア！　ヴァンパイア！」
だが〈キーロフ〉は、F1編隊に撃沈されるまでに合計三十四発のSSN19大型対艦ミサイルを発射し終えていた。SSN19は水平線を越え、超低空を亜音速で襲来した。ターボジェット推進のミサイルは射程が長い代わりに、亜音速しか出ないのでロケット推進のミサイルよりも命中するまで三倍も時間がかかるのだった。

「ヴァンパイア！　ＳＳＮ19です！　三十発以上来ます！」

〈群青〉ＣＩＣから迎撃管制士官が叫び、立風の命令でただちにミサイル迎撃が始まった。

しかし、

「立風艦長、葉狩博士のヘリが〈赤城〉を発艦してこちらへ来ます」

「危険だぞ。戻らせろ」

何を考えているのか、葉狩真一を乗せた白いＳＨ60Ｊ対潜ヘリコプターは、機関が停止して波間に浮かんでいる空母〈赤城〉から発艦すると、艦隊最右翼位置でミサイル迎撃態勢に入る〈群青〉目指して飛んで来るのだ。

「かまっていられるか。回頭方位０９０。面舵！」

「はっ。回頭０９０、面舵！」

〈群青〉は停止した〈赤城〉を背後に護るように、飛来するミサイル群に艦首を向ける。

「ＳＳＮ19群、距離25マイル。到達まで三分十秒！」

「ふん、長距離ミサイルは省エネで飛ぶから旅客機並みの鈍速だ。ＣＩＣ、時間は充分あるぞ落ち着いて撃ち落とせ！」

立風は、ＣＩＣの自分よりも若い電子戦士官たちを励ますつもりで怒鳴った。

（ふん。一応半年も艦長をしていると、いつの間にか艦長らしい物言いができるようになるものだな──）

立風は自分自身に感心した。ミサイル到達まで三分、〈群青〉のＳＭ2は一分間に三十発発射できるから、充分に遠方で敵ミサイル群を撃破できる勘定だ。

だが、

ドドーンッ！

ドカーンッ！

次の瞬間、〈群青〉は右舷にものすごい衝撃を食らって横ざまにローリングした。

「うわーっ」

手近の物につかまれなかった乗員が、床へ倒れて転ぶ。

「どっ、どうしたっ！」

「艦長、魚雷です！」

「何っ！」

「右舷に魚雷を受けましたっ。二発ですっ！」

「何だとっ？」

魚雷？

「右舷より浸水！　右舷より浸水！」

巡洋艦〈群青〉は、何者かより右舷に突然雷撃を受けて浸水し、東へ回頭する運動を中止して傾き始めた。

ズザザザ――

「ばかなっ、敵の潜水艦でもいるというのかっ！」


〈赤城〉に合わせて全艦停止した連合艦隊の水面下15メートル。

「やりました！」

東日本海軍のタンゴ級攻撃型潜水艦〈燃える団結〉は、もう一か月以上もその海域にとどまって、昼は潜り夜は海上を航走充電しながら敵艦を捜す生活を続けていた。この東日本潜水艦は、一か月前の山多田大三の『世界解放の時が来た。手始めに西日本だ！』という〈西日本解放の号令〉をまだ信じており、東西日本の武力紛争が東日本の怪獣による壊滅によって終結し停戦命令が電波で届いても、同乗していた政治士官が「こんなものは西の謀略だ」と破り捨てて相手にしなかったため、いまだに自分たちは西日本と戦争をしているつもりなのだった。

「やったやった」

上半身はだかの艦長が、制帽のひさしを後ろへ回して小躍りして喜んだ。

（う、嬉しい、これで国へ帰れるぞ！）

　戦果を上げるまでは帰国は許さんと言う政治士官のために、小さな旧式の〈燃える団結〉はもう三十五日間も三交替制の戦闘警戒行動を続けていたのだった。もはや食糧庫のにんじんも干からびて、乗員たちの口にするのはスルメと乾燥イモだけになっていた。艦長以下全乗組員が、戦争なんかどうでもいいから一日も早く国に帰りたくてたまらなくなっていた。

「やったぞイージス巡洋艦に魚雷命中だ！」

「こ、これで国へ帰れるぞ！」

「う、嬉しいよう」

　政治士官以外の発令所の全員が、小躍りして喜んだ。

　だが艦長に替わって潜望鏡をのぞいた黒い詰め襟の政治士官は、頭を振った。

「だめだ」

　発令所の全員が、小躍りしたポーズのまま凍りついた。

「あそこに、敵空母がいる。本艦はこれより敵空母を雷撃して撃沈し、山多田先生に大戦果をご報告するのだ」

「え――」

　艦長のこめかみから、冷や汗が一筋、たらりと流れた。

「――やっぱり、空母も攻撃しなくちゃだめですか」

せっかく無動力で待ちぶせして不意打ちを食らわせたのに、ここで逃げ出さずに空母を襲ったりしたら、こんな旧式の潜水艦はたちまちやられてしまうだろう。

「政治士官殿。やっぱり、逃げないで空母もやらなくちゃだめですか？」

「当たり前だっ」

政治士官は怒鳴った。

「進め！　山多田先生のために！　平等のために！」

タンゴ級〈燃える団結〉は、シャフトが曲がっていて騒音が大きいスクリューを回転させると、ゆっくりと連合艦隊輪形陣の中央部へと進み始めた。

シュンシュンシュンシュン――

「潜水艦がいるぞ！」

対潜ヘリコプターの機長は、〈群青〉に向けていた機首を、本能的に魚雷の来たとおぼしき方角へ向けようとした。

パリパリパリパリ

白いSH60Jは、被弾して傾く〈群青〉を飛び越そうとする。

だが

「だめです、機長！」

　後部座席から身を乗り出した葉狩真一が、本来の仕事をしようとしたヘリ機長を制した。

「予定通り〈群青〉に着艦してください。僕たちが行かなければ、艦隊は潜水艦に襲われるのよりはるかに危険な事態におちいります！」

「雷撃されるのより危険な事態？」

　眼下のイージス巡洋艦は、東へ回頭しかけたところで、右舷の横腹から白い泡を見せて停止していた。

「とにかく、早く〈群青〉に降りてください。手遅れにならないうちに、早く！」


「艦長、大変ですっ！」

　ＣＩＣの迎撃管制士官が、〈群青〉艦橋へ悲鳴に近い声で知らせて来た。

「今の雷撃のショックで、イージスシステムがダウンしました。ミサイルが迎撃できません」

「何だとっ」

「修復できるかどうか、わかりません。ミサイル飛来まで二分四十秒、〈新緑〉と〈大和〉に緊急警報を！」

「艦長、右舷で浸水が始まりました！　現在修理班が急行中」

「艦長、機関が停止しました」

立風が返事をする暇もないほど、一度に緊急を知らせる報告が殺到した。

「艦長、放射線遮蔽研究ブロックで、気密漏れ警報が作動しています！」

「何っ！」

最後の報告は、浸水よりも立風を戦慄《せんりつ》させた。水が漏れても気密区画を閉鎖すればなんとか浮いていられるが、葉狩真一の言った『プルトニウムよりも危険なもの』が研究区画から漏れ出して来たとしたら、この艦はいったいどうなるのだ？

「葉狩博士のヘリは？」

「今、着艦するところです！」

「艦長、ミサイル到達まで二分三十秒、〈新緑〉はもうＳＭ２が無いそうです！」

「〈究極戦機〉との回線は？」

「今、復旧します！」

空母〈赤城〉の大格納庫に張り出したＵＦＣコントロールセンターでは、白衣の焼けこげた魚住渚佐がようやく機能の回復した支援管制システムの管制卓につき、ロングヘアの頭にインカムをつけていた。

「〈究極戦機〉、聞こえますか。こちら魚住」

『こちら望月』

　待ちかねたように望月ひとみが応答した。

『エレベーターの途中でスタックしています。脱出できません』

「いいわ。望月さん、よく聞いて。第二波のミサイルが来ます。あと二分と十秒でこの空母に命中します。そうなったらもう助からないわ。あなたは〈究極戦機〉で飛行甲板を突き破って外へ出なさい。そしてミサイルを迎撃して」

「そっ」

〈究極戦機〉のコマンドモジュールで、白銀のパイロットスーツを着た望月ひとみは飛び上がった。

「そんなこと、できるんですかっ？」

『ＵＦＣは〈意志命令モード〉になっているわ。望月さん、頭の上を見て。頭上はどうなっていますか？』

「え――」

　ひとみは顔を上げた。全周モニターの一部となっている天井に、頭上の様子が映っている。

「――エレベーターの開口部が、少しだけ開いています」

〈赤城〉飛行甲板中央部の〈究極戦機〉専用エレベーター開口部は、幅1メートルだけ開きかけたところで止まっていた。

『かまわないわ。突き破って出なさい』

「だ、大丈夫なんですかっ？」

『そのすき間から外へ、垂直に飛び出すことを強くイメージして。大丈夫、〈究極戦機〉の機体は水爆の至近弾を受けてもかすり傷一つつかなかったわ』

飛翔体が軌道上でネオ・ソビエト核衛星の攻撃を受けた時には内部に乗員はいなかったのだが、渚佐はそれについては何も言わなかった。

『ミサイル到達まで一分五十五秒。早く』


「急げ！」

停止して傾いた〈群青〉の後部飛行甲板へ強行着艦したＳＨ60Ｊのキャビンドアがスライドして開き、生物災害防護服を着けて宇宙飛行士のように着ぶくれた葉狩真一が、酸素タンクを背負って飛び出してきた。

「博士」

研究区画の自動プラントを監視するため〈群青〉に乗り組んでいた海軍研究所の技

術少尉が走って出迎えた。

「博士、プラントの気密が破れています！　バイオ・ハザードです」

「とにかく急ごう」

　真一は技術少尉を従え、艦内へ降りる階段へ走った。途中で消火作業に向かう乗組員とすれ違う。二層も下へ降りると、火災の煙が立ちこめて特殊装備がなくては前へ進めなくなった。

「僕が一人で行く」

　真一は防護服のフェイスマスクを降ろした。

「君は、ここで待機。煙がひどくなったら艦橋へ逃げて待っていてくれ」

「わ、わかりました」

　白い煙の充満する艦内の空間へ、真一は一人で入って行く。幸い生物災害防護服のおかげで煙は吸い込まずに済む。数区画進むと、煙の色が赤くなった。炎か？　と立ち止まるが、耐えられないほど熱くはない。放射線遮蔽研究区画の入り口気密ドアの赤い警報ランプが点滅していたのだ。

（気密が破られている——内部が損傷していなければいいが）

　真一はキーロックの暗証をプッシュし、メタリック・シルバーに輝く分厚い金属ドアをオープンさせた。

プシュッ

自動で開くはずのドアは、半分ほど開いたところでがしっ、とスタックしてしまった。艦が被雷した衝撃で、フレームがゆがんだらしい。

「仕方ない」

真一は半分開いたスペースから、防護服の身体をなんとか滑りこませた。

ピュイーッ

〈群青〉の船倉を改造した研究区画の内部は、学校の教室くらいの広さがあったが、白い煙が立ちこめて隅のほうまで見通すことはできなかった。

ピュイイッ

どしん、ばたんと床を打つ震動が足に伝わって来る。一匹だけ生かしたまま標本として輸送しているナメクジ芋虫である。〈レヴァイアサン〉の捕食体だ。体長6メートルの、腹が山吹色をしたナメクジ芋虫である。ナメクジ芋虫はそれ自体が〈レヴァイアサン〉の外部独立消化器官で、ナマコのような大口で人間や家畜をがぼっと呑み込むと、腹の中で消化しながら本体へ戻り、本体の体表面に開いた無数の穴から内部へ潜り込んで養分を吐き出す役目を持っている。研究区画の片側を占める強化ガラスの檻《おり》の中で、標本ナメクジ芋虫はのたうち回っていた。

ズシン、ズシン

（プラントは――？）

見まわすと、もう一方の壁面をいっぱいに占めるメタリック・シルバーの機械のオブジェがある。ナメクジ芋虫の体組織から採取した細胞遺伝子を材料に、真一が培養させている〈秘密兵器〉の自動製造プラントである。のたくる複雑なパイプ類が、まるでコンサートホール壁面のパイプオルガンのようだ。

（動力が切れて、停止しているのか……）

プラントは停止しているようだったが、近くに寄ると、左下の取り出し口に一本の銀色の円筒が立っている。この複雑怪奇な自動プラントで製造され、そこへ吐き出されて来た〈秘密兵器〉の完成品であった。

「よし」

真一は手を伸ばし、小ぶりの保温水筒のような生物密封容器を取り出し口から外し取った。

プシュッ

するともう一本の円筒が、初めの一本を取り出したスペースに機械の内部から吐き出されて来た。

「完成品は、二本か……よし、これだけあれば――」

だが完成品の容器二本を携えた真一が、研究区画から出ようと振り向いたとき、

バシャーンッ

突然、ひびの入っていた強化ガラスが内側から割られ、標本のナメクジ芋虫がぬめぬめした大量の粘液をぶちまけながら研究区画のフロアへ飛び出して来た。

ピルピルピルッ

「ミサイル到達まで一分二十秒！」

「主砲は何をしているっ」

戦艦〈大和〉の第一艦橋では、森艦長が艦内マイクに怒鳴りつけていた。

「艦長、だめです。対空弾はもうありません」

「なんだとっ」

「対空ミサイルも対空三式弾も、本艦はすべて撃ち尽くしました！　もう防ぐ手段はＣＩＷＳしか残っていません」

「〈群青〉はどうしたっ！」

「艦長！　イージスシステムはやはり復旧しません！」

ＣＩＣからの報告に、立風は蒼《あお》くなった。

「くそぉっ、艦隊全艦へ通告！　われ迎撃不能、各艦は個別に対処されたし！」

シュパーッ
一列縦隊を組んで海面上10メートルを疾駆する三十四発のＳＳＮ19は、水平線上に停止した連合艦隊をレーダーの目で探知すると、慣性位置情報による推測コースを修正して、アクティブ・レーダーホーミングに入った。目標の選別プログラムは特に設定されておらず、今度は浮かんでいる連合艦隊全艦が標的であった。
標的群まであと10マイル。

「あと一分十秒！」

「イージス艦は何をしているっ！」

空母〈赤城〉の航海ブリッジでは、押川艦長が怒鳴り散らしていた。

「だめです、〈群青〉は潜水艦に雷撃され、対空迎撃不能です」

「何だとっ、敵の潜水艦までいるのかっ？」

連合艦隊は東京湾へ急行するのが第一任務だったため、対潜ソナーの効かない高速でぶっ飛ばして来たのだった。まさか停戦命令を無視し続けている東の攻撃型潜水艦が進路にひそんでいようとは、誰も想像していなかったのだ。

「ミサイル８マイルに接近！　あと一分」

「ＣＩＷＳを自動迎撃にセットだ」

「はっ」

「何発来る？」

「三十発以上です！」

それを聞いて押川は、口の中で「南無三」とつぶやいた。


シュパーッ！

三十四発の大型対艦ミサイルは、それぞれがレーダー弾頭シーカーヘッドに目標を定めると一斉に横へ散開し、扇状に広がって連合艦隊各艦へ襲いかかっていく。三十四発の半数以上がレーダー反射の大きい〈大和〉と〈赤城〉を標的に選定していた。標的群へ５マイルを切っても、相手からの迎撃は全くなかった。

『全艦、ＣＩＷＳを自動迎撃モードに。最終迎撃態勢を取れ。くり返す、全艦最終迎撃態勢を取れ』

連合艦隊各艦は、ミサイルの飛んで来る東の水平線へバルカン・ファランクス20ミリＣＩＷＳの砲身を向けた。一度に襲いかかって来るのが一発か二発なら、その艦は助かるだろう。しかしそれ以上なら近接防御能力は飽和し、ミサイルを着弾させてしまう。艦隊は、小さなフリゲート艦までふくめて全部で十七隻だった。

『ミサイル、４マイルに接近』

その時、

「艦長！」

〈赤城〉のウイングブリッジで見張りをしていた下士官が叫んだ。

「か、甲板を――！　見てください甲板が裂けますっ」

見張員が言い終わらないうちに、
ドシーンッ
激しい衝撃が〈赤城〉の２５０メートルの艦体を震わせ、立っていた乗員を残らず床に叩きふせた。

「うわーっ！」

「な、何だっ」

「ミサイルかっ」

「早すぎますっ」

ウォンウォンウォンウォン
「なっ」

艦橋の床から顔を上げた押川は、飛行甲板上30メートルの宙空に浮かんだ銀色の〈針〉を見て、息を呑んだ。

「何だ、あれは——」

それが自分たちの運んできた異星の超兵器であることに気づくまで、数瞬を要した。

『押川艦長』

アイランド最上階の航空指揮ブリッジから、郷大佐がインターフォンで呼んで来た。

『艦長、〈究極戦機〉を緊急発進させました。甲板の穴は勘弁してください』

「なにっ」

押川は、宙に浮いた〈針〉が、浮揚したままゆっくりと向きを変えるのを見ていた。それは滑らかな銀色の流線型で、この世のものとも思えないつややかな輝きを発していた。

フュイイイイ——

『それでいいわ』

コマンドモジュールに渚佐の声が響いた。

「はあ、はあ」

　望月ひとみは、頭上の甲板を突き破って天に上昇するイメージを頭の中で描き、『昇れ！』と命じたとたんに自分が空母の上空にいたので、一瞬何が起きたのかわからず、肩で息をしながら周囲を見回していた。

「何も衝撃がなかった……装甲甲板を下から突き破ったのに――？」

　異星の星間飛翔体は、２５０キロ爆弾の直撃でも穴が開かないといわれる空母〈赤城〉の飛行甲板をまるでティッシュペーパーのように突き破り、かすり傷一つなしで上空に飛び出して浮揚していた。

『望月さん、ミサイルが来るわ。迎撃して』

「ど、どうすればいいんですか」

『ミサイルを、撃ち落とせ。そう命じればいいのよ』

「えっ？」

　面食らうひとみをよそに、〈究極戦機〉は針のような機首をゆっくりと東の水平線へ向けた。

　ピッ
　全周モニターの真ん中に四角いウインドーが開いて、水面上すれすれを突進して来るミサイルの群れを拡大投影した。激しくぶれる拡大画面の中で、白い曳き波をひいた無数の大型ミサイルが接近して来る。

「やだ、来る」

だがひとみには、このUFC1001がどのような兵装を持っているのかさえ、わからないのだった。

『イメージして。そのミサイル群を全部、海面に叩きおとす』

「どうやって——」

『あと三十秒。迷っている暇はないわ望月中尉』

「は、はい」

ひとみのこめかみから、汗が滴った。なんとかしなくては。ひとみはコマンドモジュールのシートのひじ掛けを両手でつかむと、目を閉じてあごをそらし、息を吸いこんだ。

すうっ——

「——墜ちろ、ミサイル！」

ピーッ
▼HEADGEHOG：ARMED（ヘッジホグ：発射用意よし）
▼MULTIPLE TARGET LOCKED（多数目標同時攻撃）

モニターに出たそのメッセージを、ひとみは見られなかった。

▼ＳＨＯＯＴ（発射）

ヴォオッ！

次の瞬間、〈針〉の先端からほとばしった閃光《せんこう》で、〈赤城〉の飛行甲板から艦橋は真っ白く輝き、一瞬何も見えなくなった。発射されたのは〈究極戦機〉のボトム粒子型核融合炉の内部で作られていた三重水素のプラズマで、それをレーザーのような位相のそろったビームに収束して撃ち出したものだった。人間の目にはただ一度の閃光だったが、実際には千分の一秒のパルスビームが三十四回発射され、パルスのそれぞれが迫って来る三十四発のＳＳＮ19を正確にヒットし、海面に叩きふせる間もなく分解して蒸発させてしまった。

ズドドドドドーンッ！

まるで横に広がった仕掛け花火が一斉に点火されたように、艦隊の約３マイル東側で壮大な爆発が横一列に並んで噴き上がった。

「おお」

「おおお」

フュイイイイ

〈究極戦機〉は、何事もなかったかのように、平然と〈赤城〉の上空に浮かび続けていた。

8. 帝都壊滅

＊撃沈寸前で空母〈赤城〉を救った〈究極戦機〉ＵＦＣ１００１。だがその間にも帝都西東京の破壊は進行していた。ついに大怪獣〈レヴァイアサン〉は世田谷、目黒の住宅密集地域に襲いかかる。帝都の運命は——？
　そして壊滅寸前の西東京に新たな〈敵〉が侵入する。それは東の独裁者が遣わした軍勢であった。

帝都西東京
永田町
同時刻

ドカーンッ！

オレンジ色の炎を噴きあげて、国会議事堂が燃え上がった。だが議事堂には、西日本帝国議会の代議士の姿は一人もなく、わずかに十数名の国会警備員が残っているだけだった。代議士はみんな逃げてしまったのである。

「な、なんだお前たちは」

「ここは国会だぞ」

大爆発とともに地下から突然侵入してきた迷彩戦闘服の一団に、国会警備員たちがあわてて立ちふさがった。

「こらこら」

「こら待て」

国会警備員は、いつも国会見学に来る小中学生を「こらあっちへ行け」とかやっていたので「こらこら」と「こら待て」が口癖になっていた。

西日本帝国議会の国会警備員たちは普通の公務員であったが、議員バッジをつけ忘れて国会に来た議員を中へ入れてやらなかったり、予算委員会の証人喚問のときにはテレビ局の中継を無理やりやめさせたりといつも威張っていたので、自分たちが職権をふるえる国会議事堂がなくなってしまうのが怖くてたまらなかった。だから怪獣が帝都に侵入したときも、国会議員が全員いち早く逃げてしまったのに、国会警備員たちは制服を着たまま、家にも帰ろうとせず国会議事堂を守り続けていたのだった。

「こらこら」

「こら待て」

「うるさいどけっ」

ダダダダダダッ

「う、うわぁ〜っ」

「ぎゃあ〜っ」

しかし丸腰の国会警備員たちは、西日本の右翼に変装した特殊部隊の銃撃に、なす術もなく撃ち倒されてしまった。

「すすめーっ」

AK47を撃ちまくりながら、燃える議事堂の内部を突き進んで本会議場に乱入した東日本陸軍特殊部隊の隊長は、がらんとして誰もいない本会議場の空間を見回して愕《がく》然《ぜん》とした。

「な、なんだ西日本の議会は——我々の国なら、山多田先生が逃げるまでは誰も逃げ出さないというのに」

「隊長、やはり議事堂内には国会議員は一人もいません」

「ううむ。腰抜けどもめ」

これでは、『西日本帝国の国会議員を皆殺しにして無政府状態にせよ』という山多田大三じきじきの命令が果たせない。

「隊長！」

地下を調べていた隊員の一人が、古い図面を手にして走ってきた。

「隊長、やはり入手した秘密資料の通り、この議事堂の地下からは首相官邸や各省庁の地下へ抜ける秘密のトンネルがあります。入り口も発見しました」

若い隊員は、図面を広げた。

「ご覧ください、秘密トンネルは霞が関の官庁街の地下を通過して、赤坂の首相官邸、最後は六本木の国防総省まで通じています」

「よし」

隊長はうなずいた。

「我々はこの秘密トンネルを通り、各省庁を爆破、最後は六本木国防総省を襲って西日本軍の中枢を破壊、木谷首相を抹殺する！　そうすれば西日本は、わが東日本共和国と山多田先生のものだ！」

おおっ、と気勢を上げ、特殊部隊の隊員三十名は煙の立ちこめる中を防毒マスクをつけ、地下への階段を降りていった。

東京駅

ダダダダダダッ

うぎゃあ〜っ

JR西日本帝国東京駅の八重洲側コンコースでは、警察庁幹部と広域暴力団の集団が互いにバリケードを築いて銃撃戦を展開していた。

ダダダダダッ

ダーン、ダーン

警察庁幹部も広域暴力団も荷物を抱えた家族を連れており、西東京を脱出するための新幹線の座席を奪い合っての銃撃戦であった。広域暴力団が自動小銃の装備なのに比べて警察庁幹部側はリボルバー拳銃だったので、銃撃戦は暴力団側がやや優勢に見えたが、警察庁の幹部たちは日頃から射撃訓練をしているので辺り構わず撃ちまくるその筋の人たちよりも命中率が良く、戦いは一進一退の互角の状況でいつ終わるとも知れなかった。

「駅長、これではせっかく指定席を売った国会議員とキャリア官僚の方々にお乗り頂けません」

「ううむ」

銃撃戦のために事務所から出られなくなった駅員たちは、なす術がなかった。新幹線ホームに待機させてある新大阪行きの列車も、いつ出発できるかわからず停まったままであった。コネで座席を取った国会議員とキャリア官僚の家族親戚がやっと東京駅にたどり着いても、新幹線ホームの入り口が戦場と化していたので列車に乗り込むことはとうていできなかった。

丸の内

「生保は保険金を払えー！」

怪獣による被害で肉親が死んだり、家を壊されたりした帝都市民は怒り狂った暴徒と化し、丸の内に本社をおく生命保険会社や損害保険会社のビルに侵入して辺り構わずぶち壊しまくっていた。

「損保は火災保険を払えー！」

「えー、さっきから再々申しておりますとおり、怪獣による損害は不意の天災または放射能漏れ事故に相当しますので、当保険会社はあらゆる保険金を一切払いません。あしからず」

投石を防ぐバリケードを階段に築き、上の階から中間管理職の社員がハンドスピーカーで呼びかけるが、かえって群衆を怒らせるだけだった。

「ふざけるなーっ！」

保険会社には、身体を悪くして入院したりして出世コースからはずれた中間管理職の男たちが残って、怒り狂った群衆に必死の説得をしていた。どの会社でも、最上階の役員室にいた経営者たちはすでに社有のヘリコプターで逃げてしまっていた。中間管理職たちは、『怪獣に襲われたときでも命がけで社を守った』という功績を作りたくて、みんなが逃げてしまった後も会社に残って防戦していたのだった。だがもし自分たちが守っていたのに会社を破壊し尽くされてしまったら、自分たちは会社を暴徒に破壊された責任者にされてしまう。

「資料室長！　け、警察はどうしたんだ！」

「だめです社史編纂《へんさん》室長！　いくら１１０番しても誰も出ません」

「備品管理室長！　外に出て警官を呼んで来い！」

「そんな！　暴徒に殺されてしまいます！」

彼らが当てにしていた警官隊の出動は、遂になかった。

なぜなら帝都の警視庁の警察官も、ほとんどが職場を放棄して逃げ出していたからである。

うわあ～っ！

階段のバリケードが次々に壊されると、もはや群衆を止められる者はどこにもいなかった。ちゃんと保険金を払っていればこういうことにはならなかったのに、立ち並ぶ保険会社は内部のコンピュータシステムを残らず破壊され、顧客データも全《すべ》て失い、おまけに客から集めた金で買いあさった都内の不動産の評価額が怪獣の放射能で暴落したため、その場でどんどんつぶれていった。

「うあああああ。担保価値が――担保価値が！」

同じ頃、帝国銀行丸の内本店の地下核シェルターでも、怪獣が進撃するたびに放射能に汚染されて真っ赤な表示に変わっていく首都圏の防災ＣＧ画面を見ながら、頭取が頭を抱えて泣いていた。

「や、やめてくれぇ怪獣！　不動産融資が全部不良債権になってしまう！　やめてくれぇ！」

「頭取、財務省の銀行局長からです」

幹部行員が指し出す電話を、頭取はばしっとつかみ取った。

「銀行局長！　何をやっている、わが銀行の担保物件が次々に放射能漬けになっているんだぞ。早く怪獣を貧乏人どもの住宅地へ誘導させろ！」

『だめだ頭取。私はついさっき木谷首相に解任された』

電話をかけてきたのは、『貧乏人なんかどうでもいいから怪獣を港区へ入れるな』と木谷に進言してクビになった元財務省銀行局長だった。

「なにっ」

『木谷は、怪獣を山手線の外側へ追い出すどころか、逆に目黒世田谷の避難が済むまで怪獣を渋谷へとどめ置かせろとぬかすのだ』

『木谷は、我が国の金融システムよりも国民の命のほうが重要だとぬかすのだ。こんな政治家は有害以外の何ものでもない』

「そのとおりだ木谷を殺せ！」

頭取ははげ頭から湯気を立てながら怒鳴った。

「わが金融界にたてつくとは、いい度胸だ！　殺せ」

『大丈夫だ、手は打ってある』

元銀行局長はクックックと笑った。

『実はこんなこともあろうかと、私は怪獣が侵入すると同時に東日本のスパイに国会議事堂地下の秘密トンネルの情報を流しておいた。前々から木谷は目障りだったからな。東の特殊部隊が国防総省まで侵入して、木谷を消してくれるだろう』

「よくやったぞ銀行局長！　よし、木谷の後釜《あとがま》には我々の言うことをよく聞くおとなしいやつを総理に据えよう」

『その晩には——』

「わかっている。その晩には君は返り咲いて財務事務次官だ。よくやったぞ、わっはっはっ」

芝浦

「止まれ、止まれ」

赤い棒を振って警官が道路の真ん中へ出てきたので、千葉方面から走ってきた陸軍の兵員輸送トラックはストップした。

「どこへ行く？」

拳銃を下げた警官が、運転台に寄ってきた。トラックを運転していた下士官は窓から顔を出して、

「千葉の利根川で投降してきた東日本軍の兵士を運んでいる。亡命を希望しているので手続きのために外務省へ連れていくんだ」

「その必要は無い」

「なんだって？」

「こういうことだ」

警官は腰の拳銃を抜いた。

「全員、降りろ。トラックをよこせ」

「どうして止まったのかな」

その荷台では、頭に包帯を巻いた水無月是清と二宮軍曹たちが、トラックの停車が長いので何だろうと幌《ほろ》のすき間から外を見た。

「大尉、見てください」

二宮が是清を手招きした。

「西の方角です——あれは怪獣ですよ」

荷台後部の幌をめくって外を見ると、ビルの森の頂上に、原宿から渋谷へ向かって移動する〈レヴァイアサン〉の背中がちらちら見え隠れしていた。

「西東京は、怪獣に襲われているのか——？」

是清は眉をひそめた。

「どうもそうらしいです」

「外務省は、開いているのかな。俺たちの亡命手続きを早くしてもらわないと――」

そのとき、荷台の幌が開いて、警官が是清たちに拳銃を突きつけた。

「降りろ。トラックは頂いていく」

「何だと」

「抵抗すれば殺すぞ、東日本兵め」

是清たちを荷台から降ろすと、警官は道路の脇に隠れていた自分の家族や親戚を呼び寄せ、家財道具を積み込んで走り去ってしまった。

「どうすればいいんだ――」

せっかく利根川を泳いで渡って投降したのに。

「だめだ、大隊本部とつながらない」

是清たちを護送してきた西日本の陸軍少尉が、雑音だらけの軍用トランシーバーを振りながら悪態をついた。まさか少尉も、警官にピストルを突きつけられるなど想像もしていなかったので抵抗できなかったのだ。

「すまない。君たちを外務省へ連れていってやるはずだったが、帝都は怪獣で混乱している。我々陸軍は、怪獣の進路に当たる住宅地域の避難誘導を行わなくてはならない。君たちの身柄は……」

「ああ、それなら」

是清は言った。

「俺たちにも、住民の救助活動を手伝わせてください。俺たちはやはりあの怪獣に仲間を全滅させられている。停戦も発効したし、この際西日本も東日本も無いでしょう」

是清の言葉に、二宮も竹井も山上もうなずいた。

「うむ。すまない。では徒歩で救援部隊と合流しよう。多摩川に被災救援キャンプが張られているはずだ」

少尉を先頭に、是清たちは徒歩で西の方角へ歩き出した。

芝浦の道路には放射能雨は降っていなかったが、北西方向の渋谷あたりの上空には低い黒雲がどろどろと覆いかぶさっていた。

三宅島海域
連合艦隊

「う、うわあっ」

ピルピルピルピル
強化ガラスの檻《おり》を破って特大のナメクジ芋虫が研究区画の床へ飛び出してきたとき、真一は培養済みの〈秘密兵器〉の完成品二本を脇に抱えて出口へ一歩踏み出したところだった。
ピルピルピルッ
ろくろっ首のような複眼を持ったナメクジ芋虫は、生物災害防護服に着ぶくれた真一を目ざとく見つけると、ナマコのような大口を開けて襲いかかってきた。腹が減っていたのだ。
ずざざざっ
腹部に生えた無数の偽足が研究区画の床を這《は》い、口がイソギンチャクのようにあんぐりと開いた。無数のヒゲのような舌が、真一をつかまえて体内の腔腸《こうちょう》へ押し込もうとわらわら動いている。
「うわーっ！」
真一はあわてて出口へ走ったが、ナメクジ芋虫がぶちまけた粘液で床が滑り、銀色の円筒型容器を抱えたまま転んでしまった。
どたんっ
ピルピルピル

「うわあっ」

真一はとっさに、抱えていた容器の一本を両手でカチッとひねると、のしかかってきた化け物の大口の中へ放りこんだ。

ピルッ？

化け物の複眼が『これは何だ？』と注意をそらした隙《すき》に真一は立ち上がり、半分開いたままの出口ドアへダッシュし、必死の思いで煙のたちこめる艦内通路へ出ると、キーロックを指でプッシュした。

ピピピピピ
「閉まれ、早く！」

ピュイッ
化け物のよく伸びる複眼が、ドアの開口部から外へ出てきた。

「こいつ！　引っ込め！」

真一はもう一本の円筒で複眼をぶったたいた。チタニウム製だ。へこむようなことはない。

ピュイイッ
複眼が引っ込んだ瞬間に、気密ドアはガシュン！　とクローズした。

「はあ、はあ」

だが息をついている暇はなかった。

「い、急げ」

真一は走り出した。〈群青〉の艦内通路を必死に走った。

「ラ、ラムダファージを解放してしまった！　急がないと！」


イージス艦〈群青〉の艦橋では、立風艦長が復旧作業の指揮をとっていた。

「おお。葉狩博士無事でしたか」

「艦長」

防護服のフェイスプレートを外した真一は、はぁはぁと息をつきながら言った。

「こちらで、研究区画の内部を見られますか？」

「艦内セキュリティールームへ行けば見られるが――」

立風艦長は、艦橋の窓を指さして言った。

「博士、まあそんなにあわてることはない。敵のミサイルならほら、あの〈究極戦機〉が吹き飛ばしてくれましたよ」

「そんなことより、遮蔽《しゃへい》研究区画の監視ビデオを見たいのですが。艦長も一緒に見てもらえませんか」

「いいですよ」

真一は立風艦長に伴われて、艦橋の一層下の艦内セキュリティールームへ移った。〈群青〉艦内のすべての監視ビデオ映像が見られるセキュリティールームには、ブラウン管が壁一面にしつらえてあり、艦長が命じるとオペレーターが画面を選択し、一つのモニターに放射線遮蔽研究区画の内部が映し出された。

「タイマーは、三十秒だ……」

真一は腕時計を見た。容器の時限オープン装置のタイマーセットは、三十秒。このような生物保存容器には、隔離実験室に置いて、研究者が外に出てから開くように、時限式開放装置がついている。化け物の口の中に放りこんだ円筒は、すでに開いて中身を放出しているはずだ。

「始まるぞ――」

「何が始まるのです」

「見ていてください」

真一は、研究区画の天井の隅に設置されたビデオカメラからの白黒映像を、食いいるように見つめた。

白黒モニターの中では、巨大なナメクジ芋虫が出口を探そうとどたんばたん動き回っていたが、ふいにその動きが止んだ。

「音を出してください」

真一はオペレーターに指示した。

ピュ、ピュイイーッ
スピーカーから、泡食ったような化け物の泣き声が響いてきた。

ピュゥウウウィイイイイイイ！

長く泣くような、異様な泣き声がセキュリティールームに流れ、真一も艦長もオペレーターも、背筋が寒くなった。

ドシン、バタン、ドシンッ
すると化け物は、辺り構わず芋虫のような巨体をぶつけて暴れ始めた。

「どうしたんだ」

「しっ」

真一が指さすと、暴れるナメクジ芋虫の上半身が、震えながらまるで熱せられたロウソクのように溶け始めたのだ。

「始まった」

「化け物が、溶けていく……？　いったい何が起きたのです博士？」

「あれが〈ラムダファージ〉の威力です」

モニターの中のナメクジ芋虫は、やがて溶けて身動きできなくなり、断末魔の悲鳴を残してグズグズに崩れてしまった。

すごい――

やじ馬のように見に来ていた他の乗組員たちも、息を呑んだ。

「艦長」

真一は、立風に向き直った。

「艦長、僕は惜しくも、貴重な完成品の一本をあれに対して使用してしまった。しかしどうにか一本、運び出すことができました。これで運がよければ〈レヴァイアサン〉を倒せるでしょう。あの自動プラントは研究区画内が汚染されてしまったのでもう使えません。この〈群青〉ごと、焼きはらって海に沈めてください」

「えっ」

立風は意味がわからなかった。

「こ、この〈群青〉を、焼いて沈めろというのですかっ？」

そんな無茶な、と立風は言い返そうとしたが、

「早く高熱で焼いて処分しないと。あの研究区画の気密は不完全ですから、ぼやぼやしていると我々まであのナメクジ芋虫と同じ運命です」

「そっ、それは――」

真一がわざと艦長に溶けるナメクジ芋虫を見せたのも、総員退艦の決意を早く固めてもらうためであった。

「――わかりました。総員退艦させます」

『望月さん』

　空母〈赤城〉上空30メートルに浮いていた〈究極戦機〉のコマンドモジュールに、渚佐がコールしてきた。

『望月さん。巡洋艦〈群青〉を焼却処分します。ヘッジホグを使って焼いてください』

「え？」

　ひとみは、ミサイルを迎撃したのだからもう空母に降りていいものだと思っていた。

「あの巡洋艦を、焼くんですか？」

　ひとみは、全周モニターの左の足元に白い泡を見せながら傾いて停止しているイージス艦を見下ろした。イージス巡洋艦の値段がいくらなのかは知らなかったが、相当高い物のはずだ。

「どうしてそんなこと」

『恐ろしい生物兵器が、漏れ出しました。対〈レヴァイアサン〉用の秘密兵器ですが、人間にとっても極めて危険です。対艦ミサイルでは中身を散らしてしまうのでかえって危ない。あなたが焼いてください』

「は、はい」

イージス巡洋艦〈群青〉は、全乗組員が急いで退艦したあと、〈究極戦機〉の三重水素プラズマ砲を撃ちこまれ、白熱して溶けながら激しく燃えて、やがて波間に沈んでいった。

『望月中尉、ご苦労様』

コントロールセンターの声が、羽生恵に替わった。

『ご苦労ついでに、これから西東京まで飛んでもらうわ』

「えっ」

ひとみは、もうこのマシンを降りたかった。自分の『燃えろ!』という一言で巡洋艦が白熱して沈んでいったのを見て、なんだか神経が高ぶり、ひどく疲れてしまった。

「で、でも――」

その上、東京まで行けば、自分が〈明るい農村〉艦上で死ぬほど戦った、あのぐじょぐじょのぬるぬるの親玉と対決しなければならないのだ。

『望月中尉、お願いします』

〈赤城〉に引き上げてきた葉狩真一もマイクに言った。

『望月中尉、今回は戦わなくてよろしい。最初の出撃は、調査だけです。〈究極戦機〉でなるべく〈レヴァイアサン〉に接近し、センサーをフル稼働させてやつの体内の様子を探ってください』

「怪獣に近づいて、調べるだけですか？」

『データは全てこちらでモニターできます。あなたは〈レヴァイアサン〉に、ただ近づいてくれればいいのです』

『むしろ勝手な攻撃は避けてちょうだい』

恵がつけ加えた。

『あなたは、カッとなると何もかもぶち壊す〈適合攻撃性〉の持ち主なのよ。それを忘れないで』

ひとみは、ため息をついた。

「わかりました」

銚子沖

空母〈アドミラル・クズネツォフ〉

ネオ・ソビエト空母〈A・クズネツォフ〉艦上では、第二次攻撃のために主翼下にKh35対艦ミサイルを四発ずつ装着したスホーイ27十九機が、今まさに出撃しようとしていた。

「兄さん。仇は取るぞ」

母艦へ引き上げる途上で、兄・ピョートル・ラフマニノフは西日本のF18と差し違えて着水してしまった。イワンのコクピットからは、海面に突っ込んで水しぶきを上げる兄のスホーイ27がちらりと見えただけだった。あとはしつこいハリアーとの格闘戦に忙殺されて、兄がコクピットから脱出するところを確認できなかった。

兄・ピョートルが生きている確率は、五分五分だった。

（僕は、総師なんだ――兄さんのことだけで思い悩んではいられない）

しかし、やられた部下の仕返しにハリアーを追い回したイワンの行動は、かえって部下たちに信頼の気持ちを喚起していた。総師は部下を大事にしておられる、血気にはやった行動も若さゆえのものだ、と編隊のパイロットたちはイワンの逆上を好意で受け入れたのである。

イワンに追い回されたシーハリアーは、結局燃料切れで自分から海に突っ込んでいった。

「救難ヘリのパイロットに伝えろ。ハリアーの乗員も見つけて助けてやるのだ。敵ながら大した腕前だ、顔が見たい」

「はっ」

見送りに出てきた艦長が、背筋を伸ばして敬礼した。

「ご武運をお祈りします。第二次攻撃の成功を」

「ありがとう艦長。空母を頼む」


イワンの隊長機を先頭に、十九機に減ったネオ・ソビエト空軍最後の精鋭部隊がカタパルト射出位置についていく。


「艦長」

艦橋に戻った艦長に、通信士官が報告した。

「たった今、東日本軍のA5攻撃機編隊から緊急着艦の要請がありました」

「緊急着艦だと？」

「はい。燃料切れで基地へ戻れないから、至急着艦させて欲しいと。敵味方識別装置の応答信号はたしかに友軍のものですので、一応こちらの位置は教えましたが――」

「ふむ」

艦長は、東日本空軍にまだ攻撃機が残っていたのかと首をかしげながら、

「だが本艦は現在、攻撃隊の発艦作業中だ。当分着艦はできない。陸上基地へ向かっ

たほうが早いぞ」

だいたいこんな海の上に、どうして東日本機がいるのだろう？

だが、空母〈A・クズネツォフ〉の位置を知らされた東日本空軍のA５攻撃機二機は、すぐに空母の艦尾方向に雨の中から姿を現わした。

キィイイイイン
「艦長、A５です。艦尾から接近します！」

「何を考えているんだ！」

艦長は無線マイクをひっつかんだ。

〈A・クズネツォフ〉甲板の飛行列線の後ろでは、カモフ博士と芳月公香が傘をさしながら発艦作業を見守っていた。

「おじさま」

公香は、自分のマインドコントロールを解いてくれた科学アカデミーの主任研究員を、いつしか亡くした父のかわりにおじさまと呼ぶようになっていた。

「おじさま。公香は悪い予感がします」

「大丈夫じゃよ」

銀髪のカモフは、カタパルトについて今にも発艦しようとするイワンのスホーイ27

を見やった。

「あの方を、時代が死なせはしない。これからの地球が、必要としているんだ」

コクピットのイワンが、発艦士官に手を振って合図した。

「でも――」

公香は、胸に手を当てた。公香の不安は、さらに大きくなった。

（何だろう――？）

公香だって、あの立花五月に復讐を遂げるまでは、死ぬわけに行かない。その強い意志が、公香に危険をしらせているのかも知れなかった。

「――！」

ふいに殺気を感じて、公香は空母の艦尾を振り向いた。

「おじさま！　あの攻撃機は――」

「おいA5編隊！」

艦長は怒鳴りつけた。

「こちらが見えないのかっ？　甲板は爆装した機体で一杯だぞ、着艦はできん！」

飛行甲板には、対艦ミサイルを満載したスホーイ27の機体が列をなしてエンジンを始動させていた。

だが着陸灯を点灯した中国製A5攻撃機二機は、フラップも着陸脚も下ろさずにまっすぐに突っ込んで来る。

キイイイイン

「艦長、A5は爆弾を満載しています！」

双眼鏡をのぞいた副長が叫んだ。

「何だと！」

考えて見れば、中国製のA5には着艦フックなんて装備されていないし、東日本には通常型空母なんか無いのだから、空母に着艦できる技量を持った搭乗員がいるとは思えない。

「おいA5、返事をしろ！」

『やっ、やっ、やっ――』

するとスピーカーから、やけくそになったような若い搭乗員の悲鳴が聞こえてきた。

『――やまただせんせい、バンザーイ！』

『バンザーイッ！』

艦長は息を呑んだ。しかし次の瞬間、職務に戻って叫んだ。

「A5は体当たりして自爆する気だ！　急速取り舵！　飛行甲板の乗員は艦内へ避難

せよ！」

「きょ、共和国ばんざーいっ！」

一時間前に新潟の基地を飛び立ったA5攻撃機二機のパイロット二名は、山多田大三に軍令部最高作戦室までじかに呼ばれて肩を叩《たた》かれ、『世界の解放には君たちの力が必要だ。重大な任務を遂行してくれないか』とネオ・ソビエト空母への体当たり攻撃を命じられたのだった。なぜ友軍であるネオ・ソビエトを攻撃しなくてはならないのか、わけがわからなかったが、二人は若くて純粋な学徒出陣の搭乗員だったから山多田大三にじかに呼ばれて肩を叩かれたのではとても断ることはできなかった。

「平等ばんざーいっ！」

ズザザザザッ
〈A・クズネツォフ〉は左へフルラダーを切って急旋回を開始し、飛行甲板の乗組員は走って艦内へ逃げこもうとした。〈A・クズネツォフ〉の23ミリ近接防御機関砲は友軍信号を出している攻撃機を撃つことはできなかった。ここまで近づかれては体当たり攻撃を防ぐ手だては無かった。

しかしカタパルト要員たちは、イワンの隊長機だけでも発艦させようと逃げないで蒸気カタパルトを作動させようとした。

「来るぞーっ」

「まだだ、総帥を発艦させるのだ。ええい艦を旋回させるなっ！」

キィイイインッ
「公香！　中へ入るんだ」

「でもおじさま、イワン様が」

「君が死んだら総帥も悲しむ。あの方は死にはせん！」

ギィイイイイインッ！

二機のA5が機首を下げて突っ込んで来る。

甲板要員たちが悲鳴を上げた。

うわぁーっ！

練度の低い学徒出陣パイロットにも、6万5000トンの制式航空母艦は十分に大きな目標であった。しかも基本的には味方なのであるから、対空砲火は全く無かったのだ。

ギィイイイイインッ！

「ばんざーいっ！」

「お母さーんっ！」

「うわあーっ！」

二機のA５のうち一機は機首を突っ込み切れずに飛行甲板を超低空で飛び越し、艦首の向こう側の海面にたたきつけられた。しかし二機目は飛行甲板の右側、アイランドの付け根近くに機首から激突し、同時に主翼下に携行していた２５０キロ爆弾四発が一斉に爆発した。

ドッカーンッ！

次いで飛行甲板に列をなしていた十九機のスホーイ27が、満載のジェット燃料と対艦ミサイルＫｈ35を次々に誘爆させ始めた。

ドカンッ

ドカーンッ

グバババッ

航空母艦〈アドミラル・クズネツォフ〉は、甲板上で大火災を引き起こしながら迷走し始めた。爆発は次々に起こって、堅固な空母の構造体を吹き飛ばしていった。

帝都西東京　国境地帯

ザクザクザク

ザクザク

東西国境である利根川を越えて、異様な黒いマスクをした迷彩戦闘服の大群が、西東京領域内へと侵入してきた。彼らは数百艘《そう》のゴムボートや粗末な手こぎボートを河川敷で乗り捨てると、隊列を組んで進み始めた。焼けこげて窓ガラスさえ一枚も残っていない川べりのニュータウンを通り抜け、防毒マスクの大群は装備をじゃらじゃらいわせながら徒歩で進軍した。

がちゃがちゃ

がちゃがちゃがちゃ

「おい」

窓ガラスの無くなったマンション一階の部屋をのぞきこもうとした兵士を、上官らしい男が止めた。防毒マスクごしの声なので、もごもごとまるでモグラが会話しているみたいだ。

「こんなところで、道草を食うな。西東京の中心まで行けば、ぶんどるものはいくらでもあるんだ」

彼らは、東日本の兵士だった。東日本正規軍は〈レヴァイアサン〉と戦ってすでに玉砕した部隊が多く、彼らの多くは一般国民から駆り集められた臨時徴兵の兵士だった。彼等に支給されていた防毒マスクは程度の低い化学戦用の簡便なもので、とても放射能を防ぐことなどできないのだが、教育のない一般国民の兵士にはそんなことはわからなかった。

「ふふん、怪獣の通った跡は、敵兵もいないし進軍は楽だぞ。〈レヴァイアサン〉様々だ！」

隊長は、ＡＫ47自動小銃を振り上げて、数千人の兵士たちに檄《げき》を飛ばした。

「今こそ、西日本を資本主義の魔の手から解放する時だ！　山多田先生のために戦うぞ！」

故郷の村から歩き詰めで進軍させられてきた一般国民の兵士たちは疲れ切っていたが、都心部まで侵攻すればぶんどり自由という隊長の声に励まされ、防毒マスクのまま手に手に小銃を上げて答えた。

おおーっ
だが彼らは利根川を渡河するまでに、致死量以上の放射線をすでに浴びていた。

帝国空軍　横田基地

西日本空軍の横田基地では、怪獣の偵察に加え、銚子沖に潜伏して連合艦隊へ奇襲攻撃をかけてきたネオ・ソビエトの空母を発見して叩こうと、偵察機や戦闘機があわただしく離発着をくり返していた。横田周辺の航空管制は、ピーク時の羽田並みの混雑だった。

「ネオ・ソビエトは、何のつもりだ。今頃攻めてきたってあいつらに勝ち目は無いだろうに」

「東日本は何て言ってるんだ？」

「山多田大三は、連合艦隊奇襲攻撃はネオ・ソビエトが勝手にやっていることで東日本は関係ないとかほざいているらしいぞ」

帰還してくる偵察機や戦闘機に進入許可を出しながら、窓の無いレーダールームの暗がりで管制官たちは噂《うわさ》し合った。今西日本帝国は、怪獣に襲われて軍の戦力を食われている。侵略をしかけるには、たしかに絶好の機会かも知れない。でも東日本には侵攻して来るだけの軍備はもう無いはずだ。そんなことを話しているレーダールームの進入管制レーダー画面には、また新たに帰投して来る戦闘機の編隊が映り始めていた。

「おお、敵艦を沈めた隼のヒナが帰って来るぞ」

「おい、あれは何だ？」

双眼鏡をのぞいたコントロールタワーの管制官が、巡洋艦〈キーロフ〉の撃沈に成功して帰投して来るF１戦闘機編隊を指さした。

「数が一機多いぞ」

八機のはずのF1編隊が、九機いるのだ。おかしいと思ってよく見ると、シルエットの似た細長い戦闘機が一機、編隊に混じってくっついている。

「おい、ペリグリン・リーダー。余計なのが混じってるぞ」

『何ですか？』

編隊のリーダーが聞き返した。彼ら経験の少ない航空学生は、敵艦攻撃が成功すると気が抜けてしまい、帰り道に九十九里沖の漁船から垂直上昇してきた東日本のYak38がひそかに編隊後尾に忍び寄ってくっついても、気がつかなかったのだ。

「フォージャーだ！　爆装している、編隊をブレークしてたたきおとせ！」

だが管制官が叫んだ時にはもう遅く、青いYak38フォージャーは両翼に滑走路破壊爆弾を抱えたまま、一本しかない横田の滑走路へ頭から突っ込んできた。

『山多田先生ばんざーいっ！』

うわーっ
整備員たちが悲鳴を上げて逃げる中、フォージャーは滑走路へ突っ込み、二発の滑走路破壊爆弾は横田基地のランウェイ36の真ん中で大爆発を起こし、舗装面をえぐって大穴を開けた。

チュドーンッ！

ズズズズズンッ
「と、特攻だ！」
衝撃波でガラスが吹き飛び、地震のように揺れる管制塔で、管制官たちはコンソールの下にもぐりこんで悲鳴を上げた。
「東日本の特攻機だ！」

六本木　国防総省

横田に東日本の特攻機が突っ込んだのと同じ頃、木谷は六本木国防総省地下の総合指令室で混乱する西東京西部地区の被害対策に追われていた。

「総理。多摩川被災救援キャンプに外国の医療チームがボランティアで駆けつけてくれたのですが、厚労省の保健医療局が彼らに西日本国内での医療行為を許可しようとしません」

「何だと。すぐに電話をつなげ」

首相用緊急回線に、厚生労働省の保健医療局長が出た。

「保健医療局長、せっかく外国から来てくれた医療チームに医療行為を許可しないとは、どういうことだ?」

『総理、西日本の医師免許を持っていない者に診察を許可して、もし何かあった場合、それは許可した私の責任になってしまいます。西日本の医師免許を持っていなければ、国内での医療行為は許可できません』

「そんなこと言ってる場合じゃないだろう！　救援キャンプには重傷者を含む怪我人が何千人も運びこまれているんだぞ」

『いえでもですね、やはり何かあった場合――』

つまり厚労省の保健医療局長は、もし外国の医師が何かミスをして患者を死なせたりしたらそれは診察を許可した自分の責任にされてしまうので、いくら怪我人が大勢いると知っていても、外国の医療チームに医療行為を許可する気は全然ないのだった。

「こうしている間にも、放射能を浴びた怪我人が生死の境をさ迷っているのだぞ！」

『いえでもですね、このような問題は責任の所在をまず明確にし、しかるのちに十分な論議をはかって国民的コンセンサスを得るなどして慎重に処理いたしませんと――』

「こら保健医療局長、貴様は外国の医療チームに怪我人を助ける許可を出す気があるのかないのか、どっちなのだっ」

『いえでもですね、やっぱり何かあった場合――』

ようするに保健医療局長は、自分が責任を取らされないで済むのなら、怪我人なんか何千人死んだってかまわないのだった。

さらにモゴモゴ言おうとする保健医療局長に、木谷は怒鳴りつけた。

「ええい貴様はクビだっ！」

木谷は電話を叩き切ると、迎秘書官に命じた。

「ただいまより、厚労省保健医療局長もこの木谷が兼務する。外国から来てくれた医療チームには、ただちに怪我人の手当てにあたってもらえ！」

「は、はい」


そこへ厚生労働大臣から電話が入った。

『あー木谷君か。あー』

「厚労大臣。どこにいる？　すぐに多摩川の救援キャンプを視察して報告したまえ」

『あー、木谷君、君はいつも真面目でいかんなー。保健医療局長をクビにして外国の医療チームに診療を許可したそうじゃないか。困るよそういうことをされては』

「どういうことだっ」

木谷が力関係から仕方なく入閣させているこの厚労大臣は、木谷よりもはるかに政界に長くいる古狸だ。

『いいかね木谷君』

　古狸の厚労大臣は自動車の中からかけてきているらしく、電話の声には〈レヴァイアサン〉の体内核融合反応のために起きる電磁障害の空電がかなり混じっていた。

『ザー。木谷君、我が国の医療はだね、西日本帝国医師会に所属する西日本の免許を所持した医師たちによって責任を持って行われておるというのに、こんな時とはいえ外来の医者なぞに国内で営業させるとは――』

「営業だとっ？　人命救助だろう」

　厚労大臣は、西日本帝国医師会を支持団体に持っている政治家であった。もしこういうときに外国の医療チームに国内で活動させてしまうと、医師会から営業妨害に荷担したと言われて政治献金をもらえなくなり、次の選挙で自分を支持してもらえなくなってしまうのだった。

『営業じゃよ木谷君。今は西日本中の医者がかきいれ時だ』

「何だとっ」

『大人になりたまえ木谷君。どうだね、外国の医療チームを今すぐ国内から追い出してくれたら、西日本医師会の会長に口ききして政治献金を領収書なしで一億ばかり用意させるが』

　ようするに厚労大臣は、厚労大臣のくせに自分が次の選挙でも当選するためなら怪我人なんか何万人死んだってかまわないのだった。

木谷は受話器を握りしめて怒った。

「総理、血圧が――」

思わず言いかける迎秘書官を無視して、木谷が「貴様はクビだ」と言いかけたとき、

『――ダーンッ！　うぎゃあ～っ！』

電話の向こうで銃声がして、厚労大臣が断末魔の悲鳴を上げた。

「――どうしたんだ」

木谷が眉をひそめるのと同時に、空軍と海軍のオペレーターが血相を変えて振り向いた。

「議長！　総理！　東日本の特攻機が横田、厚木、下総の各航空基地に突っ込みました っ！」

「何だとっ！」

だが緊急報告はそれだけではなかった。

「大変です！　霞が関の官庁街が、何者かによって次々と爆破されています！」

霞が関

ドカーンッ！

国会議事堂に始まり、経済産業省、厚労省、農水省など各省庁のビルがその基部から大爆発を起こし、次々と炎上し始めた。すでに省庁の職員は避難していたが、やる気のある真面目な官僚がごく一部残って、各省の機能がストップしないように頑張っていた。霞が関の官庁街がもし消滅してしまったら、この西日本は政府が無いも同じになってしまうのだ。

しかし、

ドッカーンッ！

「うわーっ」

「いったい、どこから攻撃されているんだっ」

秘密の地下トンネルを通って襲ってきた東日本特殊部隊は難なく各省庁の地下に高性能爆薬を仕掛け、次々に爆破しながら霞が関を赤坂方向へ進撃していった。

「進め進め、わははははは！」

「隊長、次は財務省です」

「うむ。一番頑丈そうだから、爆薬もうんと奮発しろ」

「はっ」

そこへ、渋谷あたりにいる〈レヴァイアサン〉から発生し都内の半分を覆っている黒いどろどろした積乱雲からA5攻撃機が突然現われ、財務省の石造りの建物に突っ込んできた。

「や、山多田先生ばんざーいっ！」

東日本をひそかに発進した百数十機の特攻機はほとんどが中国製A5攻撃機か超旧式のミグ19戦闘機で、山多田大三と平等党が本土決戦に備えて隠しておいた温存戦力であった。〈レヴァイアサン〉の頭上から西東京の半分を覆う黒い積乱雲は、怪獣体内の核融合反応のために電磁障害現象を起こしており、この黒い雲に入って国境を越えて来れば西日本の防空レーダーには発見されなかった。

ギィイイイインッ
「うわあーっ！」

特攻機に乗る学徒動員の搭乗員は、飛行経験二十時間程度で出撃させられ、旧式のジェット攻撃機をやっと離陸させ、なんとか着陸させられる程度の技量しかなかった。初めて行く都市の中に攻撃目標を目視で見つけ出し、爆撃コースを正確に飛行して投弾し、命中させて帰還できる腕を持ったパイロットは〈レヴァイアサン〉との戦いの初日でほとんど全滅してしまった。

真面目で純粋な学徒搭乗員たちは『東日本を救い世界を解放するために』『とにかく

雲から出たら一番大きくて立派そうなビルに突っ込め』とだけ教えられていた。

「お母さーんっ！」

ドカーンッ！

わずかに残った平等党警護隊のベテランパイロットは、貴重なミグ29ファルクラムに乗って特攻隊の直衛に当たっていた。

キィイイイン
「爆装したミグ19か。カモだなあ――」

ファルクラムのパイロットたちは、少ない粗悪品の航空燃料で出撃し、特攻機を西日本の要衝へ無事に突っ込ませなければならなかった。

「三時方向、西のＦ15が来たぞ！　特攻隊を護れ」

「確認した。直衛に入る！」

西日本側は、パトリオットも81式短ＳＡＭも対怪獣用に投入して撃ち尽くしていた。制空用のＦ15Ｊは数十機残っていたが、ベテランパイロットが〈レヴァイアサン〉と戦ってやられてしまっていたので、イーグルのパイロットには新米が多かった。

「イーグルは旋回が甘いぞ、ひねって振りきれ！」

「了解！」

ドゴォオオオッ
たちまち霞が関上空は、大空中戦の修羅場と化した。新米のイーグルとベテランの操るファルクラムは、ほぼ互角だった。
その間にも、A5やミグ19の特攻機は、霞が関、永田町のめぼしい建物に次々と突っ込んで行くのだった。

ぐぉおおお——

特攻機の突っ込んだ財務省は、黒煙を吹き上げて激しく燃え上がった。

「おお——」

「隊長、特攻機が、財務省を爆破してくれました!」

「うむ。手間が省けたぞ。我々はただちに首相官邸へ進み、続いて国防総省へ突入しよう!」

おおっ、と気勢をあげて、特殊部隊員たちは再び秘密地下トンネルへ駆け込んで行った。

東日本共和国　暫定首都新潟
統合軍令部　最高作戦会議室

「山多田先生、特攻隊の奇襲は成功です！　西東京の霞が関は黒煙を噴いて大火災を起こしています！」

平等党警護隊の直衛機から報告が入ると、最高作戦会議室はどっと沸《わ》いた。

「山多田先生、おめでとうございます」

「先生おめでとうございます」

半分くらい銃殺されてメンバーの入れ替わった最高作戦会議室の閣僚や高級将校たちが、汗をかきながらパチパチと拍手した。

パチパチパチパチ
そこへ、先任作戦参謀（陸軍大臣にぶったぎられた前の先任参謀の後任）が入って来ると、奥の席へ近寄り、大三に耳打ちした。

「――山多田先生、〈クズネツォフ〉が沈みました」

確かか？　と大三は横目で先任参謀をにらみつけて聞いた。先任参謀が「確認させました」と答えると、大三はこの戦争が始まってから初めて「うむ」と大きくうなずいた。

「第二段階の手筈は」

「特殊部隊を、ネオ・ソビエト組織の要所要所に配置済みです。いつでも動けます」

「よし」

山多田大三は立ち上がった。

「わしはこれから、〈女帝〉に謁見する。お前たちは作戦を続行せよ」

「はっ」

「はっ」

山多田大三はずんぐりした体躯《たいく》に金糸装飾のマントをひるがえし、最高作戦会議室を出て行った。すかさずサーベルを下げたミニスカートの議事堂警護隊員が両脇を護って従う。
ひゅううう
日の暮れかかった人民国家大議事堂の中庭を通り、マントをひるがえした大三は、〈女帝〉エカテリーナ・ラフマニノフ一世の謁見の間へと乗り込んで行った。
「何用じゃ大三」

エカテリーナは、急な平等党委員長の訪問に嫌な顔をした。夕食前だったからだ。

「永代書記長閣下にはご機嫌も麗しく」

「わらわはもはや永代書記長ではない。位はイワンにゆずった。隠居の身じゃ」

「さすれば、引退された元ネオ・ソビエト永代書記長閣下に重要なご報告がございます」

大三はダミ声で言うと、ひざまずいたままダルマのような顔を上げた。

「先ほど閣下の海軍の空母〈アドミラル・クズネツォフ〉は、沈没いたしました。お世継ぎのイワン・ラフマニノフ閣下も艦と運命を共にされたご様子。この一大事、何を置いてもまずは閣下にご報告せねばとこの大三、急ぎ参上つかまつった次第」

「何じゃと？　信じられぬ」

エカテリーナの元にも、まだそのような報告は無かった。第一ネオ・ソビエト艦隊は、東日本軍の首脳部にも知らせずに秘密作戦遂行のため出撃したのだ。西日本の連合艦隊を襲って空母〈赤城〉を沈め、捕らわれている星間飛翔体《ひしょうたい》を解放してやるまでネオ・ソビエト司令部との交信も極力制限することになっていた。

「だいたいおぬし、空母〈クズネツォフ〉の出撃をなぜ知っておる？　東日本軍には関係の無い作戦行動じゃぞ」

「大ありでございます、閣下。星間文明の飛翔体が西日本連合艦隊の空母に載せられ、西東京へ向かったとの由、この大三とて放っておけることではございませぬ」

「おぬしなぜそれを――」

〈女帝〉は、大三の笑ったような目の奥を見て、戦慄《せんりつ》した。

「――おぬし、まさか！」

「ご安心召され。星間飛翔体は、この大三がいずれ手に入れて見せまする。世界の平等のために」

大三は右手を上げた。

「閣下のネオ・ソビエトも、わしが面倒を見て進ぜる。安心して旅立たれよ」

「貴様、大三――！」

女帝が立ち上がる前に、大三の後ろに控えていた二人の警護隊員がミニスカートの下からベレッタ拳銃を取り出すと、わずかな逡巡《しゅんじゅん》も無い早わざで大理石の階段の上の玉座に銃弾を撃ち込んだ。

タンタン！

タンッ！

「うぐっ――」

桃色のドレスのまま崩れ落ちて行くロシア中枢新貴族最後の女帝を、元公立高校英語教師の山多田大三は冷ややかに眺めていた。

曲者っ！　と駆けつけて来る宮廷警備兵に、二人の警護隊員がロングヘアをひるがえして襲いかかった。二人の美女はヒュッ！　と風のように見えなくなり、数秒後には七名の警備兵は一人残らず大理石の床で息絶えていた。銃弾は一発も発射されなかった。

「ふっふっふ」

呼吸も乱さずに、無表情で警備兵を倒してきたミニスカートの美女二人を両脇にはべらせ、大三は低く笑った。

「この二人は、〈完全制圧型バイオフィードバック〉の移植に成功した『芸術品』だ。生身の人間にかなうものか。ぶはっはっは」

大三は右の袖の中から発信機を取り出すと、待機している東日本特殊部隊全軍に下令した。

「全特殊部隊、掛かれ」

新潟、下北宇宙基地、その他東日本共和国内のあらゆるネオ・ソビエト施設で山多田大三の特殊部隊が同時に突入作戦を開始し、ロシア人たちを襲い、抵抗するものを容赦なく撃ち殺し始めた。それは、大三がこれまで何年もかかって準備してきた、傀《かい》儡《らい》政権によるかつての親玉への大謀反であった。

『ピー。山多田先生、全ネオ・ソビエト施設、制圧いたしました。ロシア人は全員降伏です』

ほどなくして特殊部隊の指揮官から報告が届き、大理石の謁見の間の玉座に居座った大三は二人の美しい殺人機械を両脇にはべらせたまま、高笑いを始めた。

「だっはっはっは！　どぅわっはっはっはっはっはっ！」

高笑いは、大理石の謁見の間にダハハハハと反響した。

帝都西東京　自由が丘

ブォオオォッ

「どけどけっ」

さっきまで厚生労働大臣が逃げるために乗っていた大型の黒塗りベンツが、目黒通り自由が丘交差点付近を猛烈な勢いで走っていた。ハンドルを握っているのは、拳銃を振りかざして無理やりこの車を止め、厚労大臣と秘書と運転手を撃ち殺して引きずり下ろした若い警察官だった。

「どけ、どけどけっ」

パパパッ、パーッ

自由が丘駅周辺では、迫り来る大怪獣の恐怖で人々がパニックにおちいっていた。横浜方面への電車は全《すべ》て止まっていた。ただでさえ狭い街路では大学生の外車同士が衝突し、ふらふらになって車を降りたところへ〈募金屋〉の群れが襲いかかった。

どどどどっ

「う、うわぁっ」

「募金しろ募金しろ募金しろ！」

「外車になんか乗りやがって！」

「アジアの人民が許すと思ってるのかっ！」

「あり金残らず置いて行けっ！」

きゃあああっ

女子大生たちが、悲鳴を上げて逃げていく。〈募金屋（『天空の女王蜂　F18発艦せよ』参照）〉はエンコした外車から道に放り出された高級女子大生や、昨夜遅くまで飲んでいてさっきまでワンルームマンションで寝ていたために怪獣の襲来を知らず、逃げ遅れてしまった遊び人の女子大生たちに襲いかかっていった。彼らを止められる警察官は、われさきに拳銃を振りかざして走ってきた車をおどして奪い取り、とっくの昔に多摩川の向こう側へ逃げ去っていた。

がった。


「きゃーっ」

「やめてぇっ」

そこらじゅうで、首からボール紙の募金箱を下げた汚いジーパンの太った黒ぶち眼鏡のむさ苦しい若い男が、脂ぎった七三の髪の毛を振り乱して女子大生の白い肌に群がった。

「て、天国だー」

「か、怪獣のおかげで、天国だー」

きゃあああああっ――――！


「止まれ」

目黒通りが環八に突き当たったところに陸軍の90式戦車がいて、通りを封鎖していた。

「ここから先の多摩川の橋は、避難民が多いため徒歩で渡ってもらう。停車して、車は置いていきなさい」

スピーカーで戦車の車長が呼びかけたが、

「どけどけどけぇっ！」

厚労大臣と秘書と運転手を拳銃で撃ち殺した若い警官は、戦車の制止など聞かずにベンツを歩道に乗り上げ、徒歩で逃げていく避難民を撥ね飛ばしながら突き進んだ。

ブォオオオッ
「そこのベンツ止まれ！　止まらないと撃つぞ」

「どけどけえーっ、ひっひっひ、ひーっひっひ！」

車長は、ハッチの下の砲手に命じた。

「やむをえん。撃て」

「車長、撃つのですか？」

「避難民がひかれる。かまわん撃て！」

「はっ」

ドーンッ
暴走するベンツは、120ミリ砲を直撃されて紙細工のように消し飛んだ。

『警備小隊121号車、こちらは大隊司令部だ』

車長のレシーバーに、ひどい雑音に混じって指令が届いた。

『多摩川被災救援キャンプを、これより茅ケ崎まで移動する。警備小隊はただちにキャンプを撤収させ、戦車で先導せよ』

「ちょっと待ってください」

車長は、多摩川の河川敷に広がる救援キャンプを振り返った。すでに百万人近い避難民が多摩川を渡る橋の上にあふれ返り、ここまでたどり着くのがやっとだった負傷者たちがテントで手当てを受けていた。

「どうしても動かせない重傷者が、何千人もいるんです。今すぐ移動させるなんて――」

『ザー。移動できなければ、怪獣に踏みつぶされて食われるだけだぞ。急げ！』

大隊司令部との無線は、次第に強くなるノイズで聞き取りにくくなっていた。〈レヴァイアサン〉が近づいてきているのだ。

「車長、どうします」

「くそっ。なんとか怪獣を防げないのかっ」

目黒

怪獣が山手線の駅であと二駅と迫ってきても、ここ目黒ではまだ逃げ遅れた人々が数万人も狭い街路を埋め尽くしていた。

「うわあああ」

「怪獣が来るぞー」

すでに頭上は黒い雲に覆われ、強い放射能を含んだ豪雨が降り注ぎ始めていた。

ザァアアアア

ピカッ

ゴロゴロゴロ

目黒権之介坂の真ん中で、赤紫色の宗教服を着た派手な老婆が雨に濡《ぬ》れる道路に座りこみ、大声で念仏を唱えていた。

「南無阿弥陀仏南無阿弥陀仏」

「南無阿弥陀仏、おおこの世の終わりじゃ、悪いことをした者はみんなあの化け物に食われるのじゃ、だが皆の衆まだ助かるぞ、この壺を買って祈りを捧げれば現世の罪は洗い流され許されるのじゃ、商売発展、家内安全、縁結びにも霊験あらたかじゃ、今ならたったの三十万円じゃ」

そこへ空軍のＦ15に撃ち落とされた特攻隊直衛のミグ29が、火を噴きながら突っ込んできた。

ギィイイインッ

「う、うあああっ」

ドカーンッ

六本木　国防総省

「総理。都内は大混乱です」

「くそぉっ」

木谷は、遠隔ビデオカメラに映し出される都内各所の断片映像をにらみながら、こぶしを握りしめた。

「首相官邸から火の手が上がっています！」

「官邸などどうでもいい、住宅地域の避難は？　怪獣はどこまで迫った？」

「怪獣は現在、渋谷駅前に到達。東急東横線、渋蒲《しぶかま》線に沿って南下する模様」

「食い止める火力は？」

「戦車隊はビルなどの遮蔽物が多く、集中砲火は困難です」

「戦闘機隊はどうした」

「東日本の特攻隊を防ぐので精一杯です！」

「くそぉ山多田め！」

「総理」

峰がいきりたつ木谷に言った。

「総理、官庁街のあの爆発は、何かおかしい。東の特殊部隊が侵入しているにしても、永田町、霞が関、赤坂と、整然とやられ過ぎています」

「整然と？」

「はい総理。わが陸軍のレンジャーが駆けつけても、官庁街に敵兵の姿は見えないとの報告です」

「姿が見えない……」

峰の言葉に、木谷は眉間《みけん》にしわを寄せた。

「……まさか」

「そのまさかです。もしあの秘密トンネルの存在が、東日本にばれていたとすれば──」

「うむ。峰君ただちにトンネルの出口を警戒だ。たしかあのトンネルは、赤坂の首相官邸からこの国防総省まで一直線に──」

木谷がそう言い終わらないうちに、
ドカーンッ
ズズズズンッ
大爆発の衝撃が、国防総省地下の耐核構造体を揺るがして激しく震動させた。

うわぁーっ

きゃーっ
一瞬照明が切れて、天井材がパラパラはがれ落ちてきた。総合指令室のオペレーターたちが悲鳴を上げ、非常警報が鳴り響いた。
ヴィイイイイッ
ヴィイイイイッ
『こちら地下三階エレベーターゲート！　壁を爆破して敵が侵入！　敵が――うわーっ』
「警備隊急げっ！」
峰は立ち上がって怒鳴った。
「オペレーターも全員銃を取れ！　防戦だっ」

9. レヴァイアサン対〈究極戦機〉

＊ネオ・ソビエト軍の主力が洋上にあるうちに反乱を起こし、謀反を成功させた山多田大三は、早くも自らの拠点を大議事堂奥のネオ・ソビエト永代書記長謁見の間に移していた。
もはや止めるものもなく、怪獣すらも味方につけたかに見える独裁者は、世界を征服するために動き出す。東西日本の運命は――？

暫定首都新潟

「女帝は、イワン新総帥の戦死にいたく悲しまれ、自らこの世を去られた！　すべてを山多田先生に託し、旅立たれたのだ！」

　おおおおおおお――！

　広大な大議事堂前広場に集められた何も知らない群衆は、大拡声器から高圧的にたたきつけられる陸軍大臣の演説に、恐れおののいてひれ伏した。

「これより先は、東日本共和国、ネオ・ソビエトが一つになり、世界で一番正しい山多田先生のお導きにより、人類をリードして前進するのだ！」

　おおおおおおっ
「進め、東日本の民よ！　立ち上がれ！　世界の平和のために！」

　山多田先生、ばんざーいっ！

　ばんざーい！

　ばんざーい！

　望楼に立った山多田大三が金糸装飾のマントを翻して一歩前に進み出ると、大群衆が狂ったようにバンザイをした。いつにもまして人民広場の警備兵が群衆の間を駆け回り、すこしでもバンザイに気合いのこもらない国民を見つけると、容赦なくその場で銃殺していった。

ダダダダダダッ

うぎゃあああっ

バンザーイ！

バンザーイ！

「先生」

加藤田要が、人民に手を振って答える大三に近寄ると、耳打ちした。

「山多田先生、一般国民兵の利根川渡河作戦は、順調です。すでに二万名が西東京へ侵攻しました」

「うむ。後続の兵も、どんどん突っ込ませよ」

「しかし先生、防毒マスクも小銃も、不足しております。これから利根川を渡る国民兵には、竹ヤリしか持たせることができません」

「かまわん」

大三は平然と言った。

「加藤田」

「は」

大三は群集に手を振る動作はそのままに、横目で平等党第一書記をギロリと見た。

「わが東日本共和国の、わしの所有する国民は何人おるか」

「はっ。六千万人でございます」

「西日本の人口は？」

要は、この独裁者は何を考えているのだろうと思いながら答えた。

「たしか、四千八百万です」

「では、わが六千万人全員に竹ヤリを持たせて西へ突っ込ませ、一人が西の敵を一人以上倒せばよい。一千二百万の差でわしの勝利だ。簡単な話だ。おまけによけいな人口も減らすことができる。人口はすくないに越したことはない」

「は、は――」

山多田大三は国民に選ばれた指導者《リーダー》ではなく、国民を所有するオーナーなのだ、というピョートル・ラフマニノフの指摘は、事実を語っていた。要は、自分も大三の所有物ということになるのだろうかと思いながら汗をかいてひれ伏した。

「ははーっ。す、素晴らしいご指摘でございます。この加藤田、目からウロコがおちました」

「それよりも、例の物は見つかったか？」

「は、〈労働者の守護神〉でございますか。現在、情報部に全力を挙げて捜させております」
「一刻も早く、見つけ出せ。〈労働者の守護神〉を手に入れなければ、日本征服は成し遂げられぬ。急ぐのだ！」

要が「ははー」とかしこまって下がると、続いて先任作戦参謀が近寄って報告した。

「山多田先生、奪い取ったネオ・ソビエト偵察衛星からの観測では、西日本連合艦隊はネオ・ソビエト艦隊を破り、東京湾へ向かう模様です」

「特攻機を突っ込ませよ」

大三は群衆に手を振りながら、振り向きもせず言った。

「ありったけの特攻機を連合艦隊に突っ込ませ、〈大和〉以下の護衛艦隊を沈めて〈赤城〉を丸裸にし、星間文明の宇宙艇を奪い取るのだ！」

「ははっ」

「今まさに、共和国は危機に瀕《ひん》している！」

かん高いどなり声が、寒風の吹き抜ける飛行場に響き渡った。

「山多田先生による正義の解放を邪魔せんと、愚かなる西日本軍の艦隊が東京湾へ入ろうとしているのだ！　これを許してしまえば、世界一正しい山多田先生による西日本解放は、大幅に遅れてしまう！　敵を阻止できるのは、諸君ら若い力による正義の肉弾攻撃以外にはあり得ないっ！」

　新潟の首都防衛航空基地では、整列した学徒動員の特攻隊員を相手に、軍刀を持った司令官が演説していた。

「立ち上がれ若者よ！　世界の平和のため、アジアの人民のために、資本主義者の邪悪な企みを打ち砕くのだ！」

　体になじまない旧式の飛行服を着せられて、気をつけして聞いている若者たちは、生まれた時から『山多田大三は神様よりも偉い』と聞かされて育ったので、司令官の狂ったようにツバを飛ばす演説にも、まったく疑いを感じていなかった。

「ゆけっ、若者たちよ！　世界のために散ってこい！　美しく散ってくるのだ！」

　若い搭乗員たちは、決然と「山多田先生バンザイ」を三唱すると、飛行列線に並べられた特攻用のミグ19戦闘機の機体に走って行った。銀の地肌を光らせたミグ19は、これまで山の中の秘密格納庫などに分散して隠されていた、本土決戦用の機体であった。旧ソ連の工場で三十年も昔に製造された亜音速戦闘機には、２５０キロ爆弾が二発と、片道分だけの燃料が積み込まれていた。

「第十三愛国挺身攻撃隊、出撃いたしますっ！」

〈平等〉の鉢巻きをした編隊長が、コクピットに立ち上がって敬礼をした。

「うむ。山多田先生のため、立派に死んでこい」

「出撃！」

「出撃！」

「バンザーイ！」

「バンザーイ！」

数十機のミグ19は、轟々《ごうごう》とエンジンを始動すると整備員たちのバンザイに見送られ、次々に滑走路へ向かった。

帝都西東京

「うっ――」

ひとみはめまいを感じた。

三宅島の南方洋上から西東京上空へは200マイルの距離がある。しかし所要時間は四十秒だった。まるでCG画面の早回しのように、房総と三浦半島の陸地が向こうから引き寄せられるように正面モニターに近づいたかと思うと、〈究極戦機〉はあっという間に東京港の上空にいた。

しかし、

「ここが──東京？」

どす黒い雲に覆われ、目の前の霞が関は黒煙を吹き上げていた。日が暮れるというのに都会の灯りはまったく無い。黒いコンクリートの墓場のようだ。

『望月中尉。六本木と連絡が取れない。国防総省は無事か見てくれ』

「はい──」

３６０度の全周視界を提供してくれるモニターを見回す。ＵＦＣは浜松町の世界貿易センタービルの頂上と並んで空中に浮いていた。手を伸ばせば三十八階建ての高層ビルに触れられそうだ。

（──六本木は……）

ひとみは操縦席のシートの肘掛けをつかんで、見回す。コマンドモジュールを維持するシステムの低いうなり。モニターにはウインドーがいくつか開き、現在の核融合炉やＧキャンセル駆動システムの運転状況をカラーグラフで表示している。

何だろう──あの黒い山は……？

霞のかかったような雨の中、黒い丘が渋谷のあたりにそびえている。まるでオーストラリアを旅行したときに、砂漠の向こうにエアーズロックの巨岩が見えてきたときのような眺めだ。だがモニターに映っている黒い巨岩は、少しずつ動いていた。

ズズズズズ──

黒い丘の背は、〈究極戦機〉の現在の高度にほぼ等しかった。

「——怪獣？　あれが？」

ひとみがそちらを『もっとよく見たい』と思うと同時にモニターの左にウインドーが開き、望遠拡大映像が映し出された。

ズズズズズ
〈レヴァイアサン〉は、ついに旧山手通りで防戦していた戦車隊を踏みつぶし、山の手の上り斜面を無数の足の爪でかきむしりながら世田谷区青葉台の住宅街に乗り上がっていった。
ズズズズズ
バキバキバキバキ
ズズズズズ
黒い怪物の下敷きになって、電柱や木造家屋や低層のマンションが次々につぶされていく。
うわぁーっ
逃げ遅れた人々の頭上に、怪獣の体表面の無数の穴からピンク色をしたナメクジ芋虫がぬらぬら光りながら這《は》い出して、ピルピル鳴きながら落ちかかっていった。
ピルピルピルピルピル

無数のナメクジ芋虫は、ぬらぬらした粘液の糸を引きながら逃げ惑う群衆の頭上に降り注いだ。

ピルピルピルピル

うぎゃあーっ！

ひとみは悲鳴を聞いた。恐ろしく大勢の悲鳴だ。断末魔の悲鳴。人が食われているのだ。

「くっ――」

(――化け物め……！)

ナメクジ芋虫――〈レヴァイアサン〉捕食体のおぞましさを、〈明るい農村〉艦上で呑み込まれかけた彼女は体の芯《しん》まで思い知っていた。

行かなければ、と意識した瞬間、〈究極戦機〉は反応してフッと前方へ動き、二秒で5キロメートルを移動して怪獣と住宅街の間に割り込んだ。コマンドモジュールには何のショックも無かったが、極超音速の空中移動で生じた側方衝撃波は経路下の南麻布を襲い、フランス大使館を粉微塵《こなみじん》に吹き飛ばしていた。

「怪獣め！」

UFCは〈レヴァイアサン〉の真正面に向き直り、大怪獣の鼻先高度50メートルに滞空した。

『ま、待て望月中尉、怪獣を攻撃するんじゃない！』

モニターを遠隔傍受していた葉狩真一が止めようとしたが、遅かった。

「――くらえっ！」

ヴァッ！

〈究極戦機〉の尖端部《せんたんぶ》からプラズマ砲が発射されるのと同時に、世田谷の上空にオレンジ色の大爆発が生じた。

ドカーンンッ！

爆発は光球となってふくれ上がり、西東京西部を小型の太陽のように照らすと、強大な衝撃波を波紋のように拡散させ半径2キロ以内のビルやマンションを放射状になぎ倒した。

ズドドドォーンッ
「きゃーっ！」

〈究極戦機〉は木の葉のようにもまれ、膨張する大気の濁流に押し流されて渋谷まで吹き飛ばされ、東急ハンズをかすめてパルコパート3の真ん中に突っ込み、ブティック街を根こそぎ吹き飛ばして向こう側へ突き抜けた。

『望月中尉、大丈夫かっ』

「だ、大丈夫、です……」

それでも、〈究極戦機〉の機体には何のダメージもなかった。星間文明の飛翔体《ひしょうたい》はバランスを取り戻すと、何事もなかったかのように渋谷公園通りの上空60メートルに浮いていた。

フィイイイ
『望月中尉、ＵＦＣのヘッジホグと〈レヴァイアサン〉の防御用電磁フィールドが反応したのだ。もう撃つな。また爆発するぞ』

「は、はい——」

ひとみはＵＦＣを上昇させ、ビル群の上に出て世田谷方向を拡大投影させた。と同時に拡大画面に怪獣の頭部がアップになりこちらを向いた。怪獣は無傷で、頭部の下に口のような縦の裂け目が開き、蒼白《あおじろ》く発光した。

「わっ」

蒼白い閃光《せんこう》はモニターの中で爆発的に広がり、ひとみが思わず顔をそむけると同時にピピピピッと警告トーンが響いて〈究極戦機〉が自動的に回避機動に入った。回避は間に合わず、怪獣の放った三重水素プラズマの奔流が津波のように渋谷駅前を吹き飛ばし、消滅させた。

ドドーンッ

渋谷109から渋谷駅ターミナルが一瞬にして木端微塵に吹っ飛び、その後ろの渋谷文化会館が核爆発並みの熱線に窓ガラスを蒸発させながらアメのように倒壊し、さらに後方の東宝生命ビルがウエハースでできたミニチュアのように真ん中から砕けて二つに折れ、ガラスや建材をまき散らしながら崩壊した。

ズズズズーンンッ

「きゃーっ！」

〈究極戦機〉は大波に突っ込んだ小型潜水艇のように激しく揺れ、機体表面温度が一時的に2000℃を越えたが、内部のコマンドモジュールにはダメージを受けなかった。銀色の〈針〉は高温の機体表面から水蒸気を噴き上げながら横へ移動し、針のような機首は怪獣の方向へ向けたままで低空を保って五反田、大崎から品川の上空へ場所を変えた。

「はあ、はあ。あれが——怪獣の力……」

だが世田谷に巨体を居座らせている〈レヴァイアサン〉からはビルの陰に隠れながら低空で移動する〈究極戦機〉が丸見えだった。大怪獣の頭部は東京タワーの第一展望台と同じくらいの高さがあり、渋谷周辺の高いビルは今の二回の大爆発でほとんど倒壊していた。

ズヴォーッ

蒼白い閃光が西東京西部を一瞬ストロボのように照らし、閃光の奔流が品川を襲った。

「きゃあーっ！」

怪獣の吐いたプラズマの奔流は〈究極戦機〉を呑み込んで押し流しながら品川プリンスホテル新館を木端微塵に吹き飛ばし、その向こうの品川駅も吹き飛ばし、勢いを少しもゆるめずに芝浦倉庫街をなぎ払って海にはたき飛ばすと東京港レインボーブリッジに命中した。巨大な吊《つ》り橋は二つに折れ、ナイアガラ瀑布《ばくふ》のような水煙を蹴立《け》てて海面に落下した。〈究極戦機〉は橋の残骸《ざんがい》とともに海にたたき落とされ、東京港の海底のヘドロの中に突き刺さったが、自力で上昇して十三号埋立地の上空に浮揚した。

フィイイイイ

「はあ、はあ、か、怪獣め――――！」

五、六回縦横にシェーカーのように揺さぶられ、操縦席から放り出されかけてコマンドモジュールの天井モニターに頭をぶつけたひとみは、はあはあ息を切らしながらシートに起き上がった。頭の横を切って血が出ていた。他にもどこかをぶつけたらしく、身を起こしながら苦痛に顔をゆがめた。

「――怪獣め！」

ひとみは拡大映像の〈レヴァイアサン〉をにらみつけた。

「よ、よくも東京を――！」

ひとみの怒りに、〈意志命令モード〉が反応した。

『だめだ望月中尉、攻撃してはいかんっ！』

葉狩が怒鳴った。

遅かった。

ヴォッ
白銀の〈針〉の尖端部から蒼白い閃光がほとばしり、閃光はビームとなって品川区の上空を走って三軒茶屋の怪獣に命中した。同時にまた大爆発。

空母〈赤城〉

猛烈な爆発の白色光で管制席のモニターは真っ白に輝き、数瞬何が映っているのかわからなくなった。

「くそっ」

「博士。いったい何が起きたのです」

〈赤城〉に駆けつけてきた波頭少佐が、真っ白に輝くモニターに目をしかめながら聞く。黒いビル群の向こうの空は、まるで水爆実験場のようだ。あそこは世田谷区だというのに。

「波頭少佐。やつは木星の衛星エウロパのむき出しの地表で、三百年間活動していたのです」

葉狩は、星間飛翔体の人工知性体から得た知識で波頭に説明する。

「衛星エウロパは大気が希薄で、宇宙空間から微小隕石《いんせき》が降り注ぐ環境です。やつは隕石から身を護れるように、体表面に強力な電磁フィールドを持っているのです。砲弾やミサイルが直前で阻止・爆破され、いくら攻撃しても致命的ダメージを与えられないのもそのせいです」

「バリヤーがあるのか」

怪獣が降り注ぐ隕石雨を防げるのだとしたら、砲弾も効きめがないのは当然だ。

「捕食体のような、ゆっくり動く物は通すが、ミサイルのような速い動きをする物が近づくとやつの体表面の感覚器官が察知し、瞬時に胴体の周囲に電磁フィールドを張って防ぐのです。〈究極戦機〉のヘッジホグ――すなわち三重水素プラズマ砲はやつの閃光流と基本的に同じ物で、核融合炉内のプラズマをビーム状に撃ち出す、一種の粒子ビームです。つまりレーザーのような光ではないので質量を持っています。怪獣の感覚器官が反応して、やつにバリヤーを張らせてしまう。三重水素プラズマと電磁フィールドが衝突すると、あのような大爆発になるのです。しかもどんなに外側で爆発しても、やつはバリヤーに護られて平気です」

「ううむ――」

波頭はうなった。では我々人類はこれまでずっと、無駄弾を撃ってきたというのか。

「世田谷区、目黒区、品川区、および渋谷区南部、ただいまの爆発で全滅」

葉狩の隣の席で、〈究極戦機〉の観測システムから送られてくるデータをもとに魚住渚佐が帝都市街被害状況図をアップデイトした。

「新宿区、港区、中央区は東日本軍に占領された模様。六本木も応答しません」

「望月中尉」

葉狩は〈究極戦機〉コマンドモジュールにつながるマイクを取った。

「望月中尉、聞こえるか」

帝都上空

ひとみが芝公園の東京タワーの後ろまで後退すると、〈レヴァイアサン〉はもう撃ってこなかった。空中に静止して拡大映像を出すと、青葉台、上目黒、池尻、三軒茶屋は全滅し、黒い瓦礫《がれき》と溶けたコンクリートの焼け野原になっていた。

『望月中尉、聞こえるか』

「――――」

ひとみは、コマンドモジュールの操縦席の肘掛けをつかむ指先が、細かく震えるのを止めることができなかった。

『望月中尉、大丈夫か？　聞こえるか？』

「は、博士――」

ひとみはようやく声をしぼり出した。

「――無事なようです。あ、あたしだけは」

『望月中尉。ヘッジホグがやつの電磁フィールドと衝突すればああなるのだ。攻撃はするな。全センサーをフル稼働させて怪獣をスキャンしながら後退するんだ』

「りょ――了解しました」

拡大映像に映る世田谷の住宅街は、跡形も無かった。黒い怪獣は無傷で、背中の熱放出翼を孔雀《くじゃく》のように展張して、体内の核融合炉に大出力を出させた後の余剰熱を空気中へ放出していた。上昇気流で一瞬だけ雲が切れ、丹沢山塊に沈む夕日が山の手を照らし出した。白い骸骨でできたような〈レヴァイアサン〉の熱放出翼は陽炎《かげろう》にゆらゆらゆらめいて輝き、反射鏡のように黒い焼け野原を照らした。逃げ惑っていた人間たちは跡形も無く消滅し、数千匹のナメクジ芋虫も黒こげになって無数の偽足で天をかきむしった格好で炭になって転がっていた。

(こ、これを……あたしがやったのか)

コマンドモジュールで地上を見下ろすひとみのショックを気づかって、同じ映像をモニターしている葉狩が言った。

『望月中尉。怪獣に襲われた人々はいずれにせよ助からなかった。悪いのは君ではない、怪獣だ』

白銀の〈究極戦機〉は、ひとみの恐れを感じ取ったようにゆっくりと空中を後退し始めた。

『中尉、ご苦労だった。帰艦したまえ』

だがひとみは、UFCをゆっくりと後退させて怪獣から離れながら、小さく口を動かし続けていた。

「——こ、これを……あたしが……」

この三度の大爆発で、怪獣の周囲に踏みとどまっていた最後の陸軍戦車師団の残存車両も巻き添えを食い、壊滅してしまった。その事実はあまりにショックを与えるので、ひとみには知らされなかった。これで帝国陸軍の戦車隊は被災者を護衛して西へ脱出する部隊のみとなり、もはや帝都西東京を東の侵攻から護る陸上抑止戦力は存在しなくなった。

押し寄せる東日本の歩兵たちにも、占領した都市はすでに放射能で死んでいた。

しかし放射能の意味も知らない者が大部分を占める民兵の大群は、新宿、代々木、原宿、渋谷と怪獣の破壊した跡を踏みならして進んできた。表参道は竹ヤリと防毒マスクの大群で埋めつくされ、大群は青山、赤坂、六本木と進軍した。無人のビルの一階ショーウインドーは次々にひとつ残らず破壊され、陳列品は略奪しつくされ、青山通りは割られたウインドーのガラスのかけらで雪が積もったようになった。

日没には永田町の国会議事堂に赤旗がひるがえり、中央棟の屋根にロープが渡されて山多田大三のばかでかい肖像画がかけられた。侵攻部隊主力は霞が関の各省庁の建物を制圧すると、中に最後まで残っていた財務省や厚労省や農水省の役人を路上に引きずり出し、縛り上げてかたっぱしから銃殺した。財務省の石造りの建物は頑丈で、特攻機が突っ込んでもまだ原形をとどめていたため侵攻部隊主力は財務省に占領本部を置くことに決め、さっそく野戦通信施設を開設したが、投光機にまで回す燃料がないため、あたりは真っ暗だった。

怪獣は日没後も進撃を続け、三軒茶屋から柿の木坂を踏みつぶし、自由が丘に襲いかかった。

ズズズズズズ

小山のような黒い怪物がビルの上に出現すると、道端で襲った女子大生を押し倒していた募金屋たちが信じられないように黒ぶち眼鏡の奥の細い眼をパチクリさせた。

ヴォオオオオッ

ピルピルピルピルピル

捕食体は自由通りをぬめぬめしたピンク色の津波のように埋めつくして、たちまち自由が丘の中心街で逃げ遅れていた募金屋や女子大生を呑み込んで、食ってしまった。

〈レヴァイアサン〉はさらに南西へと進む。

鉄道も、自動車も失った帝都市民は、もはや怪獣の移動速度よりも速く逃げる手段を持っていなかった。

大島沖
連合艦隊
二十時三十分

ゴォオオオオ

空母〈赤城〉は浸水を食い止めて何とか沈没をまぬがれたが、機関は損傷し15ノットの速力しか出なかった。イージス艦〈群青〉を失った連合艦隊は、それでも夜を徹して北上し続けていた。

ゴォンゴォンゴォン

再びよみがえった機関音が轟《とどろ》く中を、疲れ切った顔を部下に見せまいと唇をかみしめた押川艦長がUFCコントロールセンターにやって来た。

「博士、東京湾への入港は明け方になる。UFCはどうだ」

「機体は損傷軽微です。しかしパイロットが、かなり疲労しています」

望月ひとみは〈赤城〉に着艦すると、コマンドモジュールから降りるなり強いめまいを訴えて失神してしまった。身体のあちこちを打撲し、脱水症状も起こしていた。

葉狩は仕方なく、〈究極戦機〉の機体を応急修理したエレベーターで大格納庫に収容し、とりあえず次の出撃に備えて整備に入れた。

「〈意志命令モード〉であれとつながって、経験したことも無い極超音速での移動や核なみの大爆発に巻き込まれたりしたんだ。仕方がなかろう」

そこへ、白衣姿の魚住渚佐が入ってきた。

「博士、艦長。望月中尉ですが――」

「具合はどうだ?」

「それが――ついさっき目を覚ましたのですが、そのままトイレに駆け込んでしまって――いくら呼んでも、中から出てこようとしないんです」

葉狩が、ため息をついた。爆発で黒く汚れたままの白衣を着た葉狩真一は管制卓のシートに腰を下ろすと、メガネを外して拭《ふ》いた。

「――ひとみは……だめかもしれないな」

ピー

「葉狩だ」

インターフォンは、艦橋からだった。

『葉狩博士。愛月中尉が救出されました。救難ヘリが帰艦します』

葉狩は、それを聞いてもう一度深くため息をついた。

「助かったよ――すぐ行く」

『押川艦長も艦橋へお出で下さい。〈大和〉の森艦長が来られます。作戦会議だそうです』

有理砂

空母〈赤城〉

「愛月中尉。ずぶ濡《ぬ》れのところを悪いがすぐに作戦会議だ。中央作戦室へ行ってくれ」

お荷物をつれて母艦〈赤城〉に戻ると、パイロットの労働条件なんかなんにも考えていない郷大佐がわたしに言った。

「〈レヴァイアサン〉を倒すための艦隊合同作戦会議だ。急げ」

やれやれ。

「アリサ。また逢おうぜ」

ピョートル・ラフマニノフは捕虜のくせして、救難ヘリで運ばれる間じゅうわたしを口説き続けてうるさいったらなかった。わたしはもっと繊細なタイプが好みだっていうのに、このアメフト選手みたいなすけべ男はいくらわたしが魅力的だからといってちょっとは遠慮しろよ。

「愛してるぞー」

「営倉に入ってろ」

ピョートルが警備員に連れられて行くのを見送り、わたしは郷大佐と〈赤城〉のアイランドへ向かう。母艦はネオ・ソビエトの二波にわたるミサイル攻撃にさらされ、舷側に一発のKh35を食らっていた。この艦が沈まずに済んだのは、もちろんわたしの活躍のお陰である。

「あれは——?」

舷側のミサイルの破口とは別に、飛行甲板の中央部が裂けているのをわたしは指さした。

「〈究極戦機〉が発進するのに突き破ったんだ。エレベーター開口部が開かなくてな」

「——UFCが？　出撃したんですか？」

郷大佐の返事に、わたしは思わず足を止める。

「いったい誰を乗せて？」

「望月ひとみだ」

「そんな無茶な！」

素人の操縦であれが飛んだ？　わたしはぶっ飛んだ。自転車にも乗れない女の子をいきなり１２００ＣＣのオートバイにまたがらせて坂道へ押し出すようなものだ。

「正気のさたじゃないわ」

「この空母がやられるかどうかの、一かばちかの瀬戸際だったのだ。仕方がない」

「無事だったんですか？」

「損害は軽微だったそうだ」

「ＵＦＣのことじゃなくて、パイロットよ。ひとみは、無事だったんですか！」

「降りてから失神したそうだが、無事に帰ってきた。怪獣と戦っても軽いけが程度だ。さすがは〈究極戦機〉だな」

「怪獣と――って……西東京まで行かせたんですかっ？」

「そうだが――おい愛月」

郷大佐は、わたしが中央作戦室への階段を降りずに艦内を奥へ向かったので、あわてて呼び止めた。

「愛月、どこへ行く？」

「医療センターよ。決まってるでしょう！」

〈赤城〉の艦内医療センターでは、トイレに閉じこもったままのひとみに軍医が手を焼いていた。

「あ、中尉」

「どいて」

わたしは医者と看護師をトイレのドアから下がらせると、中に呼びかけた。

「望月さん、あたしよ。愛月。開けてちょうだい」

ドアの中からは、うめき声が震えながら伝わってきた。

「う、うあああ、ああああ」

「望月さん」

わたしはドアの取っ手に手をかけた。

「有理砂」

誰かがわたしの肩をつかんだ。

「五月」

立花五月は、「わたしにまかせろ」と言うと、取っ手を握ってこじ開けた。

うあああああっ
狭い個室の中では、ロングヘアをポニーテイルに結んだ望月ひとみが閉じた便器に腰かけ、両手で耳をふさぎながら頭を激しく振っていた。顔面蒼白。激しく汗をかいている。

「ひとみ」

「うわぁーっ」

「しっかりしろ」

「うああっ」

五月が肩に手をかけようとすると、ひとみは振り払って暴れ出した。

「仕方ない」

五月はひとみの首筋に右の手刀を振るった。ひとみはあっけなくその場にくずおれたが、発汗と激しい手足の震えは止まらなかった。

「ひどい――」

わたしはひとみのありさまを見てため息をついた。

「有理砂」

五月が言った。

「ひとみは、有理砂の代わりにあの星間飛翔体に乗せられて出撃した。艦隊を襲ってきたミサイルを迎撃し、そのまま西東京まで飛んで怪獣と戦ったそうだ」

「ひどい仕打ちだわ！　普通の人間に耐えられるわけがない」

〈意志命令モード〉であのマシーンと繋《つな》がることがどういうことか、ＵＦＣの操縦システムを知らないおっさんたちにはわからないのだ。

「異星の宇宙船と脳みそが混ざって、あの超兵器が手足のようになるのよ。『ちょっとじゃまだ』と思うだけでプラズマ砲がぶっ放されて、辺り一面火の海になるのよ。自分の力を一億倍にも一兆倍にも増幅されて、普通の神経の持ち主なら十分でおかしくなるわ」

ミサイルを撃ち落とさせた？　怪獣と戦わせた？　プラズマ砲を使わせたのか。訓練もしていないひとみに――

「ひどいわ」

「有理砂。仕方がない。有理砂は作戦会議に行け。ひとみはわたしが看る」

「五月が？」

「友達だ」

五月はうなずいた。

「ひとみは友達だ。友達は、大事だ。東ではわたしに友達はいなかった。わたしを慕ってくれていると思っていた後輩の子でさえ、わたしが国を裏切ればわたしを殺《あや》めようとした」

五月は汗をかいたまま気を失っているひとみを抱き上げると、わたしに「行け」とうながした。

「西東京とは現在まったく連絡が取れない」

森艦長が言った。空母〈赤城〉の中央作戦室には連合艦隊の各艦から艦長クラスが集まって、面突き合わせて相談を始めていた。

「六本木の国防総省からも依然として応答がない。横須賀の連合艦隊司令部もだ。横須賀には特攻機が突っ込んだらしい。六本木は核にも耐えられる地下施設のはずだが、応答がないのは敵の特殊部隊に襲われた可能性も考えられる」

〈レヴァイアサン〉は餌《えさ》になる人間を追って帝都西部の住宅地域へ移動しているから、軍の施設を沈黙させているのは主に東日本の侵攻部隊だと推測できた。残っている西日本の勢力が連合艦隊だけなら、わたしたちは怪獣をやっつける他に、東の独裁者の軍隊も追い出さないといけないわけか。

「森艦長。そうするとわが艦隊への補給は、どうなるのですか」

若いイージス艦の艦長が手を上げて聞いた。まだ三十とっかかりの、長身のかっこいい男だがこんなおっさんばかりの中に混じって巡洋艦一隻責任もたされるんじゃ大変だろう。

「うむ。矢永瀬艦長、補給艦とも司令部とも連絡がつかないのでは、直接横須賀へ入港する以外にわが艦隊が補給を受けられる可能性はない」

「しかし、私の〈新緑〉も〈大和〉も、対空ミサイルはさきの空襲で撃ち尽くしてしまいました。〈大和〉には主砲用の対空三式弾すら無くなってしまったと聞きます。こんな状態で、制空権の奪われた帝都東京湾へ入ろうと言うのですか」

「たしかに危険は伴う。空軍の横田基地も海軍の厚木・下総も応答しないということは、特攻機に滑走路を破壊されて敵特殊部隊に占領を受けた可能性が高い。味方の航空支援も期待出来ないだろう」

「関西・九州地方の部隊はどうなのだ？」

〈赤城〉の押川艦長が言った。

「援軍を、頼めないのか」

「押川艦長、実はわが西日本帝国の壊滅的打撃を目にして、中国・北朝鮮が我が国への侵略を計画しているらしい。狙《ねら》われるのは、九州だ。また台湾も沖縄を狙っている。九州地方の部隊は空軍も陸軍も、守備範囲を留守にするわけには行かないのだ。西東京へ向かう我々への援軍は期待できない。わが連合艦隊は手持ちの弾薬と装備だけで東京湾へ進入し、怪獣と東日本侵略軍を撃滅しなくてはならない」

　森艦長は、作戦室に集まった白い軍服の艦長たちを見まわした。

「西東京には、何が待っているか見当もつかない。しかし我々は、行かねばならない。独裁者と大怪獣から、我々の国を奪い返さなければならないのだ」

「なあに大丈夫じゃよ。我々に〈究極戦機〉あるかぎり、どんなに敵が強大であろうと心配は無用無用」

四角い顔を真っ赤に潮焼けさせた古参の艦長がかっかっかと笑った。

「諸君もミサイルを一撃でたたき落とした〈究極戦機〉の性能を見たであろう。怪獣や独裁者の軍隊がいかに強かろうと、〈究極戦機〉さえあれば恐るるには足りんよ。かっかっかっかっ」

「待ってください田崎艦長」

わたしは思わず立ち上がった。

「言っときますけど」

わたしは作戦室のテーブルの末席から、古い海軍軍人のおっさんに言った。こういうことはちゃんと言い聞かせておかないと困る。

「あれは、まだテスト飛行もしていません。コントロール系統がちゃんと追従して言うことを聞いてくれるか未知数なんです。乗ればパイロットはおかしくなっちゃうし、操縦系統の設計に参加したこのわたしでも、正気で帰って来られるか自信がありません」

あんまり当てにしないでください、と言おうとしたら、巡洋艦〈翔天〉の田崎艦長は笑い飛ばした。

「かっかっか。心配は無用。襲い来るミサイル群を〈究極戦機〉は一撃でたたき落としてくれたではないか。あの活躍は、みんなが見たぞ。同じ調子で侵略軍と怪獣も帝都から一掃してくれればよいのだ。連合艦隊の任務は君の〈究極戦機〉を東京湾まで連れて行くことだけじゃよ愛月中尉。かっかっかっか」

「待ってください田崎艦長」

葉狩真一が、ぼそっと言った。

「愛月中尉の言われる通りです。〈究極戦機〉UFC1001を、我々の所有する兵器だとはあまり考えていただきたくない。あれはあくまで――」

「まあよい」

森艦長が制した。

「葉狩博士、〈究極戦機〉が未知数ながら大きな戦力であることはたしかだ。ここは大怪獣を倒すための作戦立案を進めよう。時間が惜しい」

〈赤城〉中央作戦室の正面プロジェクターが点灯され、白衣をはおった葉狩真一が説明に立った。

「これより〈敵〉の正体と、対策を説明します。ご覧ください。これが先ほど帰還したUFCの観測データにより初めてはっきりした核生命体〈レヴァイアサン〉の全体図です」

カシャッ

ひょろりとした葉狩真一の白衣のシルエットに重なって、レヴァちゃん――〈レヴァイアサン〉の巨大な全身像が投影されると、白い軍服を着たおっさんたちは一様に「おおぉ」とどよめいた。

「次をご覧ください。これが初めて解った〈レヴァイアサン〉の体内構造です」

カシャッ

CGで補正された大怪獣の全身像が、黒白反転した透視図に変わった。

「このように、やつの胴体は厚さ30メートルの分厚い保護装甲に包まれ、その内側に内臓、生体大気改造プラント、そして生体核融合炉が存在します。保護装甲の成分は不明ですが、やつが摂取している餌の大半がタンパク質であることから、タンパク質の分子を重合した炭素系物質であると言えます。生きた柔らかいダイヤモンド、とでも表現すれば近いでしょう」

「餌と言ったが」

押川艦長が手を上げた。

「核融合をエネルギー源にして活動している生物が、どうして肉なんか食うんだ」

「よい質問です艦長。この生物は、腹の中の核融合炉のエネルギーで動くのだから、水さえあればよいように見えますが、実はそれだけで生き物は生きて行けない。我々ならば、たとえば芋を食べれば体内で化学的に燃焼して活力となりますが、芋は血や肉にはなりません。それと同じように、やつもあの巨体を維持するために、融合炉用の水とはほかに大量のタンパク質を摂る必要があるのです。あの保護装甲を維持するのにも、タンパク質は使われています」

「博士。その装甲は、相当固いのか」

森艦長が聞いた。

「これまで砲弾もミサイルも、効果がなかったのだろう？」

「身を護るためといっても装甲があまりに固くて重ければ身動きが出来ません。いくら核融合炉を持っていてエネルギーが無尽蔵だといっても、効率の悪いものは生物として成り立たないのです。保護装甲の強度はせいぜい森艦長、あなたの戦艦のバルジよりもやや強い程度でしょう。砲弾で破ることは不可能ではありません。むしろ我々のこれまでの攻撃を無効にしてきたのは、この怪獣が元から防衛機能として持っている、微小隕石を身体の直前で分解してしまう電磁フィールドです。これはむき出しの衛星の地表面に宇宙から降ってくる小さな隕石を防ぐための機能で、速い速度で自分に接近する物体はすべて隕石とみなし、体表面に瞬時に電磁バリヤーを張りめぐらせて直前で破砕してしまうものです。砲弾やミサイルは、これまですべてこのバリヤーによって直前で分解されていたと考えられます。命中したように見えて、実は当たっていなかったのです。この電磁フィールドはエネルギー源が無尽蔵なだけに、非常に強力です。ご覧ください。これは〈究極戦機〉のプラズマ砲がバリヤーを直撃した時の爆発です」

猛烈な白色光を伴う大爆発が、左のスクリーンにプレイバックされた。

ピカッ

おお

おおお

再生映像には音がついていなかったが、熱と衝撃突風でなぎ倒されていくビル群のありさまに作戦室の全員が思わずのけぞった。

「キロトン級の爆発です。プラズマ砲の粒子ビームが、電磁フィールド表面で反応した結果です。〈究極戦機〉のプラズマ砲は光線兵器ではなく、プラズマ化した三重水素の粒子をビーム状に加速して、一方向へ撃ち出すものです。粒子ビームには質量があるので、怪獣の体表面全体に分布する極めて鋭敏な感覚器官に察知され、バリヤーを張られてしまう。したがってプラズマ砲はやつのバリヤーの外側で爆発を起こすだけで、役に立ちません。街を壊すだけです」

「〈究極戦機〉の武器では、やつを殺せないというのか」

「プラズマ砲は、飛翔体の核融合炉の出力を利用して我々が後からつけた武器で、星間飛翔体には本来持っているもっと強力な武器があります。しかし、怪獣をただ殺してしまうことは、非常に危険なのです」

「どういうことだ」

「この透視図をもう一度ご覧ください」

葉狩は眼鏡を光らせて、右側のスクリーンの怪獣透視図を指揮棒で指した。

「これは、〈レヴァイアサン〉体内の生体核融合炉です。ボトム粒子という特殊な触媒を使い常温に近い状態で水素核融合反応を起こしています。これは〈究極戦機〉の融合炉とほとんど同じ原理です。同じ文明で作られた物ですから。ところがこの怪獣の生体核融合炉の場合、融合炉の容器はタンパク質重合物質で出来ているため柔らかく、おそらく強力な打撃を受ければ簡単に裂けてしまうでしょう。そうなったらこの怪獣は核融合爆発を起こします。爆発規模は九十年前にこれと同じ物がシベリアに落下した時の記録から推定して、約40メガトン」

40メガトン——？

会議室がざわついた。

「博士。核融合爆発ということは、要するに水爆か？」

「さよう。かつてアメリカが太平洋一年戦争時代に初めて開発し、日本に落とそうと計画していた初期の原爆が20キロトンでしたが、これの爆発規模は概算でその二千倍になります」

初期型原爆の二千倍——！

「二千倍だと！」

「おい冗談じゃないぞ」

「は、博士。怪獣を飢え死にさせるとか、そういう手はないのか」

「だめです」

葉狩は頭を振った。

「外側の保護装甲とは違って、この融合炉容器では強い放射線のために容器細胞は一秒間に数十億という単位で壊死し続けています。ですからどんどんタンパク質を補給して容器細胞を補充しないとやはり容器は裂けてしまうのです。したがって、この怪獣を飢え死にさせるような作戦などもってのほかです。メルトダウンを起こして大爆発です」

「何ということだ」

「では、帝都の安全のためにはこの怪獣に餌を食わせろというのかっ」

「冗談じゃないぞ」

「博士」

押川艦長が立ち上がって葉狩に聞いた。

「博士。では我々は、どうすればいいのだ？」

「説明しましょう」

葉狩はうなずき、プロジェクターをカシャッと進めた。

スクリーンには帝都西部に居座る怪獣と、それに接近する〈究極戦機〉のシンボル、それに東京湾内に進入した連合艦隊がやはりシンボルで表示された。怪獣に接近するUFCの機体は針のように小さかった。

「二段構えの作戦を取ります。まず〈究極戦機〉が怪獣に接近、怪獣に対して〈究極戦機〉の最大の武器であるX線レーザーを放射します。これは、宇宙を航行している時に、進路上の衝突コースに隕石のような小天体が現われた場合、それを1万キロ手前から狙って消滅させるという要求性能のもとに作られた星間飛翔体の唯一最大の武器です。飛翔体の本来のパイロットである人工知性体は自己防衛以外のためにこの兵装を使用出来ませんが、愛月中尉ほか二名のパイロットが乗り込んで操作しますから、攻撃は可能です。X線レーザーは位相のそろったガンマ線の極細ビームで、〈究極戦機〉はこれを怪獣に対して一度に数千本、シャワーのように放射することが出来ます。この攻撃で、怪獣の体表面に分布している電磁フィールド用の感覚器官をすべて焼き切ります。電磁フィールドが切れた瞬間を狙い、ここです、この怪獣の中枢運動脳に、僕の培養した〈ラムダファージ〉を撃ちこみます。〈ラムダファージ〉とは特殊なウイルスに近いもので、〈レヴァイアサン〉の細胞に侵入して細胞内遺伝子を破壊してしまいます。これを食らった細胞組織は、生き物としての形を保持していられなくなるのです。体内機能をコントロールしている中枢運動脳だけを正確に破壊出来れば、生体核融合炉は停止し、あの大怪獣はゆっくりと生命機能を停止するでしょう」

「しかし博士。バリヤーを止められたとしても、厚さ30メートルの保護層をどうやって貫通して中枢を狙うのだ」

　森艦長が聞いた。

「そうです艦長」

　葉狩はうなずく。

「たとえ電磁フィールドを止められても、ミサイルではだめでしょう。ミサイルはアルミ合金で出来たエアクラフトですから装甲貫通能力はありません。怪獣の保護装甲の外側で爆発し、中身を空気中にぶちまけてしまう。そうなったらバイオ・ハザードです。我々人類が危ない。厚さ30メートルの保護装甲を突き破って、〈レヴァイアサン〉の中枢運動脳に〈ラムダファージ〉を叩《たた》きこめる手段は、一つしかありません。〈大和〉の主砲です」

「何だと?」

「森艦長、91式徹甲弾に僕の作った〈ラムダファージ〉を封入し、〈大和〉の46センチ主砲で怪獣に撃ち込んでいただきたい。出来ますか」

「う、ううむ――」

森は怪獣と連合艦隊の配置図を見上げて、腕組みをした。

「――有線縮射砲弾を使えば、直前までコントロールは可能だが……。博士、〈標的〉をもう一度見せてくれんか」

「これです」

葉狩は怪獣の透視図をもう一度投影すると、指揮棒で怪獣体内の核融合炉の右上にくっついている小さな球状の器官を指し示した。まるでいぼいぼのついた隕石みたいな形の袋だ。

「これが、〈レヴァイアサン〉の中枢運動脳。直径10メートルです。この下の核融合炉に砲弾を当ててはいけません。瞬時に大爆発を起こします」

「ううむ……」

森のこめかみに、汗が光った。

「……そんな小さな目標に命中させるためには、〈レヴァイアサン〉を動けないようにして、〈大和〉も東京港の一番奥まで進入して接近しなくては――」

それを聞いてみんながうなった。東京港のある帝都中心部といえば、東日本軍の巣《そう》窟《くつ》だ。

作戦の難しさに、全員が「ううむ――」と考え込んだ瞬間、

ヴィイイイイッ

ヴィイイイッ

〈赤城〉艦内に緊急警報が響きわたった。

「な、何だ」

「どうした」

士官たちは背中を叩かれたようにびっくりして、天井を見上げた。

『空襲警報。空襲警報』

天井のスピーカーが怒鳴った。

『東日本の特攻機多数、本艦隊を目指し急速接近中！　くり返す、特攻機来襲！』

暫定首都新潟

「山多田先生！」

望楼での演説を終えて謁見の間に戻った大三に、陸軍情報部の部長が報告した。

「お喜びください。わが情報部の工作員が、ついに〈労働者の守護神〉を発見いたしました」

ひれ伏して報告する情報部長を、玉座についた山多田大三は見下ろした。

「うむ。どこにあった」

「は。ネオ・ソビエト下北宇宙基地地下の秘密サイロに、隠してありました」

「やはりあそこだったか」

女帝めてこずらせおって、と大三はつぶやいた。

「状態はどうか」

「は。よく整備されているように見受けられましたが、専門のロシア人技術者が抵抗したので撃ち殺してしまい、取り扱いは情報部だけでは手に余ります」

「うむ」

大三はうなずいた。

「陸軍大臣」

「は」

大三に呼ばれた陸軍大臣は、はげ頭を光らせながら玉座の載る階段の下まで這い進んだ。

「これにございます」

「陸軍大臣。ただちに高射連隊の精鋭を輸送機で下北基地へ派遣せよ」

偉そうに命じる大三の両目は、まるで大仏殿の冷たい大仏のようであった。

「ははっ」

陸軍大臣は汗をかいてひれ伏した。

「ただちに高射ロケット連隊の専門技術者をかき集め、下北基地へ送り込みますです」

「うむ。世界征服はお前の働きにかかっている。急げ陸軍大臣」

「ははーっ」

陸軍大臣は、はげ頭を汗でさらに光らせながら謁見の間から下がった。しかし、

「や、山多田先生は――」

豪華な装飾の大回廊を急ぎながら、陸軍大臣は寒いのに大汗をかいていた。

「――まさか山多田先生は、あれをお使いになるつもりなのか――？」

ばたばたばた
そこへ電報を持った情報部の若い作戦将校がすれ違った。

「おい」

陸軍大臣は、山多田大三の謁見の間へ走って行こうとしていた少尉を呼び止めた。

「おい待て川西少尉。何かあったのか」

「は、」

走ってきた川西は、はあはあ息をつきながら陸軍大臣に敬礼した。

「だ、大臣。ただいま、わが特攻隊が西日本連合艦隊を発見、これより全機突入する

との連絡が入りましたっ」

「なにっ」

「特攻隊直衛機よりの入電です。『ワレ敵艦隊ヲ発見、コレヨリ突入ス。二〇三五《ふたまるさんご》』以上であります」

「そうか――」

これまでいくら兵隊が死んでも平気だった陸軍大臣は、顔を曇らせた。

「――いくら俺でも……これだけ人が死ぬのに立ちあわされては、さすがに疲れる……」

「は――？」

けげんな顔をする川西を、陸軍大臣は振り払うように、

「独り言だ。もうよい、行け」

「はっ」

川西は敬礼すると、再び大回廊を駆けて行った。

川西が謁見の間に消えてから、陸軍大臣はつぶやいた。

「――俺は、政治家には向かんな……」

館山南方洋上

「敵艦隊発見！　空母1を含む大艦隊、連合艦隊だ！」

東日本の第十三挺身攻撃隊、すなわち特攻隊はミグ19戦闘機三十九機に直衛のミグ29三機がついた四十二機だった。特攻隊を護衛するファルクラムは度重なる出撃直衛のたびに西日本のF15と交戦して消耗し、もうこれしか残っていなかった。

「見つけたぞ！　奇跡だ」

特攻隊は出撃した直後に新潟上空で編隊を組むのに時間がかかり、西東京へ向かって進撃し始めた時には日没になっていた。おまけに〈レヴァイアサン〉から発生したどす黒い積乱雲が関東上空を覆っていて、技量未熟な特攻編隊はたちまち位置を見失った。先導するファルクラムも計器が狂って位置がわからなくなった。ちょうど〈究極戦機〉と〈レヴァイアサン〉の戦闘があり、怪獣の吐き出した大量の核プラズマの奔流のために強度の電磁障害現象が起こったのである。ファルクラムの航法計器も役に立たなくなり、特攻隊は黒い雲の上をあてどもなく迷走した。

「突っ込め！」

「早く突っ込め！」

「燃料がなくなる前に突っ込むんだ！」

特攻隊の各機には、もうほとんど燃料がなかった。全機ガス欠で犬死にかとあきらめかけたところに雲が切れ、満月の下の海面に多数の艦艇の影が月明かりを浴びて浮き上がったのだ。

「突撃！」

「突撃！」

「もう燃料がない」

「先に突っ込め、海に落ちたら山多田先生に申し訳ないぞ」

キィイイインッ
後退角の小さなミグ19は、次々に急角度のバンクを取り、編隊をブレークして急降下に入った。

「全機！　目標は空母と戦艦だ！　小物には目をくれるなっ」

ファルクラムが上空でたきつけた。ミグ29にも燃料は残りすくなかったが、ファルクラムのパイロットたちは三十代前半のベテランで、旧ソ連で研修をしたこともあり外の世界を知っていたから、独裁者のために命を捨てて突っ込んで行くことがどのくらい馬鹿ばかしいかよく知っていた。だからどんなに特攻隊がかわいそうでも、三機のファルクラムはつられて突っ込むような真似はしなかった。

「進めーっ！」

「山多田先生ばんざーい！」

「アジアの人民のために！」

「平等ばんざーい！」

だが生まれてずっと東日本共和国から外へ出たことがなく、『山多田先生は神様より偉くて世界一正しい』と毎日聞かされて育った二十歳にも満たない若者たちは、何の疑いもなく喚声をあげて眼下の戦艦と空母へ突っ込んで行くのだった。

ギィイイイイインッ

「少尉！」

救難ヘリのパイロットが、操縦席の窓の外を指さした。

「特攻機だ！　こちらへ来るぞ！」

「なにっ」

美月を救出して帰艦してきた〈赤城〉の救難ヘリＵＨ60Ｊは、母艦〈赤城〉の飛行甲板右舷前部に今まさに着艦するところだった。美月は濡れた髪の毛をふいていたバスタオルを放り捨て、コクピットへ駆け込んだ。

「ミグ19の大編隊――くそっ」

美月は艦首方向から急降下してくる旧式戦闘機の製図用コンパスみたいなシルエットを見てとると、こぶしを握りしめてキャビンのスライディングドアへ走った。
「――空母の格納庫に、ハリアーが残ってればいいけど！」
ヘリは甲板上3メートルから、位置を合わせて着地する寸前だった。しかし美月が出口ドアのアシストハンドルに手をかけて甲板へ飛び降りようとした瞬間、
ズザザザザッ
空母〈赤城〉は突っ込んでくるミグ19をかわそうと、左へ急転舵した。広大な250メートルの飛行甲板は空母の旋回方向の外側へふくらむように大きく傾斜し、着艦しようとしていたUH60は傾いて浮き上がってきた甲板に片側のランディングギアを蹴り上げられるように接触し、空中で大きくバランスを崩した。
「うわ、わっ」
美月はヘリのキャビン内に転がり戻され、同時にUH60は甲板に激しくたたきつけられた。
ドシャーンッ
ヘリのフレームが歪《ゆが》み、エンジンから火災が発生した。機長がタービンを緊急停止させなかったら爆発していただろう。
「少尉！　大丈夫かっ」

二人のパイロットは操縦席でエンジン消火の手順をすべて行うまで脱出出来なかった。

「あたしは大丈夫！」

美月はコクピットに怒鳴り返し、助け起こそうとしてくれた救難員の手を断って、キャビンの片方を指さした。

「あたしは大丈夫よ。お客さんを降ろすから手伝って！」

暗いキャビンの隅では、気を失ったまま寝かされていた古めかしい軍服の少女が、衝撃に驚いて頭を振りながら身を起こすところだった。

「――？」

長い髪の少女は、一瞬自分の置かれている状況が解らないらしく、呆然《ぼうぜん》としながらもう一度頭を振った。

「ぼうっとしてる場合じゃない、来るんだ！」

美月は、着水したハリアーの近くの水面で板切れにつかまって漂流していたネオ・ソビエト将校の少女の手首をつかむと、機体の外へ飛び出した。

ドカーンッ

乗員が脱出すると同時に、ヘリの機体はオレンジ色の炎を噴きあげた。

「アイランドへ走れ！　空襲だ」

爆発するヘリを呆然と眺めている少女を、美月はしかりつけた。

「何をしてるんだ。特攻機が突っ込んで来るぞ！」

一機のミグ19が、左旋回する〈赤城〉の鼻先へ低空で突っ込んできた。

ギィイイインッ！

「うわっ」

だがミグ19は操縦技量が拙《つたな》く、機首を下げ切れないで飛行甲板上に浮き上がり、突っ込み切れずにへたくそな胴体着艦のようになって甲板をズルズルーッと滑って行き、〈究極戦機〉が突き破ったために外側へまくれ上がっている甲板中央の破口部分に突っ込んで止まった。

ドシャンッ

「あっ――」

美月は思わず立ち止まった。ミグ19の古いキャノピーが跳ね上がり、ヘルメットの脇から血をしたたらせた少年パイロットが外へ出ようとして、力尽きて倒れたのだ。

「くっ」

美月は少女の手を離すと、思わず駆け寄ろうとした。

だが、

「待て」

誰かが後ろから美月の肩をつかんだ。

「あの機体はすぐ爆発する。わたしが行く」

「えっ?」

誰だ?　と美月が振り向く間もなく、ヒュッと風のような人影がまるで瞬間移動のように燃え始めた戦闘機に駆け寄ると、気を失った少年をコクピットから引きずり出した。

「伏せろ!　燃料タンクに引火したぞ」

女の怒鳴り声で思わず身を伏せると、
ドカーン!

甲板中央に擱座《かくざ》したミグ19は爆発した。

「うわーっ」

伏せた美月と少女の頭上を、爆風が通過する。

「今だ、アイランドに入れ。今度は爆弾が爆発するぞ。走れ!」

「何だって?」

「走れ!　早く」

声の主は、あっという間に美月と少女を追い越して艦橋の付け根へと疾走していた。気を失った少年を背負ったままなのに、恐ろしいスピードだ。

「あいつは——たしか」

だが美月は、背後に危険を感じて、思考を中断すると少女の手をつかんで走り出した。美月にも、戦闘機パイロットとしての危険に対する勘があるのだ。

「急げ！」

ヘリの乗員たち、少年をかついだ立花五月、それに美月と少女がアイランドへ逃げ込んだ瞬間、ミグ19の翼下の２５０キロ爆弾が発火した。

有理砂
空母〈赤城〉

ドカーンッ
激しい衝撃に、艦が揺れた。

「わっ」

わたしは大格納庫へ通じる鉄製の通路の中で、壁にたたきつけられそうになる。

「特攻機が——突っ込んだのか？」

『愛月中尉』

通路の天井でスピーカーが言った。

『甲板で250キロ爆弾が爆発した。特攻機はまだ三十機以上突っ込んで来る。早く来てくれ空母がもたない』

「わかってるわよ博士」

わたしは立ち上がり、ひざを払って走り出した。

『全艦、〈究極戦機〉発艦態勢。くり返す、全艦〈究極戦機〉発艦態勢！　支援要員は全員配置につけ』

ヴィイイイッ
ヴィイイッ
警報が鳴り響いた。

UFC専用のパイロットスーツに着替えている暇はなかった。わたしは通常の飛行服のままで、〈究極戦機〉UFC1001のコマンドモジュールに滑り込んだ。

「整備は済んでいます。出力試験も良好」

魚住渚佐が、雪女のようなロングヘアを垂らして機体の上から言った。

「行ってらっしゃい愛月中尉。アデュー」

「行くわ。離れて」

わたしはシートに身体を固定すると、〈究極戦機〉の操縦システムに声で命じた。

「アクティベイト・オールシステム」

ピーッ

コマンドモジュールの全周モニターが、一息に目を覚ました。

バヒュウウン

フュィイイイイ！

「インテンション・コマンドモード。今回はあたしの声よ。しっかり覚えて」

ピッ

▼INTENTION　CMND：ENGAGED（意志命令モード：起動）

「いいわ。発艦する。UFCコントロール、甲板へ上げて」

『コントロール了解。エレベーター上昇、〈究極戦機〉飛行甲板へ』

わたしは〈究極戦機〉――この星間飛翔体の銀色の機体が甲板へ上げられるまでに、核融合エンジンと各種機体システムの点検をした。融合炉の出力はモニター左側、四角いウインドーを開いて明るいグリーンの棒グラフが四本、高さ2センチに落ち着いている。これがもっとも安定したアイドリングの状態だ。大気圏内をふつうに飛行するくらいなら、このマシンは全出力の1パーセントも必要としない。

機体がエレベーターで上げられる間にも、一度艦体が激しく震え、振動した。

「どうしたの？」

『また突っ込まれたらしい』

「恐れを知らない連中ね」

『独裁者のマインドコントロールは恐ろしいよ。こっちに生まれてよかったな』

早く出なくては。〈赤城〉が沈められたら怪獣はもう倒せない。

「兵装」

ピッ
▼HEADGEHOG：ARMED（ヘッジホグ：発射用意よし）
「ようし。出たらすぐにぶちかますわよ」

わたしは頭上のモニターを見上げ、シートの肘掛けを両手でつかんだ。

・

〈赤城〉艦内

「なっ」

艦内通路に避難してやっと息をついたのも束の間、美月が肩を貸していたネオ・ソビエトの少女は突然目を見開くと、美月を壁に突き飛ばした。

どしんっ
「何をする！」

少女は帝政ロシア時代のような軍服の革製ブーツから細い短剣を引き抜き、

「うーっ！」とうなってロングヘアを振り乱し、前を行く立花五月の背中に襲いかかった。美月は少女がそんな武器を隠し持っていたのにびっくりし、慌てて追いかけたが、

「ちょっと待てっ」

遅かった。

「さつきーっ！」

「はっ」

五月は背後の殺気に気づいたが、まだ気を失った少年を背負ったままだった。

「死ねぇーっ！」

「や、やめろ！」

美月が少女の肩をつかもうとしたが、そのとき〈赤城〉の外側で特攻機が至近距離に突っ込み、爆発の水柱を食らって艦が大きく揺れた。

ドカーンッ
わあっ

そこにいた全員が悲鳴を上げた。

「きゃあっ！」

少女は悲鳴を上げて転びかけたが、執念のこもった腕でナイフを五月に投げつけた。ひゅっと空気を裂く音がした。

「くっ」

立花五月は反射的に、背負った少年をかばってしまった。至近距離から投じられたナイフは五月の右腕に突き立った。

「――うっ」

美月が「何するんだやめろっ」と叫んで少女を取り押さえた。少女ははがいじめにされたが振り乱した髪の下の大きな黒い瞳で五月をにらみつけていた。

「はあ、はあ。思い知ったか」

「う――」

五月は少年を降ろし、ナイフの突き立った右の肩を左手でかばいながら、通路の床にひざをついた。美月が「誰かっ、救護班を呼べ！」と叫んだ。防火服の警備隊員がやってきてすぐに少女を拘束した。五月は苦痛に唇をかみしめて、連れて行かれる少女を見上げた。

「――公香……」

「焼きが回ったじゃないの、お姉様」

ナイフを人にぶつけて異常な高揚状態になった芳月公香は、連行されながら五月を振り向いてあざけった。

「あたしたちの間で〈白銀の殺人天使〉って呼ばれてたあなたが、人をかばってナイフに当たるなんてさ！　おかしいわ。フフフフフ」

警備隊員に「黙れ」「来い」とひったてられ、芳月公香は艦内の営倉へ連れて行かれようとした。だがそのときまた、〈赤城〉の艦橋を目がけて一機の特攻機が突っ込んできた。

ギィイイイインッ
「山多田先生ばんざーいっ！」
「転舵面舵っ！　急げ何やってる！」
「だめです艦長！　避け切れませんっ」

ギイイイイインッ！

「わーっ、お母さーんっ！」

ミグ19は〈赤城〉の前甲板に接触して一度跳ねてから、アイランドの一階部分に頭から突っ込んできた。翼下に抱えていた二発の２５０キロ爆弾は整備不良で不発だった。爆発していたら〈赤城〉の艦橋は根本から吹っ飛んだだろう。それでも特攻機の翼内にわずかに残っていた燃料が発火して小爆発を起こし、アイランド一階の外壁を吹き飛ばした。

ドカーンンッ！

うわーっ

特攻機が甲板上で一度跳ねて、勢いを減じていたのが幸いした。旧式のミグ19は機首をアイランドに突っ込んだ姿勢で停止していた。機体後部は爆発して無くなっていた。コクピットの中で〈平等〉の鉢巻きをした十七歳くらいの少年が、血まみれになって死んでいた。

激しい衝撃が去って伏せていた五月が顔を上げると、警備隊員と芳月公香は爆風で反対側の壁にたたきつけられてうめき声を上げていた。

「――うっ」

五月は顔をしかめながら立ち上がると、倒れていた公香を抱き起こした。

「大丈夫か――公香……」

公香はうっすらと目を開き、五月を見上げた。

「離してよ……誰が……あんたなんかに」

「怪我をしている。口をきくな」

たたきつけられてぐったりした公香の身体を、五月は素早く調べた。

「公香は出血している。すぐに処置をしないと危ない」

「……うるさいわ離して」

だが公香には、抵抗する力もないようだった。五月は艦の下の層の医療センターへ連れて行くために公香を引きずり起こした。立ち上がると、ミグ19の残骸のコクピットが目に入った。

「見なさい。公香」

「いやよ」

「見るんだ」

五月は、操縦席で突っ伏して絶命している鉢巻きをした少年を指さした。

「あれが、山多田大三のすることだ」

10. レヴァイアサン対連合艦隊

＊〈レヴァイアサン〉殲滅《せんめつ》のために東京湾へ急行する連合艦隊。しかしその進路に無数の特攻機が襲いかかる。有理砂の〈究極戦機〉は艦隊を救えるのか。〈レヴァイアサン〉に蹂躙《じゅうりん》される帝都の運命は。そして山多田大三の切札〈労働者の守護神〉とは、いったい何なのだろうか?

有理砂
連合艦隊上空
二十時四十五分

「うわっ」

〈赤城〉の飛行甲板を離れて垂直上昇に移った直後、目の前に一機のミグ19が現われ、モニターいっぱいになった。一瞬、コクピットで目を見開いている鉢巻きをした男の子までが肉眼で見えた。

『お母さーんっ！』

開放していたVHF無線のチャンネルに少年パイロットの悲鳴が響きわたると同時にミグ19はわたしの〈究極戦機〉に正面から衝突した。旧式のジェット機はばらばらに分解して海面へ落下していった。UFCの白銀の針のような機体にはかすり傷もつかなかった。

「こいつら――」

わたしはコマンドモジュールの操縦席の肘掛けを両手で握りしめて、頭上の夜空を振り仰いだ。まだ十数機のミグ19が、次から次からわらわらとこの空母へ急降下して来る。

『愛月中尉。〈赤城〉は舵がいかれた。急転舵はもう出来ない。特攻機を防いでくれ』

「言われなくても、そうするわよ」

わたしは息を吸い込み、UFCの機体を空母〈赤城〉の直上30メートルに静止させ、前方斜め上方をにらみつけた。また来る。九機。一度に突っ込んで来る。

『山多田先生ばんざーい!』

『共和国ばんざーい!』

『平等ばんざーい!』

「う、」

わたしは頭を振った。

「うるさい、いい加減にしろぉっ!」

少年たちの特攻機は悲鳴を上げながら急降下してきた。距離1マイル。五秒で突入される。わたしは目を閉じて叫んだ。

「——墜ちろ!」

何事も起きなかった。

「なにっ?」

プラズマ砲は発射しなかった。九機のミグ19は整備不良の黒煙を曳《ひ》きながら、一列になって稲妻のように突入してきた。

『うわあーっ！』

『お母さーんっ！』

「くそっ」

わたしは悪態をつくと、手動操縦桿《かん》とパワーコントロールレバーを両手につかみ、ＵＦＣの機体を高速横移動させて〈赤城〉艦首へ衝突しかかった特攻機を真横へ弾き飛ばした。

「次は――そこかっ」

Ｇキャンセル駆動ユニットがうなり、無慣性機動でＵＦＣは二機目のミグ19の突入進路上へ瞬時に移動した。突っ込むのが怖くて機首の浮いていたミグ19を後方の海面へ弾き飛ばす。

「次！」

三機目を体当たりで弾き飛ばす。

「次！」

『どうした愛月中尉。ヘッジホグを使うんだ』

わたしは葉狩に答えている暇もなく、ゴールキーパーのように四機目のミグ19に飛びかかった。

『何をしているんだ』

「プラズマ砲が出ないのよ！　仕方がないわっ」

『こちらのシステムモニターではヘッジホグは故障していないぞ』

下と会話している暇はなかった。わたしは単縦陣で突っ込んで来る特攻編隊の五機目に襲いかかった。〈究極戦機〉の機体の側面を使い、真横へ弾き飛ばす。五番機はクルクルとスピンして海面に突っ込みしぶきを上げた。

（あれなら悪くて重傷だわ）

だが一瞬そちらを見たのがいけなかった。六機目のミグはわたしのすぐ脇をすり抜けた。

『うわーっ、お母さーんっ！』

「しまった！」

〈赤城〉のCIWSが作動した。六番機は20ミリ砲弾の雨の中に突っ込んでたちまちばらばらに分解した。

「――くっ」

お姉さんにやられとかないからいけないのよっ！

わたしは嚙《か》んだ唇から血が出ているのに気づかなかった。わたしはまるでそのとき、戦闘機パイロットじゃないみたいだった。七番機、八番機が呆然《ぼうぜん》とするわたしの横をすり抜けて〈赤城〉へ突っ込んで行った。

「はっ――！」

わたしは我に返りUFCをGキャンセル機動で〈赤城〉に振り向かせた。その隙《すき》に九番機にも脇を抜かれてしまった。

「し、しまった」

間に合わない突入される！

そのとき、竿になって突入して行く三機のミグがパッ、パッと次々に機体から煙を吹き、コントロールを失って空母の直前の海面に突っ込んでしぶきを上げた。

「え？」

『ぼやぼやするなっ、まだ来るぞ！』

「はっ」

わたしは前方を振り向く。二機突っ込んで来る。わたしは右手の手動操縦桿を握りなおし、重力の支配を受けない飛び方で二機の初心者のミグの進路を妨害し、海面にはたき落とした。

「はあ、はあ」

『だらしないったらありゃしねーの』

森高美月の声がした。同時に一機のシーハリアーが上昇して来ると、わたしの隣に並んでホヴァリングした。

「あなた……」

『〈究極戦機〉っていうのは、もうちょっと芸ないのかい？　破壊光線出すとかさ』

わたしはため息をついた。

『格納庫にこいつがあったからいいようなものの。〈赤城〉やられてたぜ』

わたしは前方へ向き直り、全周モニターを素早く見回した。残りの特攻機は隣の〈大和〉に突入したらしい。大部分がＣＩＷＳと対空高角砲にやられたようだ。城のような戦艦は右舷《うげん》で火災を起こしていたが、被害は大したことなさそうだ。

空にはもう敵機の姿はなかった。逃走して行く三機のミグ29が、〈究極戦機〉の空間スキャナーに捉《とら》えられるだけだ。空襲は去った。

「ふう——」

わたしはまたため息をついた。

「——ありがとう美月」

『あんたに礼言われる筋合いはないよ』

「そうじゃなくて、峰打ちにしてくれたでしょ」

美月のハリアーは、見事な射撃でミグの尾翼を軽く撃ち抜いただけだった。

『へん。素人の坊やたち相手に本気になれないよ』

　連合艦隊は、着水した敵特攻機の生存者を救助させるためにフリゲート艦一隻をその海域に残し、再び東京湾を目指して北上した。

　わたしが大汗をかいた飛行服のままでＵＦＣコントロールセンターに上がっていくと、ちょうど六本木国防総省との通信が回復していた。

『国防総省は、東日本の特殊部隊に襲撃されていた。さっきやっと撃退したところだ』

　映像交信システムの３インチＣＲＴに、峰中将のやつれた顔が映った。

『連合艦隊の状況はどうか』

「さきほど東の特攻隊の空襲を受けましたが、被害は最小限です。西東京へ急行しています」

　押川艦長が答えた。

「怪獣撃退のための作戦も準備中です」

『心強い、艦長。現在帝都中央部は東日本の大軍に占拠されており、すべての官庁は機能を喪失した。西日本軍は怪獣との戦闘で壊滅状態、わずかに避難する市民を護衛して西へ敗走する部隊がいるに過ぎない。国防総省がこんな状態だったので、箱根の西側で態勢を立て直す作業もこれからやらねばならん。そこで連合艦隊に頼みたいのだが』
「帝都の東日本勢力撃滅ですか」
『そうではない。放射能のゴーストタウンをうろつく夜盗のような連中などしばらく放っておいてかまわん。実は西進する怪獣に多摩川の被災救援キャンプが襲われたらしいのだ。たった今、救援要請とともに連絡が途絶えた。西東京には助けに行ける部隊はない。頼りになるのは連合艦隊だけだ』
「わかりました」

艦隊の各艦はありったけのヘリコプターを出して、多摩川の被災救援キャンプを救援に行くことになった。

「怪獣に襲われたのなら、これから我々が行っても生存者はいないかも知れない。しかし救援キャンプに残されていたのは動かせない重傷者ばかりだ。たとえわずかでも、生き残った人々を救助するのだ」

めくれ上がった〈赤城〉の飛行甲板に救難ヘリUH60J、対潜ヘリのSH60Jまでが引き出されていた。ヘリのパイロットたちが押川艦長の訓示をおとなしく聞いているのは、ヘリ隊員としての使命感もあるだろうが、わたしが〈究極戦機〉で護衛につくというのでそれをあてにしているのだった。

「全機、出撃せよ」

〈赤城〉の甲板を飛び立って行くヘリを見送って、わたしは甲板の下へ降りていった。ヘリの速度なら後からでも十分に追いつく。シャワーを浴びて、今度はちゃんとUFC搭乗用のパイロットスーツに着替えた。白銀の、ワンピースタイプのボディースーツ。インナー・スーツのようなものは一切、身につけない。わたしのバイオデータを計測するのに下着は邪魔になるのだそうだ。

「美月」

大格納庫へ降りていく階段で、わたしは森高美月の後ろ姿を見つけて声をかけた。

「どこへ行ってたのよ」

美月は、峰中将との交信が始まったと同時にどこかにフケてしまっていた。

「見舞いだよ、友達の」

「友達？」

「ちょっと変なやつだけどね」

「ふうん」

わたしは、美月に格納庫の奥の両開きドアを示した。

「ねえ美月、あの中がシミュレータールームになっているの。あたしが帰るまでにUFCの操縦を覚えておいてくれない？」

美月は嫌な顔をした。

「あたし疲れてるからなあ。今日は二回も出撃したし」

「天才なんでしょ。マニュアル一回読んだだけでどんな飛行機も操縦出来るって、どっかで聞いたわよ。ひとみさんはあんなだし、あたしがもし死んだら、代わりはあなたしかいないわ」

「縁起でもないこと言うなよ」

「マニュアルはシミュレータールームの棚に入ってるわ。葉狩博士の手書きだけどね」


「ヘッジホグの射撃管制システムはやはり正常だわ。変ですね」

UFCの機体の下では、白衣姿の魚住渚佐が後付けした地球製システムのアクセス・パネルを開いて首をかしげていた。

「地球製なんでしょう？　ヘッジホグ。射撃管制コンピュータも」

「戦闘人工知能、と言って欲しいわ中尉。人工知性体が戦闘向きじゃないから、射撃のアシストのために開発して取り付けたのよ」

「飛行中のシステム作動データなら、あたしがまた飛べば集められるわ。どのみち怪獣にプラズマ砲は使えないんでしょ」

　わたしは踊り場の二つあるステップを上り、大格納庫に横たわった白銀の〈針〉の上に登った。少年たちの特攻機をあれだけ体当たりで弾き飛ばしても、鏡のように滑らかな機体表面には髪の毛ほどの傷もついてはいなかった。

「あら、博士」

　コマンドモジュールの貝のようなシェルハッチの脇には、葉狩真一が白衣のポケットに手をつっこんで立っていた。

「やぁ、愛月中尉。スーツの具合はどうだい」

「ぴったりですわ」

「うん」

　葉狩は、わたしがコマンドモジュールの操縦席に座るのに手を貸してくれた。

「愛月中尉。〈レヴァイアサン〉に接近したら、なるべく透視データを取ってくれ。やつの体内構造の情報は不足しているんだ。〈大和〉に正確な照準をさせたい」

「はい」

「ラムダファージ弾は、一発しかないんだ。頼むよ」

「失神しないで還る程度の自信ならありますわ」

　わたしはブーツの両足をフットホルダーに差し入れ、シートの耐ショックベルトがウエストと両肩を自動的にホールドするのを確認した。

「ああ。それから中尉」

ハッチを去り際に葉狩が言った。

「一つ、注意したいことがあるんだ。あのね——」

「わかってますわ、博士」

わたしはハッチの葉狩を見上げて笑った。

「この次も武器が出ないような時には、〈意志命令モード〉を外して手動で撃ちます」

「いいや、そうじゃないいんだ」

葉狩は頭を振った。

「そうじゃないいんだよ」

「え」

「さっきは、君がもし本気で撃つ気になったとしても、〈究極戦機〉は撃たなかったと思う」

「え?」

「UFCの人工知性体は、君のことが気に入りかけているようだ。これからも、君の思い通りに飛ぶんだ。〈彼〉といい関係が持てなくては、このマシンで地球は護れない。それだけだ。行きたまえ」

暫定首都新潟

「せ、先生、特攻隊の突入は、残念ながら失敗であります」

空軍大臣が、震えながら報告した。

「恐れながら、帰還した直衛機の報告によりますと、『全機突入せるも〈赤城〉、〈大和〉両艦を中破させたのみ。連合艦隊は東京湾へ北上す』とのことでございます」

ギロリ
山多田大三は玉座の上からにらみ降ろした。空軍大臣は、震え上がった。目の上のたんこぶのネオ・ソビエト女帝を抹殺し、ネオ・ソビエト組織をそっくり乗っ取ってしまってから、今日一日でこの独裁者はまるでファンタジー小説の地獄の帝王みたいになってしまった。玉座の両脇にはべる狐のような鋭い目の美女二人は、さながら使い魔だ。

「も、申し訳ございません」

「敵艦を撃破できなかったのは」

大三はうっそりと言った。

「国を愛する心が足りないからだ。ただちに次の特攻隊を編成して突っ込ませよ」

「は、はい先生。しかし、先程ありったけの戦闘機と搭乗員を投入してしまいましたから、もう当分特攻隊は出せません。たしかにまだ山間の秘密倉庫には三十年前に旧ソ連からもらったミグ17の機体五十機と、養成中の若い搭乗員もおりますが、機体は整備しないととても飛ばせる代物ではなく、搭乗員も離陸操作がやっと一人で出来る程度でとてもまだ出撃は――」

「かまわぬ。離陸だけ出来れば還って来ないのだから関係ない。ただちに出撃させよ。戦闘機からは余分な部品は外してしまえ。どうせ突っ込ませるのだから必要ない」

「しかし、先生」

空軍大臣は震えながら言った。

「すでに今日一日で、西東京侵攻作戦のために二百機以上の特攻機を出撃させ、全機が自爆未帰還となりました。西東京へ攻め込ませた国民兵たちにも放射能防護の装備はございません」

「何を言いたいのだ」

山多田大三はまたギロリとにらんだ。両脇の美女以外の、謁見室の全員が震え上がった。

「よいか空軍大臣。わしのために死ねないものは、不適国民だ。不適国民はこの世に生存する資格はない。その人間が生きてよいかどうかは、わしが決めるのだ。わしが死ねと言ったら、喜んで死ぬのだ。この世のすべての人間の生きる資格は、このわしが与えてやっているのだ。よいか空軍大臣、お前もわしが『死ね』と言ったら死ねるか？」

「は、はいもちろんその覚悟ではございますが――」

「ではお前のような腰ぬけは、もう必要ない。死ね」

「はっ？」

「陸軍大臣！　この者を粛清せよ！」

その怒鳴り声に、陸軍大臣ははげ頭から大汗をかいてひれ伏した。

「お、恐れながら申しあげます山多田先生。く、空軍大臣は、これからの世界征服のためにも必要な人材でございまして」

「馬鹿者！　世界で一番偉いのは誰だ？」

「や、山多田大三先生です」

「世界で一番正しいのは誰だ？」

「それも、山多田先生でございます」

「では、世界で一番偉くて、世界で一番正しいこのわしが、空軍大臣はもう死ぬべきだと言っているのに、間違いだと言うのかっ？」

「い、いいえ、決してそういうことでは――」

ジャキン、と両脇の美女がミニスカートの腰に自動小銃を構えた。

「ひ、ひい」

陸軍大臣はひれ伏して震え上がった。

「空軍大臣を銃殺せよ！」

ダダダダダダダッ
ダダダダッ
うぎゃあああっ
たちこめる硝煙と血の匂いに全員がおびえる中、山多田大三はだみ声で怒鳴った。

「陸軍大臣！　お前の命を一度だけ助けてやる。ただちに〈労働者の守護神〉を西東京へ向け発射せよ！」

「ろ、〈労働者の守護神〉を、西東京へ発射するのでありますか――？　しかし西東京には、わが陸軍の国民兵二十万名が侵攻中で――」

「かまわぬ！」

大三は玉座の上でばさっとマントをひるがえした。

「わしの国民はまだ五千九百万以上いる！　二十万くらい消費したって、何ともない。人口が減ってちょうどよい。ただちに〈労働者の守護神〉を西東京へ向け発射し、連合艦隊も怪獣もこの地上から消してしまえ！」

西東京　多摩川周辺

重傷の避難民をそれぞれ背負った是清たちが、多摩川の河川敷を必死で走っていた。西東京の住宅地の灯りはまったく無く、いつもなら立ち並ぶマンションの窓の灯りでほんのり明るいはずの多摩川河川敷は闇の世界だった。

ピルピルピルピルピル

ピルピルピル

「大尉！　ナメクジ芋虫が追いかけて来る！」

「くそっ」

「大丈夫か二宮！」

ここ多摩川河川敷の被災救援キャンプで生き残っているのは、水無月是清と二宮、山上、竹井の三人の部下、数人の西日本陸軍兵士、それに彼らがおぶってキャンプから連れ出した重傷者たちだけだった。ビル群の上に怪獣を覆う黒い雲が見えたとたんに、全滅した戦車隊で怪獣の恐ろしさを身にしみて知っていた是清たちは、陸軍の指揮官がキャンプの施設を護って戦うと言うのを『やめろ死ぬぞ』と進言してテントから逃げ出した。自分たちが世話をしていた重傷者しか連れ出すことが出来なかった。動かしてはいけない怪我人なのだが、食われるよりはましだった。是清たちが多摩川河川敷を河口の方角へ走って逃げ出した十分後に無数のナメクジ芋虫がピンク色の肉の津波のように救援キャンプを襲い、兵士も避難民もすべて呑み込んでしまった。是清たちは必死に走ってキャンプを離れたが、怪我人をおぶっていたので、河川敷を押し寄せる捕食体の群れに徐々に追いつかれていた。

ピルピルピルピルピル

闇の中を捕食体の群れは追って来た。〈レヴァイアサン〉の本体は、雲に覆われて真っ暗な空にさらに黒くそびえ立ち、広大な体表面の無数の小穴からナメクジ芋虫を出入りさせて呑み込んだ人間を運ばせ、体内に吸収していた。多摩川の河川敷は、是清たちの戦車隊が全滅した夜の常磐海岸と同じ有様になってしまった。

「はあっ、はあっ、大尉、キャンプは全滅したんでしょうかっ」

「わからん！」

是清は叫んだ。

「ちりぢりになって、すこしは逃げ出しているはずだが――くそっ、人間を食い物にしやがって！」

「大尉、僕たちはこのまま食われてしまうんでしょうかっ」

「そんなの嫌ですよ大尉」
「せっかく全滅した戦車隊から命からがら逃げ出して、利根川を泳いで亡命したのに！」
「ああそうさ。死んでたまるか」

――『連れてゆけ！』

「そうさ。死んで――死んでたまるか！」
息を切らして走りながら、是清は想い出していた。

――『名前、なんていうんだい』
パシッ
『叩《たた》くことないじゃないか！』
『連れてゆけ！』

はあっ、はあっ、はあっ
(死んでたまるもんか。あの娘にもう一度逢うんだ。俺は、生きて――生きてもう一度あの娘に逢って、今度こそ名前を訊《き》くんだ!)

空母〈赤城〉

〈赤城〉の医療センターには負傷者が運び込まれ、ベッドだけでは足りずに床にも怪我人が寝かされていた。しかし特攻隊の少年とネオ・ソビエトの少女は味方の隊員からは隔離され、二人で将校用の個室に入れられてドアの外に見張りが立てられた。

「君は、すごいなあ——そんなに若くてネオ・ソビエトの高級将校なのか」

意識を取り戻した特攻隊の少年は、ベッドを接して横になっている芳月公香の制服を見て言った。でも公香は、少年が話しかけても放心したように小さな円い舷窓から外を見ていた。

「ああ。東京湾に入ったんだね」

少年も包帯だらけの上半身を起こすと、小さな窓から外を見た。空母の窓からは三浦半島の山影がちらりと見えていて、艦隊が浦賀水道へ進入したことがわかった。

「わかるの?」

公香が初めて口をきいた。

「え」

「東京湾に入ったこと」

「地形を、覚えさせられたからね。特攻隊の出撃が決まってから。あれは三浦岬だよ。有名な歌に出てくるんだって。三浦岬からまっすぐ南へ向かえば連合艦隊がいる、空母を発見したらまっすぐ突っ込むんだって教わった」

「そう」

「ねえ君は、お父さんが偉い人なのかい？」

少年は訊いた。

「そんなことないわ」

公香は横になったまま、髪の乱れた頭を振った。

「東日本人の女の子が、ネオ・ソビエトの高級将校になるなんて珍しいね」

公香は唇を閉じ、少年に自分の境遇を語ろうとはしなかった。黙っていると、少年は自分のことを話した。

「僕の親父も、偉い人さ。陸軍大臣なんだ。はげ頭で、よく偉そうに演説してるから君も知ってるだろう？　陸軍で一番偉いんだ」

「どうして」

「え」

「どうして、陸軍で一番偉い人の息子が、特攻隊になんか入ったのよ」

「親父にはないしょで志願したんだ。止められるかも知れないから。君も知っているように、今東日本共和国は、世界で一番正しい山多田先生の指揮のもと、世界を平等にする戦いをしている。苦しい戦いだけど、これに勝てばきっと理想のアジアが築けるんだ。だから山多田先生の演説を聞いて、僕は自分で特攻隊に志願したんだ。親父はまだ知らないよ」

「山多田のために？」

「そうさ」

「どうして」

「どうしてって――僕たち東日本共和国国民は、みんな山多田先生の赤子なんだ。だから山多田先生が国のために命を捨てろと言ったら、捨てるんだ」

「どうして」

「どうしてって――生まれたときから、そう決まっているんだ。学校でも家でも、そう教わった。だからそうするんだ」

「あなた、山多田に会ったことある？」

「ないよ。でも肖像画を家に飾って、いつもお祈りしているよ。山多田先生は立派な方だからきっと悪い資本主義者をやっつけて世界を平和にしてくださるよ。でも――でも僕は悔しい」

「どうして？」

「怖くて、操縦桿を引いてしまった。この空母に突っ込むことが出来なくて、こうして捕虜になってしまった。山多田先生のお役に立てなかったと思うと、悔しくて仕方が無いよ」


「静かですね」

〈赤城〉航海艦橋から双眼鏡で左右の海岸を見て、副長が言った。

「うむ」

押川は、一段高くなった艦長席で灯りのまったく消えた三浦半島を見やった。

「東の潜水艦が、もっと襲ってくるかと思ったのだが――」

「そうですね。夕方襲って来たタンゴ級を撃沈して以来、対潜ソナーはずっとクリアです。陸上からのミサイル攻撃もありません。侵攻軍の連中、小銃しか持ってないんじゃないですか」

「警戒は続けさせろ」

押川がパイプをつけたとき、航空指揮艦橋から郷が呼んできた。

『艦長、〈究極戦機〉発艦します』

有理砂〈究極戦機〉

浦賀水道に入った〈赤城〉を発艦し、進路を北へ。音速の四倍も出すと多摩川河口へは十秒で到達した。連合艦隊から発艦したヘリコプター編隊に追いつき、減速して100ノット程度にして直衛に入る。

「燃えている——明かりは、火災の炎だけか……」

コマンドモジュールから全周モニターを見渡すと、真っ暗な西東京の中で怪獣の通った跡がまるでナメクジの通り道が粘液で光るように火災を起こして赤く光っている。遠くの都心部は暗い。東日本軍がいると聞いたが、灯火管制をしているのか、あるいは投光機も持っていないのだろう。

『遅いぞ、愛月中尉』

ヘリの編隊長が呼んできた。

「シャワーくらい浴びさせてちょうだい。出撃三回目よ今日は」

『多摩川の救援キャンプには怪獣が居座っている。これ以上は近づけない。これより低空で避難民を捜す。直衛を頼む』

「了解」

ヘリ隊は怪獣と距離を置いて、広大な河川敷をサーチライトで探り始めた。わたしはUFCを河口付近の空中に静止させ、〈食事〉中の怪獣を刺激しないようにセンサーとスキャナーを働かせた。怪獣の体内データを取るのだ。だが、

ピーッ

怪獣を透視する物質透視スキャナーとは別の、空間走査スキャナーが何かを探知して警告を発した。

「何？」

ピピッ

続いてモニター正面にメッセージ。

▼MAX　ALERT（非常事態警告）

「何だって？」

ピッ

▼NUCLEAR WEAPON WRNG：
HYDROGEN BOMB MISSILE APRCHNG

「えっ？」

『愛月中尉！』

〈究極戦機〉の全システムを遠隔モニターしている母艦〈赤城〉の葉狩が呼んできた。

『愛月中尉、大変だ。人工知性体が核ミサイル接近を探知した』

「何ですって！」

『低弾道軌道でたった今大気圏に再突入し、西東京へ落下してくる。下北半島から発射された中距離核ミサイルだ。やはりネオ・ソビエトが持っていたんだ。ただちに迎撃しろ』

関東平野上空　高度100キロ

〈労働者の守護神〉はSS20中距離核ミサイルで、ネオ・ソビエトがソ連崩壊のどさくさに東日本共和国へ一発だけ持ち込んで下北宇宙基地の秘密地下サイロに隠していたものだった。ブースターはSS20だったが、弾頭には小型の中性子爆弾などではなく、5キロトンの起爆用原爆を付属させた水爆が入っており、爆発規模は設計通りに作動すれば10メガトンの核出力となるはずだった。これはアメリカが最初に開発した原爆の、実に五百倍の破壊力である。

〈労働者の守護神〉は下北半島のサイロから発射されてブースターで加速され、高度200キロを頂点とする低高度弾道軌道を描いて本州北部を約一分で飛び切り、茨城県上空高度100キロから大気圏に再突入した。目標は西東京であった。

ブォッ

砲弾型の弾頭が大気圏上面に斜めに接触し、一瞬赤い炎を上げた。チタニウム製カバーに包まれたミサイル弾頭は空気摩擦で降下角をぐんと深くした。計算通りの軌道だった。ミサイルには眼はなかったが、眼下には真っ黒い関東平野の中央奥深く、大きな東京湾に面したあたりに大火災による炎が赤く光って見えていた。ミサイルはそこへ向かって、自由落下に入った。

有理砂

〈究極戦機〉

「どうやって」

わたしはモニターを振り仰いで、葉狩に訊いた。

「どうやって迎撃するんですかっ」

『愛月中尉、迎撃飛行コースは人工知性体が計算する。君はそのコースの通りに上昇して、ヘッジホグをぶっぱなせばいい。急げ、〈彼〉も同じ目にまた遭うのは嫌だと言っているぞ』

「――あたしには聞こえませんけど」

答えながらモニターを見上げると、わたしの目の上に大気圏上層部まで上昇して核ミサイルに会合する飛行プロファイルがカラーの三次元立体モデルで表示された。

躊《ちゅう》躇《ちょ》している暇は無かった。

「よし行こう」

わたしはその上昇曲線を頭に焼きつけ、目を閉じて息を吸い込んだ。

すうっ

（この空間曲線だ——大気圏上層まで……）

だがわたしは飛行コースをイメージすることに集中しすぎた。遠くで怪獣の頭部がこちらを向いたのに気づかなかったのだ。

ピピピピッ！

（——え）

ズヴォーッ

わたしが『——翔《と》べ！』と命じる寸前に怪獣の放ったプラズマ閃光《せんこう》流が多摩川の水面を真っ青に染めながら〈究極戦機〉を直撃していた。ＵＦＣ自身の緊急回避モードも間に合わなかった。人工知性体も一瞬核ミサイル迎撃に気を取られたのだ。

ドーンッ

猛烈な衝撃がコマンドモジュールを襲った。怪獣の生体核融合炉の出すエネルギーは凄《すさま》じかった。〈究極戦機〉は空中に静止していた位置から吹き飛ばされ、空気をゼリーのように切り裂きながら極超音速まで加速させられて対岸千葉県の無人の石油コンビナートを衝撃波で吹き飛ばし、鋸山《のこぎりやま》の中腹へ激突した。

ズシィーンッ！

「きゃーっ！」

わたしは悲鳴を上げ、シートにたたきつけられた。Gキャンセラが最大限に働いてGを吸収しても、F1レースでフェンスに激突したくらいの衝撃がコマンドモジュールを襲っていた。

「――う、うぐ……」

ピーッ

ピーッ

わたしは腹部を強打し、苦しさに声も出なくなった。

(い、いけない。上昇しなくては――ミサイルを……)

迎撃しなくては、と声にならない声でつぶやき、わたしはシートに身を起こした。

「――〈究極戦機〉、飛べる?」

フュィイイイ

Gキャンセル駆動ユニットの機関音が、代わりに答えた。同時に今の打撃でダメージを受けた機体システムの状況が黄色いメッセージでモニター右側にわらわらっと表示された。五行や六行ではなかったが、飛ぶのにさしつかえるようなトラブルが無いことを一瞥《いちべつ》して知ると、わたしはお腹を押さえながら顔を上げてモニターを見上げた。〈究極戦機〉の秀逸な空間スキャナーがミサイルの位置をリアルタイムで表示している。高度2万メートル。

「くっ――怪獣め勝負はあとだっ――！」

わたしは腹部の痛みに顔をしかめながら目を閉じ、息を吸い込んだ。

「――翔べっ！」

ピッ
「ヘッジホグ発射用意！」

〈究極戦機〉は岩盤をほじくり返し、大量の土をまき散らして山の中腹から飛び出した。そのままGキャンセル機動で極超音速へ加速。同時に、
▼ＨＥＡＤＧＥＨＯＧ：ＡＲＭＥＤ（ヘッジホグ：発射用意よし）
▼ＨＩＧＨ　ＳＰＤ　ＴＡＲＧＥＴ　ＡＩＭＩＮＧ（高速目標照準中）
「ミサイル会合コース」

わたしの指示で自動的に〈究極戦機〉は軌道を修正した。頭上モニターに立体曲線が描かれる。赤がミサイル、青がＵＦＣ。会合する高度が低い。８０００メートルも無い。

（――あと三秒！）

わたしはＵＦＣの機体が会合点目指して音速の八倍でぶっ飛んで行くのを確かめ、息を吸い込んで目を閉じた。

すうっ

「——墜ちろミサイル！」

ヴォッ

ほとんど同時にＵＦＣとミサイルは交差してすれ違った。ミサイルは分解しなかった！

「なにっ——！」

わたしは振り向いた。ウインドーを開いて拡大された弾頭の底部が、小さくなりながら怪獣で火災を起こしている西東京西部へと吸い込まれて消えて行く。

『愛月中尉、大変だ、さっきの激突で地球製の戦闘人工知能がいかれた！　照準できない』

「何ですって！」

『とにかく追え！　ミサイルをぶつけて破壊しろ。衝撃では核爆発は起こらん』

「言われなくてもそうするっ！」

わたしは〈究極戦機〉を急停止させて空中で向きを変え、急加速させ、急降下でミサイルを追った。Ｇキャンセル機動は瞬時に空中で向きを変えられる。そのかわり吸収する慣性と同じだけのエネルギーを食うのだが。
フユンッ
だがミサイルは高度５０００メートルを切ってまだ降下して行く。起爆高度はいくつだ？　水爆なら相当高い、広範囲の破壊効果を狙《ねら》って３０００メートル以上で爆発させるはずだ。時間は無い急げっ。
フユイイイッ
（水爆なんか爆発させたら、この日本は――！）
――有理砂
「急げっ。体当たりしてでも止めてやる！」
――有理砂
「何か呼んだっ？」
わたしは頭上を振り仰いでいる暇は無く、拡大モニターにかろうじて捉え続けている弾頭の後ろ姿をにらみつけたまま怒鳴った。弾頭高度、４５００。４３００。

「くそっ、間に合うか！」

そのときその〈声〉は、〈意志命令モード〉でUFCの操縦系統につながっているわたしの意識の中に直接響いてきた。

——有理砂。体当たりはいけない

「え」

——有理砂。ミサイルに体当たりはいけない。弾き飛ばしても、気圧高度計が残っていれば起爆してしまう

「——えっ？」

わたしはびっくりして周りを見まわした。もちろん誰もいない。

「あなた誰よ」

——これより惑星上活動形態に、変形する。マニピュレーターでミサイルをつかまえろ

「ええっ？」
わたしが驚く間もなく、
ウィイイイイッ
〈究極戦機〉はマッハ４で地表目がけてダイヴしながら、空中でその姿を変え始めた。
「なっ、何が起きるんだ」
銀色の〈針〉の後方にある安定翼のような部分が変形して腕になった。針のようにとがった先端部がカバーのように開き、ショックコーンが後退して二本の長い脚が現われ、同時に胴体中央部からヘッドセンサーがまるで人間の頭部のように起き上がった。
「――うそぉっ！」

空母〈赤城〉

「〈究極戦機〉、惑星上活動形態に変形しました」
副管制席で、魚住渚佐が変形シークエンスが正常に完了したことを確認してコールした。

「マニピュレーターアーム、展張。変形後の各部に異常無し」

「そうだな。惑星上活動形態があった。いざという時のためにこれを用意しておいてよかったよ」

葉狩真一がため息をついた。

「無事に変形したようだ。これでミサイルをキャッチ出来る」

「しかし何ですか博士、あの趣味の悪い人型ロボットは」

システムモニターには、まるで銀色のマネキンのようなプロポーションで高度5000メートルを滑空していく人型戦闘マシンの立体モデルが描かれていた。

「そう言うなよ。飛翔体は開発探査用宇宙艇だから変形機能はもとからあったんだ。僕が地球上での戦闘に適するようにすこし味つけしたんだ。あの脚も僕のデザインさ」

「女の脚みたい」

「採寸したモデルがそうだったからね」

真一はにやりとして、マイクを取った。

「愛月中尉。両のマニピュレーターでミサイルを捕捉しろ。追いついて抱きかかえるイメージだ」

有理砂
〈究極戦機〉

「そんなこといきなり言っても！」

『大丈夫だ君ならやれる！　そのための〈意志命令モード〉だ』

「〈究極戦機〉がこんなふうになるなんて、あたし知らなかったわっ」

『びっくりさせようと思ったんだ、許せ』

冗談はやめてくれ！

だがミサイルは落下していく。３４００、３２００！

「ええいっ——」

わたしは目を閉じ、水泳でプールの壁を蹴《け》って前に進む動きをイメージしながら、コマンドモジュールの中で両腕を広げた。

「——つかまえろっ！」

高度３１００ジャスト。銀色のマネキンに変形した〈究極戦機〉は、左右の〈腕〉で真っ赤に灼《や》けたミサイル弾頭を空中でつかまえた。

ガシーンッ

砲弾型の弾頭はひと抱えあった。つかまえた大質量と大運動量を〈究極戦機〉のGキャンセラで吸収しブレーキをかける。起爆高度が3000ならあと50メートルも無い！

「止まらないわっ」

『中尉！　起爆用高度計だ！　へさきにある。握り潰《つぶ》せ！』

「どこっ」

『へさきっ』

これかっ。わたしは右手で空を握りしめる。同時にそのイメージを感知した〈意志命令モード〉が右マニピュレーターに同じ動作を取らせる。握力は華奢《きゃしゃ》な外見よりも強大で、ミサイルのとがった頭部は銀色の五本指によってクシャッとつぶれてしまった。

『やったぞ中尉。高度計は潰れた』

ふーっ

わたしは右のこぶしを握りしめたまま、大きくため息をついた。右のこぶしには汗がにじんで、関節が白くなっていた。

だがしかし、

――有理砂。まだだ

また〈声〉がした。

――今弾頭内部をスキャンした。この弾頭はバックアップにタイムスイッチを持っている。引きちぎれ。早く

「えっ！」

どこをどうすればいいのか解らない。わたしはとっさに、ソーセージを二つにちぎる動作でマニピュレーターを動かした。モニターの真ん中で弾頭は上下二つにちぎれた。

――後部の水爆は死んだ。だが頭部の起爆用原爆が発火する。間に合わない。投げろ

「そんなぁっ」

――あと四秒。投げろ。遠くへ投げろ

「きゃあっ！」

わたしはソフトボールを遠投する動作を思い出しながら、マニピュレーターに最大出力で弾頭先端部を投擲《とうてき》させた。方向なんか、定めている暇は無かった。何しろ原爆だ、原爆。

引きちぎられて起爆用原爆と時限信管だけになった弾頭は、クルクル回転しながら落下して行った。そこで初めて落下して行く先の景色が目に入った。わたしは東京湾の上にいた。そして弾頭が消えて行く先は、多摩川の河口付近だった。

（あそこには――怪獣が）

心の中でつぶやく暇も無く、

ピカーッ！

「うわぁーっ！」

モニターの防眩機能も飽和するくらいの閃光に、わたしは両腕で顔を覆った。同時に〈究極戦機〉も同じ動作で敏感なヘッドセンサーを防護した。

多摩川　河口付近

ＳＳ20〈労働者の守護神〉の起爆用原爆は、多摩川被災救援キャンプ跡に居座る巨大な〈レヴァイアサン〉のほぼ真上で炸裂《さくれつ》した。爆破規模は5キロトン。幸いにして周囲10キロ以内に生きている人間は一人もいなかった。

「うわーっ」

是清たちを乗せて多摩川を脱出したＳＨ60Ｊ対潜ヘリコプターは、激しい衝撃波と閃光に背後から襲われて、猛烈に揺れた。

ズワワワワワッ

「う、うわーっ、何だっ？」

重傷者を仮設座席に座らせ、自分たちは立ってシートベルトをしていなかった是清たちは、対潜ヘリのキャビン内部をピンボールのように跳ね回った。

ガタガタガタッ

「大尉！」

「みんなつかまれっ！」

衝撃突風はヘリの編隊を木の葉のようにもてあそんだが、操縦不能になる機は無く全機が東京湾へ離脱した。多摩川を離れるのがあと一分遅かったら、核爆発に巻き込まれているところであった。

「大丈夫、ヘリは全機健在だ」

先頭を行くSH60の機長は振り返って叫んだ。

「〈赤城〉、これより帰艦する。救援キャンプの生存者は全員救助した」

11. レヴァイアサン対有理砂

＊ついに〈レヴァイアサン〉と対決した愛月有理砂。
最後の闘いが始まる。

帝都西東京

〈労働者の守護神〉の起爆用原爆は、多摩川河川敷の被災救援キャンプ跡に居座る〈レヴァイアサン〉のちょうど真上、高度500メートルで炸裂《さくれつ》した。爆破規模はTNT火薬換算で5キロトン。熱線と衝撃波による破壊範囲は半径2キロ、致死量放射線の到達範囲は半径10キロだったが、すでにこの範囲内に生きている人間は一人も存在していなかった。

〈レヴァイアサン〉は、原爆の直撃を受けた。

「多摩川はもう川じゃない、羽田から5キロ上流のあたりがクレーター化している。水は蒸発して火山の火口みたいになっている」

SH60Jの一機が危険を冒して引き返し、東京湾の上空から多摩川の様子を観測して報告した。本来こういう時に〈究極戦機〉に随伴して観測任務につくはずのE2CJ警戒管制機は、〈赤城〉飛行甲板が使用出来ないので発艦出来なかった。

「くり返す、多摩川は溶岩のあふれる火口みたいだ。怪獣は――」

浮上した潜水艦を撮影するための望遠ビデオカメラが、多摩川の河口から5キロ上流付近を拡大した。

「——いるぞ！　溶岩の湖の中に怪獣が視認できる。動いているぞ」

真っ赤に灼熱《しゃくねつ》するどろどろの溶岩の湖の真ん中に、黒いシルエットになった〈レヴァイアサン〉の姿が画面に入ってきた。

「やつは溶けていない！　動いているぞ」

空母〈赤城〉

「やつは原爆の直撃を受けたのだ。いくら隕石《いんせき》を防ぐことの出来る大怪獣でも、もうおしまいだろう」

押川艦長は、〈赤城〉の航海艦橋から西東京西部の夜空に双眼鏡を向けていた。東京湾の奥は海面も夜空も不気味な赤色に染まり、血のような色をした巨大なキノコ雲が立ち上っていた。〈レヴァイアサン〉はあのキノコ雲の真下だ。

「そうだといいのですが」

「ヘリ隊の受入れ準備を急げ。救護班を甲板で待機」

「はっ」

〈レヴァイアサン〉に東日本の核ミサイルが飛んできて命中した、という知らせは瞬く間に空母の艦内に伝わった。医療センターの軍医や看護隊員が救援キャンプからの負傷者を出迎えるべく病室を出て行くのを、立花五月はベッドに横たわって見ていた。

（核ミサイル——！　山多田大三が西東京へ発射したのか……）

五月には、あのダミ声で話すダルマのような独裁者の考えが、よくわかった。大三は特攻隊の空襲が失敗に終わったと知り、それならば連合艦隊も怪獣も一度に片づけてしまうつもりで西東京へネオ・ソビエトの核ミサイル〈労働者の守護神〉を発射させたのだ。〈女帝〉エカテリーナがそれを止められなかったということは、彼女もすでにこの世に居ない可能性が高い。山多田はかねてからの念願通りに、ネオ・ソビエトを乗っ取って自分のものとしたのだ。

（……これから先——やつを止められるものは……）

五月は天井を見つめながら、唇を噛《か》んだ。

核ミサイルの次には、開発中だった細菌兵器や毒ガスだってある。自分の野望のためなら、山多田大三は何の躊躇《ちゅうちょ》もしないだろう。おそらく数万人の占領軍がすでに西東京へ入っているはずなのに、大三は自軍の兵士たちの頭の上に核ミサイルを放ったのだ。

「やつらのミサイルは精度が悪くて、我々を狙《ねら》ったのに市街地へ落ちたらしい。これで東の占領軍も全滅だな」

「ざまあみろさ」

寝ている負傷した隊員たちが、小声で話し合っている。有理砂の〈究極戦機〉の活躍で水爆は死に、爆発したのが起爆用の小型原爆（水爆は原爆で連鎖反応を起こさないと爆発しない）のみであったことまでは、〈赤城〉一般隊員の人々は知らなかった。本当に10メガトンの水爆が作動していたら、爆発は横須賀沖の連合艦隊を軽く呑み込み、房総と三浦半島の半分をこの世から消していただろう。

（西東京が全滅……）

──『名前、なんていうんだい』

はっ

五月は、思わずベッドの脇においてある編みかけのセーターを見ようとして、肩の傷の痛みに顔をしかめた。

「うっ──！」

──『君だって、名前はあるんだろう。俺は水無月是清』

紺色の編みかけセーターは、さっき見舞いに来てくれた森高美月に頼んで、五月の士官用個室から持ってきてもらったものだ。公香に刺された傷は深く、五月は手術の順番が来るまで、医療センターの病室で安静を命じられていた。

——『どうせ俺はどこかに運ばれて銃殺になるんだろう。でもそんなこと忘れるくらい、君はきれいだよ。名前、なんていうんだい』

〈全滅した戦車隊から彼は脱出して……今頃はたぶん、亡命するために利根川を渡って西東京のどこかに……〉

五月は起き上がった。「うっ」と痛みに顔をしかめながら、パジャマの下に包帯をした姿でベッドを下りた。

〈赤城〉の飛行甲板に上がると、東京湾を北上し続ける空母の甲板には手のすいた乗組員が上がってきて、手にした双眼鏡などで赤い夜空を眺めていた。

「西東京はどうなったんだ」

「俺の家は?」

「東京タワーは残っているようだ。シルエットが見える」

口々に心配し合う乗組員の間を縫って、五月は艦首に近い前甲板へ出る。黒い水平線から、オーロラか蜃気楼《しんきろう》のような赤い燐光《りんこう》がゆらゆら立ち上っている。そのさらに頭上には、血のようなキノコ雲。

「――――」

航行する〈赤城〉の艦首から吹く風が、五月の長い髪をなぶった。

「どうだ見たまえ。これが山多田大三のすることだ」

声に振り向くと、波頭少佐がネオ・ソビエトの少女――芳月公香と特攻隊の少年を連れて、甲板の上にいた。波頭は二人に山多田の所業を見せようと、警備隊員にガードさせてここへ連れ出したのである。「山多田のすることだ」というのは、二人に対して言った言葉だった。公香と少年は、唇を半分開けて赤く燐光を放つ水平線に見入った。

「あれは、核ミサイルだ。山多田は自軍の兵士がたくさんいるのに、わが連合艦隊が特攻隊でつぶせないとわかると、ああやって西東京へ核ミサイルを撃ってきたのだ。もし〈究極戦機〉が水爆を――」

そこまで波頭が言いかけた時、突然少年が「わーっ」と叫び、艦首方向へ走り出した。

「お、おい待てっ」

「うわっ、うわぁーっ」

「どこへ行くつもりだ！」

「僕が、僕が悪いんだ！」

だ。

少年は、泣きながら〈赤城〉の艦首へ走って行った。額から包帯が外れて吹き飛んだ。

「僕が、僕がちゃんと特攻しなかったから、山多田先生は核ミサイルを撃たなきゃならなかったんだ！　僕のせいだっ」

警備隊員が、「止まれ！」と叫んで小銃を向けた。だが少年は泣きながら走った。

「山多田先生、申し訳ありません！　申し訳ありません！」

警備隊員が撃とうとするのを、波頭が「待て」と止めた。しかし少年は、〈赤城〉前甲板の発艦カタパルトを先端まで駆けていって、叫んだ。

「山多田先生、死んでお詫《わ》びをしますっ！」

五月はそれを呆然《ぼうぜん》と見ていた。ハッと気づいて後を追おうとした時には遅く、特攻隊の少年は「山多田先生バンザーイ！」と叫びながら海中へ身を投じていた。空母の艦首が激しくかき分ける波涛《はとう》の中へ、少年の小さな姿はたちまち呑み込まれて見えなくなった。

「な――」

五月は呆然と、カタパルトのレールの上にパジャマのまま立ち尽くした。

「――なんてこと……」

同じ時、〈赤城〉艦内大格納庫のUFCコントロールセンターでは、〈究極戦機〉の機体から〈レヴァイアサン〉へ自動的に向け続けられている透視スキャナーの解析画面を見ながら葉狩真一が舌打ちした。

「――まずいぞ」

「これはまずい――かなりまずい！」

星間飛翔体《ひしょうたい》がもとは地質探査用に持っていた物質遠隔透視スキャナーは、多摩川中流の〈レヴァイアサン〉の体内のエネルギーレベルの異常上昇をカラーサーモグラフにして真一のコンソール画面に映し出していた。

「博士、生体核融合炉の水素核融合反応が――この上昇カーブは……まさか」

魚住渚佐がモニターを見て息を呑んだ。

葉狩はうなずき、マイクを取って東京湾上空に滞空している〈究極戦機〉を呼んだ。

「愛月中尉、聞こえるか」

有理砂
〈究極戦機〉

『愛月中尉。ひどくまずいことになった』

葉狩の声に、わたしは下方を映しているモニターから顔を上げた。

「まずいこと――？」

わたしは東京湾の中央部まで下がって、〈究極戦機〉の機体を高度1万フィートに滞空させ上空から赤いクレーターの真ん中でうごめく怪獣の様子を拡大望遠で眺めていた。黒い怪獣は原爆の直撃では参らなかった。予想はしていたが、今度もバリヤーを張ったのだ。だが衛星エウロパに降り注ぐ隕石雨と原爆では規模が違う。

「博士、電磁フィールドなんかで核爆発を完全に防げたはずはありません。相当ダメージ食ったんじゃないですか？」

わたしは赤い溶岩の池の中に黒いシルエットになった怪獣をモニターで見ながら訊《き》いた。

「何がまずいんです？」

弱ったところを〈究極戦機〉のX線レーザーで焼き、電磁フィールドを封じてから〈大和〉の主砲でラムダファージ弾を中枢脳へ撃ち込めばよい。それで怪獣は一巻の終わりだ。わたしは〈大和〉が怪獣を有線縮射砲弾の射程内に捉《とら》えられるところまで進出してくるのを、空中で待っていたのである。

『その通りだ。やつは原爆を防ぎ切れなかった』

葉狩は答える。

『〈レヴァイアサン〉は、原爆に直撃されて核分裂エネルギーを直接体内に受けてしまった。君も知っている通り、原爆の核分裂反応は、水爆を起爆するために使われる。単刀直入に言えば、山多田の原爆はミサイルに搭載していた水爆を君に引きちぎられて起爆出来なかったが、代わりに〈レヴァイアサン〉を「起爆」してしまったのだ』

わたしは一瞬、頭の中が白くなって訳がわからなくなった。

「――何だって?」

どういうことだ?

『中尉。〈レヴァイアサン〉体内の生体核融合炉が、今の原爆を引き金にして「起爆」してしまった。水素核融合反応が、異常に増大し始めた!』

空母〈赤城〉

「博士！　やはり〈レヴァイアサン〉の融合炉のエネルギーレベルは爆発臨界めがけて急上昇しています！」

渚佐が叫んだ。

「この上昇曲線は――だめだわ。収まりそうにない」

「魚住博士、残された時間は？」

葉狩は、黒髪に白い指をうずめて「だめだわ」と頭を抱える渚佐に訊いた。

「残された時間はどのくらいだ？」

「ああ――おしまいだわ」

「渚佐！」

「え――」

「しっかりするんだ！　生体核融合炉の臨界爆発まであと何秒残っている？」

有理砂〈究極戦機〉

『全艦隊に緊急警報。〈レヴァイアサン〉の生体核融合炉が原爆の影響で暴走を開始した。臨界爆発まであと百四十秒。緊急事態！』

葉狩の警報がわたしのコマンドモジュールにも聞こえた。

「ちょっ——」

わたしは操縦席のシートで言葉を失った。

「——ちょっと冗談じゃないわよっ！」

葉狩が呼んできた。

『聞いた通りだ愛月中尉。あの原爆を受けて〈レヴァイアサン〉は、40メガトンの生きた水爆になった！　爆発規模はさっきの原爆のざっと八千倍、関東一円全部溶けて吹っ飛んでこの地上から消滅するだろう。しかもあと百三十七秒後だ！』

「どうすればいいんですかっ？」

『考えている暇は無い、ただちにやつの中枢運動脳を破壊して融合炉を止めなければおしまいだ。これから〈大和〉にラムダファージ弾を発射させる』

「でも、まだ射程距離には程遠いわ」

戦艦〈大和〉の46センチ主砲は射程40キロだが、有線でコントロールする縮射砲弾を使うときには目標まで15キロ以内に近づかなければならない。

『そんなことはわかっている。〈大和〉が発射したら君は飛んできた砲弾を空中で受け取るんだ。〈究極戦機〉で砲弾を運び、〈レヴァイアサン〉に叩《たた》き込め！』

「そんな無茶なっ」

『ミサイルをつかまえたのと要領は同じだ、やれば出来る。やってくれ』

「ちょ、ちょっと！　電磁フィールドはどうするんですかっ？　まずX線レーザーで怪獣の感覚器官を焼くんじゃ――」

『時間が無い、省略する。君は砲弾を抱えて、〈究極戦機〉ごとバリヤーを突き破れ』

「そんなぁっ」

『やればできる！　できなきゃ日本はおしまいだ』

戦艦〈大和〉

「一番砲塔、ラムダファージ弾発射用意！　目標は東京湾中央部上空1万フィートの

〈究極戦機〉だ」

森は艦橋で怒鳴った。

「弾道軌道の頂点で〈究極戦機〉が砲弾をマニピュレーターで捕獲、そのまま抱いて怪獣のバリヤーを突破し、やつの体内に叩き込む！　各員大至急配置につけっ！」

「艦長、ここから上空のＵＦＣまでなら十分に届きます。前進はやめて、むしろ逆進をかけましょう」

「いや副長。〈レヴァイアサン〉が40メガトンの核融合爆発を起こしたら、１マイルや２マイルよけいに離れたところで意味は無い。すこしでも〈究極戦機〉に近づき砲弾ランデヴーの成功率を上げるのだ」

「艦長」

一番砲塔射撃指揮所からの艦内電話を受けて、砲術長が叫んだ。

「ラムダファージ弾、装塡《そうてん》にかかりました。自動追尾システムに異常なし。三十秒後に発射します！」

「よし」

ピーッ
「艦長だ」

『艦長、こちらＣＩＣ』

川村万梨子が専用インターフォンで呼んできた。

『本艦の真下、対潜ソナーに感があります』

「何だと？　敵の潜水艦か」

『わかりません。たった今探知しました。海底に何かいます。大きな反応です』

「放っておけ」

森は怒鳴った。

「いまさら東の潜水艦に魚雷を一、二発食らったところで、この〈大和〉びくともせんわ！」

「装塡せよ」

〈大和〉の一番砲塔内部では、葉狩真一がイージス艦〈群青〉の研究施設で培養させていた細胞遺伝子破壊ウイルス〈ラムダファージ〉が炸薬を抜いた46センチ主砲用徹甲弾の弾頭部に封入され、ロボット装弾装置の機械アームに載せられて砲身基部へ挿入された。

ゴクン
〈群青〉の研究施設が空襲で破壊されてしまったため、製造できたラムダファージ弾はこれ一発きりであった。

「装塡よし。一番砲塔、自動追尾」

ゴロンゴロンゴロン
巨大なベアリングに載って〈大和〉の一番主砲塔は回転し、レーダーが捉えた〈究極戦機〉の位置に軌道が交差するように真ん中の一本の砲身が仰角を調整した。

「これは何？」

艦橋後方のＣＩＣでは、アクティブソナーが海底に探知した〈目標〉に、川村万梨子が眉をひそめていた。

「わかりません大尉。東の潜水艦ならばかなりの大型です」

モニターの中で、海底付近から返ってくる音波のリターンを立体映像化したクロマトグラフが震えている。像は不明瞭だが、反応だけは何故かやたらと大きい。

「東京湾に入る前も入ってからも、対潜警戒システムはずっとクリアだったじゃないの」

「そうです。東日本はあれほど空襲してきたくせに、潜水艦による海中からの攻撃は一回きりでした。追尾もしてこない。おかしいと思っていたんです」

変だ——。万梨子は黒いサングラスを取って、蔓《つる》の部分を唇にくわえた。

「こんなリターンは、見たことがないわ。ちゃんと識別出来ないの？」

「東京湾の水質がわるくて——ヘドロの雲が濃すぎてこれ以上走査できません。〈目標〉は海底に着底しながら移動していたらしいのです。だから今まで気づかなかったんです。あとはソナーの精度を上げたければ〈大和〉に止まってもらうしか……」

「そんなこと出来るわけないわ。フリゲートに連絡！」

万梨子は叫んだ。

「今、この〈大和〉やUFC支援艦の〈赤城〉に何者も指一本触らせるわけに行かないのよ。対潜フリゲート全艦にこの〈目標〉を攻撃させなさい！」

『主砲発射、二十秒前。甲板に出ている乗組員は全員艦内へ退避せよ。くり返す――』

〈大和〉艦上に警報が鳴り響いた。

ヴィイイイイッ
ヴィイイイイッ
『――主砲発射十七秒前。十六、十五――』

有理砂〈究極戦機〉

あと百秒。

わたしの全周モニターにも、物質遠隔透視スキャナーのデータ映像がウインドーを開いて表示されていた。シルエットになった〈レヴァイアサン〉の体内で、オレンジ色の球状の部分が鼓動するように震えながら、次第に大きくふくれ上がって行く。

（あと九十六――）

コマンドモジュールの操縦席の肘掛けをつかむ両手に、汗がにじんでいた。あれが怪獣の生体核融合炉だ。あと九十四秒以内に、わたしは海面上の〈大和〉から発射されて飛んで来るラムダファージ入りの砲弾を空中でつかみとって惑星上活動形態に変形した〈究極戦機〉の脇に抱え、〈レヴァイアサン〉のバリヤーを無理やり突き破ってやつの体内の中枢運動脳に何とかして叩き込まなくてはならない。

（――さっきと同じ芸当が、また出来るとは……）限らない。わたしは深呼吸をしながら、足の下の西東京を見回した。山多田の原爆が破壊したのは、大田区の西部と川崎の中原区の一部だけだった。西東京の都心部は真っ暗になって部分的に火災を起こして燃えてはいても、形はまだそっくり残っていた。右下に浜松町の貿易センターと、芝公園の東京タワー。東の占領軍の連中も、都心にいれば大丈夫だっただろう。いま息をしているとすればわたしのおかげだ、感謝しろよ。

——有理砂

あと八十八秒という時に、またあの〈声〉がわたしに話しかけてきた。

——有理砂。まずいことが判明した

「なあに」

わたしは左手の東京湾浦賀水道方向を振り返って、こちらへ全速で向かっているはずの艦隊を捜した。まもなく〈大和〉が主砲を発射する。わたしはＰＫ戦直前のゴールキーパーの心境だ。

「この今の状況以上に、何かもっとまずいことがあるっていうの？」

わたしはこの〈究極戦機〉を操る本来のパイロットである人工知性体に口答えして

見せた。まずいことが判明したとか、ものの言い回しが葉狩に似ているのはこの〈意志命令モード〉というインターフェイスを葉狩が造ったせいなのか、あるいはこの二人の性格が似ているのか。人工知性体に性格があればの話だが。

——もちろん性格は存在する

人工知性体５０３０７４１は、わたしの意識を読み取って答えた。

——葉狩は信頼できる個体と判断している。ところでまずいことが判明した

「まずいことって何よ?」

——もう一匹いた

「えっ——?」

わたしは一瞬、意味がわからなかった。

「今いったいなんて言ったの?」

――たった今空間スキャナーが探知した。ユニットは木星の衛星から引き揚げた時点ですでに繁殖能力を身につけていたらしい

「なんですってぇっ！」

――ユニットは宇宙空間を航行中に搬送球体の内部で分裂増殖を行っていた。質量が変わらなかったので私は気づかなかった

「じゃ、地球に落ちてきたのは――」

――球体から逃げだしたユニットは、二匹だった。上陸し変態したのはその一匹に過ぎない

「もう一匹は、どこにいるのよっ？」

――戦艦〈大和〉の真下だ

「そんな――！」

だがわたしは反射的にカウントダウンの秒数を見た。〈レヴァイアサン〉爆発まであと七十五秒。だが、

「――砲弾が……飛んで来ない！」

連合艦隊

うわーっ

戦艦〈大和〉艦上では全乗組員が、艦が急減速したマイナスGに足を取られ、床に転んだ。

ズズーンッ

「何だっ、今の衝撃はっ！」

「わかりません艦長、座礁かも知れません！」

「馬鹿なっ」

東京湾の真ん中で、いくら浅いとはいえ戦艦が座礁するはずはない。

「機関部、報告させろ」

森は艦橋に立ち上がりながら、前甲板の一番砲塔を見やってうなった。

「おい一番砲塔は何をやっている！　早くラムダファージ弾を発射しろ」

だが一番砲塔の射撃指揮所では、微妙な照準が外れてしまっていた。

「自動追尾をロストした。もう一度エンゲージさせる」

砲撃管制士官が、頬に汗を滴らせながらキーボードを叩いた。〈大和〉の射撃管制レーダーが、再び前方上空のＵＦＣを捉える。だが、
ズズズーンッ
うわぁーっ
再び艦底から襲ってきた突き上げるような衝撃に、射撃指揮所の乗組員たちは椅子から放り出されてしまった。

〈レヴァイアサン〉爆発まで、あと六十秒。だが〈大和〉の射撃管制レーダーは、今の衝撃で止まってしまった。

「愛月中尉、〈大和〉はあてにならなくなった」

空母〈赤城〉のＵＦＣコントロールセンターでは、葉狩真一が艦の外の状況を映すモニターを見て叫んだ。

「〈レヴァイアサン〉がもう一匹いた！　変態前のクラゲ形態のやつだ。〈大和〉が襲われている。ラムダファージはあきらめろ。君は――」

葉狩が言いかけた時、空母〈赤城〉をもズズーンッという激しい突き上げるような衝撃が襲い、葉狩と渚佐を管制席のシートから放り出した。

「な、なんていう移動速度だ、うわーっ」

「きゃーっ」

照明が一瞬、消えた。

有理砂〈究極戦機〉

あと五十六秒。

「〈赤城〉！　UFCコントロール！　どうしたの！　応答してっ」

艦隊が襲われた――？

「葉狩博士応答してっ」

わたしを支援してくれるコントロールセンターからの回線は沈黙してしまった。

「冗談じゃないわ！」

わたしはＵＦＣを横須賀沖の連合艦隊へ向けようとした。

だが

――待て有理砂

知性体が言った。

――待つんだ有理砂。〈レヴァイアサン〉が間もなく爆発する

「そんなことはわかってるけどっ」

こうなったらＵＦＣでラムダファージ弾を取りに行くのだ。それしかない。しかし

知性体は言った。

――有理砂。葉狩のウイルスは効力を出すのにタイムラグがある。もう間に合わない。われわれだけで中枢運動脳を破壊するのだ

「そんな方法が、どこにあるのっ？」

ラムダファージ弾が飛んでこないのでは――あの大怪獣の体内の中枢を破壊できる手段などわたしには思いつかなかった。


――考えろ有理砂。君の惑星《ほし》の運命がかかっているぞ

知性体は人ごとみたいに言った。このやろう、他人の星だと思って！

（エネルギー兵器やミサイルでは、〈レヴァイアサン〉の保護装甲を貫通して体内の中枢には届かない――でもなんとかしてあの中枢を――！）

タイムカウントはあと四十八秒。

「くそっ」

わたしは、物質透視スキャナーのウインドーに拡大された脈打つイボイボの球体を睨《にら》みつけた。

「どうすれば――いいんだ！」

あと四十五秒。

横須賀沖
連合艦隊

「怪獣だ！　もう一匹いた！」

帰艦してきたヘリの編隊は、いきなり東京湾の海底から出現したもう一匹の巨大クラゲが空母〈赤城〉に無数の長大な触手をかけ、しがみついて這《は》い上がろうとしているので着艦することが出来ず、上空で旋回した。

「これでは着艦出来ないぞ」

「機長、母艦も無くなるかも知れませんよ」

その後部キャビンのスライディングドアを開いて身を乗り出し、水無月是清は猛烈な風圧に逆らって眼下の怪獣を睨みつけていた。

「くそっ、怪獣め！　どこまでも俺たちを襲って来るつもりかっ」

「大尉危ない、中に入ってください！」

〈赤城〉艦内のUFCコントロールセンターでは、赤い非常照明に切り替わった管制室で、葉狩真一がうめきながら身を起こしていた。

「な、渚佐。大丈夫か」

真一は、床に倒れた渚佐の白衣の背を抱き起こした。

「うう――」

「しっかりするんだ」

「博士――もう時間がありません。おしまいです」

「そんなことはない」

葉狩は管制卓に這い上がると、〈究極戦機〉との回線を回復させようとキーボードを操作した。しかし次の瞬間、怪獣にのしかかられた空母は大きく傾斜した。

ぐらりっ
「うわっ」

「きゃーっ」

〈赤城〉は一瞬45度も傾き、二人は管制室の床に再び投げ出され、反対側の壁にたたきつけられた。


「射撃管制システムが復帰しません!」

〈大和〉の射撃指揮所で砲撃管制士官が悲鳴を上げた。

艦橋では森が怒鳴りつけた。

「目視でも何でもいい、〈究極戦機〉のいる方角へとにかくぶっぱなせ!」

そのとき副長が叫んだ。

「か、艦長、怪獣がこっちを――！」

〈大和〉の右舷《うげん》500メートルで〈赤城〉にのしかかっていた巨大なクラゲ形態の怪獣が、蒼白《あおじろ》く発光し始めた。光は半透明の金魚鉢のような怪獣の表面に、まるで目玉のように広がった。森は自分たちが睨みつけられたかのように感じ、おもわず艦橋の中で後ずさった。

「う――！」

「危ない艦長、閃光《せんこう》を発します！」

ピカーッ
「ふ、伏せろっ」

ズヴォーッ
次の瞬間〈大和〉は怪獣のプラズマ閃光球を右舷側面に食らい、大きく傾いた。

ドカーンッ
うわあーっ！

7万トンの戦艦が怪獣のプラズマ閃光球を受けて爆発し、大きく傾くのが〈赤城〉の艦橋からも見えた。

「甲板で爆発しただけだっ。そう簡単にやられるものか！」

押川が艦橋の柱にしがみつきながら見ると、〈大和〉は右舷の対空高角砲群を根こそぎ吹き飛ばされたが、火災を発生しながらも〈赤城〉の隣に浮いていた。

「しかし艦長、わが〈赤城〉は風前の灯火です！」

クラゲ形態の怪獣は、ついに〈赤城〉の飛行甲板全体に触手を伸ばしきると、蒼白い金魚鉢のような本体を海面からざばざばざばっと現わして甲板へ乗り上げ始めた。

ぐらっ
怪獣の重みで艦はさらに傾斜した。

「うわあっ」


「くそっ」

坂道になった床を這い上って、真一は管制卓に取り付いた。

「博士、もう終わりですわ。爆発まであと三十秒ありません」

「くそぉっ」

真一は沈黙したままの支援管制システムのディスプレーモニターを叩いた。

「何とかしてくれ有理砂！　今〈レヴァイアサン〉が爆発すれば、こっちのもう一匹も連鎖反応で爆発するぞ。合計80メガトンで本州が半分溶けてしまうっ！」

「何が起きたんだ」

森高美月は、傾斜してストップしたＵＦＣの操縦訓練用シミュレーターから非常扉を使って外に出た。警報が鳴っている。非常電源に切り替わって真っ暗に近くなった〈赤城〉の艦内は、どっちが床だか壁だかわからない状態だった。

「怪獣に襲われている――？　有理砂はどうしたんだ」


支援管制システムは、外部モニターだけが回復した。だがしかし真っ先に映ったものは、蒼白い残留プラズマの燐光を放って炎上する戦艦〈大和〉だった。

「〈大和〉が、やられている……僕のラムダファージはどうなったんだ」

真一はマイクを取った。

「森艦長、森艦長！」

だが回線は通じなかった。

「博士」

渚佐が真一に後ろから上着をかけた。

「せめて静かに死にましょう」

真一は、こぶしを握りしめて下を向いた。

「ううぅっ」

あと二十七秒。本州は半分消滅するだろう。東日本も西日本も、この世から消えて無くなるのだ。

「博士。私たち疲れているんですわ。この一か月間働きどおしで」

渚佐の言葉に、真一はがっくりと肩をおとした。

「そうだな……」

「せめて最後に、お酒でも飲みたかったですね。頑張ったご褒美に、お銚子片手にヤキトリでも食べながら」

有理砂
〈究極戦機〉

あと二十五秒。

(この中枢脳を——なんとかして——！)

わたしはコマンドモジュール操縦席の肘掛けを両手で握りしめ、拡大透視画面の〈レヴァイアサン〉の内臓を睨みつけていた。

そのときふいに、通信回線が回復した。

『ヤキトリといえばね、わたし有楽町のガード下のモツ焼き屋さんが好きなの。一年中煮込んでいる大鍋でモツがぐつぐつと――』

「――あん？」

だが最初に聞こえてきたのは、あの魚住渚佐のけだるい声だった。

『串焼きといえば、やっぱり塩よね。でもお刺身で食べられるくらい新鮮なレバーを焼いて、タレで食べるっていうのもおつなものよね。でも博士、あの有楽町のガード下のお店も、80メガトンでこの世から消えてしまうのねえ……』

いったい何しゃべってるんだあの女――！

だがしかし、わたしの脳裏にも一瞬、お皿で湯気を立てるヤキトリが浮かんでしまうのだった。あと二十二秒で日本が半分この世から消えようっていうのに。

「何がヤキトリだ渚――」

怒鳴りつけようとしたとき、わたしの中に何かがパッと浮かんだ。

ヤキトリ――

（ヤキトリ……モツ焼き……）

わたしの頭の中に、電光のようにあるイメージが閃いた。

（モツは内臓……内臓は串刺し……）

モツは串刺し！

わたしはハッとして、モニター右下に見えている西東京の湾岸ビル群を見た。

そして次の瞬間には、〈究極戦機〉はわたしのイメージにしたがって高速機動を開始していた。女のようなボディーラインをした銀色の人型戦闘マシーンは、東京湾の上空から身をひるがえして芝浦湾岸へ一直線に降下する。

フュンッ

ウォーターフロントを飛び越え、浜松町の向こう側へ。

「そうだ――そうだその手があった、急げ！」

――よく思いついた有理砂

「やるわ。ヘッジホグを用意！」

わたしは飛行コースを意志の力で修正する。全周モニターの正面には、黒い夜空を背景に、赤と白のペイントに塗り分けられた333メートルの鋼鉄製の塔が立っていた。

「目標、東京タワーの四本足！　多数目標同時攻撃！」

地球製の戦闘人工知能は機能が低下していたが、今度の標的は極超音速のミサイル弾頭ではなく、芝公園の丘の上に立つ巨大な鉄塔の四つの基部だった。照準は支障なく行われた。

ピッ

▼MULTIPLE　TARGET　LOCKED（同時照準よし）

モニター正面のタワー基部に、照準完了《ロックオン》の黄色いマークが四つ重なり、〈究極戦機〉は飛行しながら銀色の両腕を前方へ突き出した。

ヴォッ

「――撃てっ！」

湾岸沖　観測ヘリ

「う、うわっ、何だっ？」

羽田沖を旋回していたＳＨ60Ｊの乗員全員が、叫び声を上げた。

「あ、あれは――！」

「と、東京タワーが――！」

「〈赤城〉、〈赤城〉、大変なことが起きている！　と、東京タワーが――東京タワーがっ」

有理砂

〈究極戦機〉

「――つかめっ！」

わたしはイメージを集中して、〈究極戦機〉の左右のマニピュレーターに倒れかかって来る塔のフレームをつかまえさせた。

ドシーンッ

東京タワーはわたしに四本の基部を爆破され、倒れてきた。膨大な重量が、滞空する〈究極戦機〉に雪崩のようにのしかかってきた。しかし恒星間宇宙船の核融合炉のパワーは、Gキャンセラで東京タワーを空中に受け止めるのに総出力の10パーセントも必要としなかった。

ガシーンッ

「くおっ」

だが〈意志命令モード〉で機械と繋《つな》がっているわたしの腕には、ＵＦＣのマニピュレーターにかかる負荷が筋肉神経の感覚としてフィードバックされて来た。

「くっ——重いぞさすがに」

だが持ちあげるのは不可能ではない。わたしは全イメージ力を集中させるために両腕を空中に伸ばしたまま息を吸い込んだ。

すうっ

「——持ちあげろっ！」

人工知性体が３３３メートルの鉄塔の重心分布を瞬時に計算し、ＵＦＣは自動的に両腕を移動して塔のフレームをつかみ直した。核融合炉がうなった。塔の質量にかかる地球の重力加速度をすべて、ＵＦＣのＧキャンセラで相殺しているのだ。

ウォンウォン

ウォンウォンウォン

「それっ」

全長せいぜい25メートルの〈究極戦機〉は、港区芝公園の上空１００メートルに滞空しながら華奢《きゃしゃ》な両腕で自分の頭上に東京タワーを横倒しに持ちあげた。

ずおおおおっ

（時間は──！）

タイムカウント──あと十五秒。

「行くぞっ──」

わたしは両腕に力を込めたまま、コマンドモジュールの中に叫んだ。モニターの左側で核融合炉の出力表示グラフがぐぐっと上方へ伸び、ピンク色に輝き始めた。

ウォンウォンウォンウォン

わたしは目を閉じてイメージする。物質透視スキャナーに見えていたあの中枢──あのイボイボの中枢運動脳だ。あの一点だ──！

すうっ

息を吸い込み、命じた。

「──翔べっ！」

空母〈赤城〉

支援管制システムが、ふいに回復した。

ピピッ

とたんに核融合炉の遠隔モニター画面がピンク色に輝き、ＵＦＣが地球大気圏内で活動するには大き過ぎる出力を出して飛んでいることを告げた。

「な――」

　真一は、管制卓から顔を上げた。

「――なんだ……？」

「は、博士……」

　二人はハッと我に返って、すべてのシステム表示をモニターに出させた。

「この出力は――」

　渚佐が息を呑んだ。

「いったい――何が起こっているの？」

有理砂
〈究極戦機〉

　遠くでそれを見る者がいたら、まるで空中で横倒しになった東京タワーが極超音速の衝撃波を残して芝公園の夜空からかき消えたと思っただろう。

　ズドンッ！

都市宇宙船すら光速まで加速することができる〈究極戦機〉のGキャンセル駆動ユニットは、マニピュレーターで機体に固定した東京タワーを一秒間でマッハ3まで加速した。大気を切り裂きながら巨大な鉄塔は帝都の上空をミサイルのように飛翔し、多摩川のクレーターから這い出そうとしている〈レヴァイアサン〉に襲いかかるまで四秒しかかからなかった。〈レヴァイアサン〉は体内からオレンジ色に発光し始め、もはや断末魔だった。のたうちながら、それでも本能にしたがって食物を求め、かつて多摩川だったコールタールの黒い湖を渡っていく。

ギィイイイイインッ！

わたしは目を閉じたまま、ただ一心に〈標的〉の姿だけを自分の正面にイメージし続けた。

「はあっ、はあっ、今だっ！」

わたしは大きく腕を振り上げ、全身の力を振り絞って叫んだ。

「突き刺せっ、うぉりゃーっ！」

ぶんっ

マニピュレーターからリリースされた巨大な鉄塔は、音速の三倍で槍のように〈レヴァイアサン〉の背中に襲いかかった。〈レヴァイアサン〉の電磁フィールドに接触し、先端の30メートルがたちまち溶けて蒸発したがまだその後ろには三十年以上の風雪に耐えた鋼鉄製の塔が300メートルも残っており、それがマッハ3の運動エネルギーを与えられていた。火花を散らしながら巨大鉄塔はバリヤーを突破し、大怪獣の黒い背中に突き刺さった。

ヴォオオオオッ

悲鳴を上げる怪獣の体内に鉄の塔は侵入していき、背中の熱交換器官を粉々に破砕しながら突き進み、胴体中央の生体核融合炉のすぐ上にある中枢運動脳を正確に突き破ると、そのまま斜めに大怪獣の巨体を貫いて下腹部へ突き抜けた。

ズバババッ

ヴォオオオオオッ！

大怪獣は、第一展望台まで深々と突き刺された背部をのけぞらせ、箱根の向こうまで届くような雷鳴のごとき声で鳴いた。

ヴォオオオオオオオッ！

はあっ、はあっ、はあっ

わたしは急上昇して上空へ離脱した〈究極戦機〉のコマンドモジュールで、初めて目を開けた。はるか足の下に、大地にピンで止められたような怪獣の姿が小さく見えていた。

「――はっ」
わたしはタイムカウントの数字を見た。
六秒前。
五
四
三
(うっ――)
わたしは思わず目を閉じ、顔をそむけた。
二
一
ゼロ。

何事も、起きなかった。

空母〈赤城〉

「〈レヴァイアサン〉の核出力が――下がって行きます!」

渚佐が透視スキャナーから送られるデータを見ながら叫んだ。
「〈レヴァイアサン〉の核出力は、臨界寸前で水素の供給を絶たれ、急速に低下――生体核融合炉が止まって行く！〈レヴァイアサン〉が、死んで行きます！」

有理砂
〈究極戦機〉

――まだだ、有理砂
操縦席で激しく息をついているわたしに、知性体は言った。
――やつの融合炉は停止し中枢脳は死んだ。しかし放っておけば、すぐに再生するぞ
「え？」
下方モニターに怪獣の周辺を拡大させると、生命機能を停止しかけた〈レヴァイア

サン〉の胴体表面から無数のナメクジ芋虫が一斉に這い出して、母体の皮膚に群がり、食らい始めた。

「うっ――」

――すべて焼きはらうのだ。細胞の一片もこの地上に残すな。私の最大の武器を使え
「わかったわ。照準を」

わたしは額の汗をぬぐいながら、〈究極戦機〉の機体を振り向かせ、星間飛翔体の唯一最大の自己防衛兵装を使うために、左のマニピュレーターを変形させてガンマ線整流装置と長大な銀色の砲身を露出させた。

ガシッ
「スターダストシャワー」

〈究極戦機〉の高度は10キロ。そこからまっすぐに、無人の多摩川跡にうごめく怪物の残骸《ざんがい》を照準する。X線のシャワーは照準サークル内の全《すべ》ての物質を分子レベルの塵《ちり》に帰すだろう。

ピッ

▼TARGET　LOCKED（照準よし）

「発射！」

横須賀沖　連合艦隊

有理砂がX線レーザーを使って〈レヴァイアサン〉を地上から消し去ったちょうど同じ頃、空母〈赤城〉はもう一匹の怪獣にのしかかられ、機関は停止し行動不能におちいっていた。

ズザザザザッ

うわーっ

巨大なクラゲ形態の怪獣が、無数の触手で帝国海軍の正規空母を捕捉し、今その体表面から数千匹のナメクジ芋虫がピンク色の肉の波となって〈赤城〉艦内に押し寄せていた。

ピルピルピルピルピル

ピルピルピルピル

『捕食体が艦内に侵入した！　全乗組員はただちに応戦せよ！』

押川の声が艦内に響くと同時に、体長5メートル以上の人食い化け物の群れは東日本の特攻機が開けた甲板や艦橋の破口から雪崩を打って侵入して来た。ナメクジ芋虫の大群はたちまち艦内通路を埋めつくし、これまでの半日で連合艦隊を追尾しようとしていた東日本の潜水艦の乗組員を残らず食ってしまったのと同じように、艦内の無防備な人間たちに襲いかかった。
う、うわーっ
ぎゃあーっ
同時に〈赤城〉の艦体は、怪獣の数万トンの重みで損傷部から進水し、すこしずつ沈み始めた。これまで〈レヴァイアサン〉やこの怪獣に洋上で襲われた艦船と同じ運命をたどり始めたのだ。
ギシギシギシギシッ
艦体のどこかで構造材が破断する轟《とどろ》きが、ズゴゴーンと雷鳴のように伝わってきた。
「森艦長！」
UFCコントロールセンターでは、葉狩真一が艦隊通信回線で〈大和〉を呼び出していた。支援管制システムの電源は独立補助動力で確保されていたが、そのジェネレーターもいつ停止するかわからなかった。

「〈大和〉！　森艦長！　応答してくださいっ」

「怪物が侵入している――？」

立花五月は、傾いた通路をたどってようやくたどり着いた自分の個室で、入院用のパジャマから白銀色のコスチュームに着替えていた。鋭敏な五月の聴覚に、ピルピルといういまわしい鳴き声が艦内の空気を伝わって漂ってきた。

「急がなくては。この空母は沈む」

五月はブラの背中のホックを留め、議事堂警護隊コスチュームの短い上着を肩にはおると、ロッカーからサーベルを取った。

「――はっ」

いまわしい鳴き声に敏感に反応したのは、五月一人ではなかった。

望月ひとみは閉じこもったトイレの個室の中で、顔を上げた。同時に廊下に悲鳴を聞いた。

きゃーっ

「――西夜《さや》？」

ひとみは反射的に立ち上がると、トイレのドアをけやぶるようにして医療センターの療養室に出た。ひとみを気づかって付き添いに来ていた水無月西夜が、湯沸かし室の中で悲鳴を上げていた。

ピルピルピル
いやらしい捕食体のイソギンチャクのような無数の舌がわらわらと動き、湯沸かし室に逃げ込んだ西夜のカーディガンを引っかけて引きちぎるところだった。

「きゃあっ」

「うぬっ」

ひとみは室内を素早く見回した。自分のベッドの横に、ひとみがお護りにしている日本刀が立てかけてあった。西夜がひとみの個室から持ってきてくれたのだ。ひとみはダッシュした。

「この化け物めっ！」

鞘《さや》を振り払うが早いか、ひとみは体長4メートルのナメクジ芋虫に背中から切りつけた。

「イヤーッ」

背中を一直線に切り裂かれ、捕食体は内臓をむき出しにしてむけてしまう。

どさっ
「西夜！」

「お姉さん」

戦わなければならないという意識が、ひとみを正気づかせていた。ひとみは西夜をかばいながら通路へ出ると、大声で叫んだ。

「化け物に銃は効かない！　火炎放射器を大至急集めろ！　軍刀を持っている士官は全員通路へ出ろ！　負傷者を一か所に集めて護れっ」

「空母が沈むぞ！」

上空を旋回するヘリの編隊からは、クラゲにしがみつかれた〈赤城〉は30度も傾斜して、もはや復元は不可能に見えた。

「くそっ、もう燃料は無い。みんな海水浴だぞ！」

コクピットから機長が振り向いて怒鳴ると、二宮たちが「うえぇ」という顔をした。

「二宮、山上、竹井。そういう顔をするな」

是清が言った。

「だって大尉、また泳ぐんですよ」

「俺は――生きていられたらそれでいいさ。生きてさえいれば、いつかきっと逢いたい人にも巡り逢えるんだ。みんなもそうだぞ。泳いでも走っても、化け物に追いかけられても、俺たちは生きのびるんだ！」

戦艦〈大和〉は艦橋の消火をようやく終えた。

「おい、〈赤城〉との通信はまだ回復せんのかっ」

森が怒鳴ると同時に、艦橋のスピーカーに葉狩の声が響いた。

『森艦長、森艦長っ、聞こえますかっ？』

森はマイクをひったくるように取った。

「こちら〈大和〉だ！　葉狩博士、〈赤城〉は大丈夫かっ」

『沈没寸前です！　艦長、僕のラムダファージ弾はどうなりましたかっ？』

「一番砲塔に装塡したままだ。本艦は射撃管制レーダーがやられてしまった。〈究極戦機〉はどうなった？」

『多摩川の〈レヴァイアサン〉は倒しました。あとはこの怪獣だけです！　艦長、ただちにこの怪獣にラムダファージ弾を発射してくださいっ』

「しかし博士、怪獣にはバリヤーがあるのではないのか」

『やつの本体は、半分海水の中です！　水中では電磁フィールドは働きません、零距離射撃でこの化け物クラゲにラムダファージをぶち込んでくださいっ！』

森は「ようしっ」と叫ぶと、消火を終えて配置についた艦橋の部下たちに怒鳴った。

「本艦はこれより怪獣を撃滅する！　転舵面舵、機関全速。〈赤城〉に取り付いている化け物に後ろからぶつけろっ！」

「艦長、そんな無茶な」

「馬鹿者、この〈大和〉は不沈艦である！　怪獣ごときにぶつけて沈むものかっ！」

ずざざざざっ
〈大和〉は機関を再始動してゆっくり艦首を右へ向けると、艦尾からスクリューの白い泡を蹴《け》立てながら怪獣の本体背部に突っ込んで行った。

ピキュゥウウン――

「艦長、怪獣の〈目玉〉がまた光りますっ」

「ひるむな、主砲発射だ！　撃てぇーっ！」

ズドォーンッ
一番砲塔が眼もくらむような火焰を噴き出し、ほとんど瞬時にラムダファージを封入した徹甲弾は怪獣の広がった〈目玉〉の中心に着弾し、めりこんだ。

ガボッ！

ヴォオオオオッ
巨大クラゲは霧笛のような悲鳴を上げ、触手のうち数十本が神経系のショックを反射するようにピンッと突っ張ってのたくり回った。巨大な触手は〈赤城〉の飛行甲板をびたんびたんっと叩いてのたうち回り、甲板上にいたナメクジ芋虫を数百匹、ミンチのように叩きつぶした。

同時に戦艦〈大和〉は怪獣の本体の真ん中へ艦首から突っ込んだ。

ドシィーンッ

うわぁーっ

〈大和〉の全乗員が床に放り出され、戦艦は暗礁に乗り上げるように怪獣の円い頭部にのしかかった。ラムダファージ弾は怪獣の本体内部で弾頭カプセルの〈ラムダファージ〉を放出し、細胞遺伝子破壊ウイルスはただちに活動を開始した。凶悪な〈小さな怪獣〉を体内に呑み込んだもう一匹の〈レヴァイアサン〉は、海面に海底火山のような水柱をバシャーンバシャーンと立てながらのたうち回り始めた。

「か、艦長、怪獣が離れます！」

急に水平に戻った〈赤城〉の艦橋では、それでもまだ激しく揺れる床に誰も立つことが出来ず、柱につかまった押川が命令を叫んだ。

「そ、総員退艦は中止だっ。浸水防止に各員全力を尽くせっ！」

嵐のような海面では、怪獣が触手をのたくらせながら断末魔の悲鳴を上げ始めた。

ヴォオオオオッ

怪獣の体内では、猛烈な速度で細胞壊死が起きていた。〈大和〉の徹甲弾は表皮の内側で炸裂しており、〈ラムダファージ〉は加速度的に増殖しながら怪獣の細胞内遺伝子を崩壊させて行った。かつてエウロパの地表で三世紀かかって突然変異を起こした〈レヴァイアサン〉の遺伝子は、わずか数分で根絶やしになろうとしていた。〈ラムダファージ〉は怪獣の巨大な半球体の頭部を中心へと食い進み、ついに中枢運動脳に達してその機能を止めてしまった。

「はあ、はあ。愛月中尉を至急呼び戻してくれ」

真一は大きく息をついて、水平に戻ったUFCコントロールセンターの床にぶっ倒れた。

「大丈夫ですか。博士」

渚佐が助け起こすが、

「渚佐……あれが完全に活動を止めたら、〈究極戦機〉のX線レーザーで焼却するんだ。〈ラムダファージ〉ごと焼き尽くすんだよ。いいね」

それだけ指示すると、葉狩はすぐにいびきをかき始めた。

空母〈赤城〉は浸水も止み、平衡を取り戻した。

立花五月は議事堂警護隊の制服にサーベルを下げた姿で、〈赤城〉の甲板下格納庫にやって来た。がらんとした中に、ロープで床にタイダウンされたシーハリアーが一機、奇跡のように残っていた。

（よし――）

五月はサーベルをカチャカチャと鳴らし、ハリアーの機体に歩み寄った。手で固定用ロープを外し、森高美月の部屋から盗み出した始動用チェックリストを取り出すと、腰のベルトからサーベルを抜き取って機体ステップに足をかけた。

「待って！」

背後から呼んだ声に、五月は足を止めた。

「待って、お姉様」

芳月公香が、格納庫入り口の両開きドアに立っていた。

「お姉様、どこへ行くつもりなの？」

「公香――」

五月はゆっくりと振り向いた。

芳月公香は、カンカンと足音をたててハリアーの機体に駆け寄った。

「お姉様、怪獣は倒れたわ。どうして行かなければならないの」

五月は頭を振った。

「山多田を倒さなければ――この地上に平和は来ないわ」

「お姉様。公香も行きます」

「公香。新潟へ行けば、必ず死ぬのよ」

「かまいません」

少女は決然と言った。

五月はため息をつき、複座のハリアーの機体を見上げた。ＶＴＯＬ戦闘機の機体の頭上には大きな甲板の裂け目があって、そこから夜の潮風が吹き込んで五月の髪をなびかせた。


「あら」

医療センターの人々と一緒に捕食体を倒し、やっとのことで飛行甲板へ脱出した水無月西夜は、背中から聞こえてきたジェットの爆音に振り向いた。

キィイイイイインッ
「きゃあっ」

一機のシーハリアーＦＲＳマークⅡが、飛行甲板の大きな裂け目から垂直上昇で飛び出すと、甲板上に脱出した人々の頭上にジェット排気をたたきつけて上空へ急上昇して行った。

ズゴォオオオッ

「——あの戦闘機は……」

西夜は、複座のコクピットの中に見覚えのある横顔を見たような気がした。

「うわあっ」

〈赤城〉飛行甲板へ降下して行くＳＨ60Ｊの操縦席で、機長と副操縦士が悲鳴を上げた。

ズゴォッ

甲板から急上昇してきたシーハリアーが、頭の上も見ていないような乱暴な操縦でヘリの真横をすれ違ったのだ。

「ば、馬鹿やろう気をつけろっ！」

ＳＨ60Ｊは、避難民と是清たち亡命兵士を乗せて、〈赤城〉に着艦して行った。

有理砂
空母〈赤城〉
一月三日未明

艦隊の上空へ帰還したわたしが、活動を停止したもう一匹の怪獣の残骸をスターダストシャワーで焼きはらって〈赤城〉に着艦したのは、それから数時間後のことだった。大破してボロボロになった〈赤城〉の甲板に苦労して平らな場所を見つけると、わたしは惑星上活動形態のまま〈究極戦機〉を着艦させた。甲板には、多摩川から避難民を乗せてきたヘリが十機以上も駐機していて、足の踏み場も無い状態だった。

「この空母、撃沈はまぬがれたけど間違いなく廃艦処分だなあ——」

ひどい有様を見回しながら、甲板に膝をついた〈究極戦機〉の胸のシェルハッチから降りていくと、女性のようなボディーラインをした銀色の戦闘マシンが珍しいのか、疲れ切った表情の人々が輪になってＵＦＣの機体の周りを取り囲んだ。

「有理砂」

呼ばれて振り向くと、飛行服姿の森高美月が群衆の前に立っていた。郷大佐や羽生恵の姿は見えなかった。負傷したのか、ほかのことで忙しいのだろう。

「あら美月。ちゃんと生き残ったようね」

「ちょっと」

美月は身振りで「来て欲しい」と言った。

わたしたちは、見物人や甲板にじかに寝かされた負傷者や走り回る看護隊員の間を縫って歩いた。広い甲板にはテントがたくさん張られ、艦内の医療施設に収容し切れない怪我人をその中で治療していた。

「有理砂、いないんだ」

アイランドの下まで行くと、美月は言った。

「五月がいないんだ」

「五月が——？」

美月はうなずいた。

「あたしのハリアーが格納庫から消えてた。操縦マニュアル一式も」

「まさか——」

わたしは甲板を見渡した。野戦病院みたいになった飛行甲板で、金髪の水無月西夜までが看護師用の白衣を着て山のようなリネンを抱えて走り回っていた。

「——本当にいないの？」

美月はうなずいた。

「芳月公香という五月の後輩だという捕虜も、いっしょに消えている。あたしのハリアーは複座だ。二人乗れる」

「五月はいったいどこへ――」

「心当たりはあるけどね」

美月は肩をすくめた。

「あいつ無茶しやがって。ヘリコプターしか飛ばせないくせに」

「あの娘――セーター編むの教えてあげる約束なのに……まさか」

五月はまさか、山多田大三と刺し違えるつもりで新潟へ飛んだとでも――

「そのまさかだよ。あいつ原爆見て相当頭に来ていたから」

「冗談じゃないわ」

「そういうわけで有理砂、あたしちょっとさ、〈究極戦機〉借りるわ」

「えっ――？」

わたしはびっくりした。

「どういうこと？」

「早く行かないとさ、あいつ死んじゃうかも知れないよ。あたしが救出して来る」

それだけ言って、美月はすたすたとＵＦＣの機体のほうへ歩き始めた。

「ちょ、ちょっと美月」

わたしはあわてて追いかける。

「ちょっと借りるって、あなた操縦できるの？」

「シミュレーターで憶えた」

美月はさっさと行きながら背中で手を振った。

「あたしが天才だって知ってるだろう？　マニュアル一回読めば十分だよ」

「美月」

わたしは森高美月の背中に言った。

「〈究極戦機〉で戦争しちゃだめよ。あれは――」

「わかってるよパートナーだろ。戦争なんかしないよ」

美月は、コマンドモジュールに乗り込むラダーに足をかけながら言った。

「ちょっと新潟の大議事堂の屋根をひっぺがして、中をのぞく程度にするよ。プラズマ砲で独裁者の宮殿を吹っ飛ばしたりとか、強制収容所を襲ってかわいそうな人を解放したりとかなんて、そんな大それたことは多分やらないから、安心しなよ」

美月は笑うと、〈究極戦機〉に乗り込んで行った。

完

本書は一九九五年五月、一九九六年十一月に徳間書店より刊行された『レヴァイアサン戦記4　女王蜂出撃！　第二部』『レヴァイアサン戦記5　レヴァイアサン殲』を合本、改題し、大幅に加筆・修正しました。

なお本作品はフィクションであり、実在の個人・団体などとは一切関係ありません。

白銀の女戦士

天空の女王蜂《ホーネット》Ⅲ

二〇一三年十月十五日　初版第一刷発行

著　者　夏見正隆
発行者　瓜谷綱延
発行所　株式会社　文芸社
〒一六〇－〇〇二二
東京都新宿区新宿一－一〇－一
電話　〇三－五三六九－三〇六〇（編集）
〇三－五三六九－二二九九（販売）

印刷所　図書印刷株式会社
装幀者　三村淳

ISBN978-4-286-14205-0